皇帝の剣 上

「皇」とは雄にして大、「帝」とは徳が天に通じるを言い、
これ揚真流兵法の理《ことわり》なり——

厳《おごそ》かに、ひっそりと佇《たたず》む
御所の築地塀《ついじべい》。
聳《そび》える巨木が
深い歴史を物語る。
はたして宗次《そうじ》は
無事に〝侵入〟できるのか。

後水尾院《ごみずのお》（上皇・法皇）は
清涼で質素な佇まいの茶寮
「醒花亭《せいかてい》」で宗次をお待ちだった。
宗次は平伏した。
武士の非礼の歴史を背負って
ひたすら平伏した。

写真・文／編集部

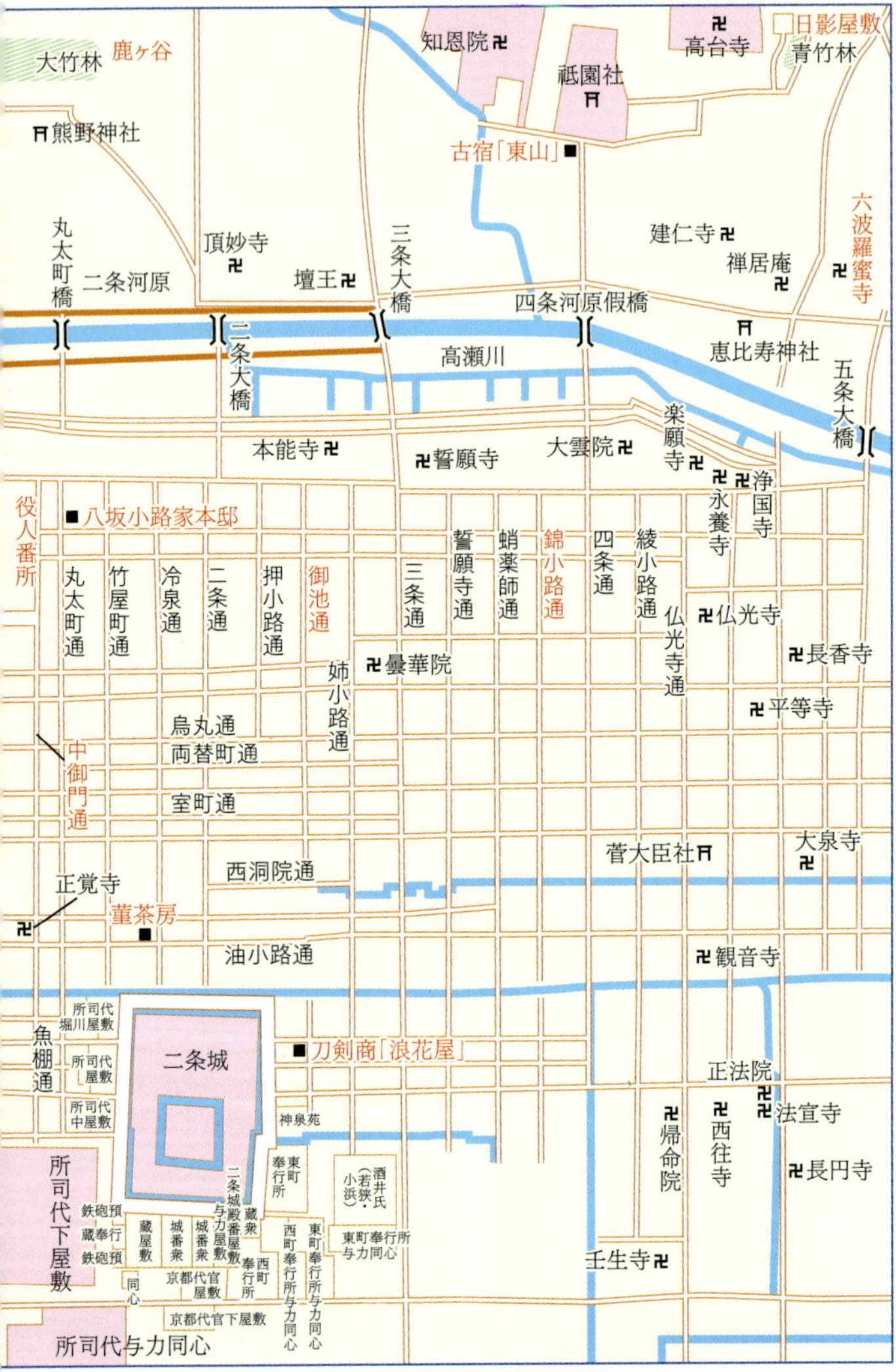
鹿ヶ谷
大竹林
知恩院
祇園社
高台寺
日影屋敷
青竹林
熊野神社
古宿「東山」
六波羅蜜寺
建仁寺
禅居庵
丸太町橋
二条河原
頂妙寺
壇王
三条大橋
四条河原假橋
二条大橋
高瀬川
恵比寿神社
五条大橋
楽願寺
本能寺
誓願寺
大雲院
浄国寺
永養寺
役人番所
八坂小路家本邸
丸太町通
竹屋町通
冷泉通
二条通
押小路通
御池通
三条通
誓願寺通
蛸薬師通
錦小路通
四条通
綾小路通
仏光寺通
仏光寺
長香寺
曇華院
姉小路通
平等寺
烏丸通
両替町通
中御門通
室町通
菅大臣社
大泉寺
西洞院通
正覚寺
菫茶房
油小路通
観音寺
所司代堀川屋敷
魚棚通
所司代屋敷
所司代中屋敷
二条城
刀剣商「浪花屋」
神泉苑
正法院
法宣寺
帰命院
西往寺
長円寺
所司代下屋敷
東町奉行所
酒井氏（若狭・小浜）
二条城殿番屋敷
与力屋敷
鉄砲預
蔵奉行
鉄砲預
蔵屋敷
城番衆
城番衆
蔵衆
西町奉行所
西町奉行所与力同心
東町奉行所与力同心
東町奉行所与力同心
同心
京都代官屋敷
京都代官下屋敷
壬生寺
所司代与力同心

『皇帝の剣』関連地図

（1600年代京都）

現在《いま》、巨木立ち並ぶ位置に、
後水尾院が江戸を眺め
数数の苦悩を背に
お住まいであられた、
仙洞《せんとう》御所が在《あ》った。

御所のいろどりは
雅《みやび》であるがその精神《こころ》は、
「清涼」「質素」
「たおやか」を誇りとした
「美」である。

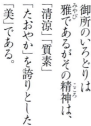

皇帝の剣（上）

浮世絵宗次日月抄

門田泰明

祥伝社文庫

目次

祥伝社文庫創刊三十周年記念特別書下ろし作品
「悠と宗次の初恋旅」を下巻に掲載

口絵地図・三潮社　上野匠

〈長編〉

皇帝《こうてい》の剣《けん》

一

京《みやこ》に着いてはや三日が経っていた。着いた日は気持が逸《はや》るほどの秋晴れであったのに、その翌朝早くからはしとしとと京《みやこ》に似合った静かな雨が降り続いていた。

だから浮世絵師宗次《そうじ》は、四条通《しじょうどおり》を真っ直ぐに東へ突き当たった祇園《ぎおん》社（八坂《やさか》神社）に程近い古宿《ふるやど》「東山《ひがしやま》」から、出る気分になれないでいた。

宗次は、京を訪《おとず》れるのは初めてではない。少し昔に、「京にあざやかな良い色をつくり出す絵具師がいる」という噂を耳にはさんで忙しい中、慌《あわ》ただしく訪《おとず》れ短く滞在したことがある。つまり「よし、久し振りに、あ奴を訪《たず》ねてゆっくり一杯交《か》わすとするか」という程の知人友人がいる訳ではない。

こうして古宿「東山」二階の窓の敷居に腰を下ろして、紅葉《こうよう》真っ盛りな祇園社の森を所在無げに見続けるしかない三日間だった。

「お客さん、温《あった》かいお茶をお持ちしました」

障子《しょうじ》の向こうで「ああ、あの娘《こ》だ」と判る若い座敷女中の声がした。年若いせいか、京ことばがまだ身に付いていない娘《こ》だった。

「どうぞ。入んない」

不精髭《ぶしょうひげ》が目立ってきた宗次はやわらかに応じ、窓の敷居に預けていた腰を、目の前の高脚膳へと移した。昼餉《ひるげ》を早めに終えて半刻《はんとき》（一時間）ばかり経っているであろうか。

この「東山」では、茶といえば東海道の「宿湯茶《やどゆちゃ》」である白湯《さゆ》なんぞではなく葉茶《はちゃ》を出してくれた。それも宿の主人《あるじ》が飲んだあとの出し殻《がら》茶ではなく滅法《めっぽう》おいしい。今世では美味しい茶葉はまだまだ高価だ。

「こんなに雨が続くと紅葉《もみじ》見物が出来ませんね」

女中は清潔そうな白い歯を覗《のぞ》かせたにこにこ顔で部屋に入ってくると、高脚膳の上へ小皿に盛った茄子《なす》の漬物と湯呑茶碗を音立てぬよう、そっと置いた。美人画を描く機会が少なくない宗次の目には、思わず十七、八あたりか、と映《うつ》った。が、見方によっては、もっと若くに見えなくもない。

それに、この宿の女中たちの躾《しつけ》は年若くともなかなかに出来ている、と宗次は「東山」の暖簾《のれん》を潜《くぐ》って草鞋《わらじ》を脱いだ時から、感じていた。

「京《みやこ》の秋と言やあ紅葉《もみじ》と来るのが相場だあな。このことは江戸でもよく知られている。だから早く雨が上がってほしいのだがねい……」

　宗次は物静かな笑顔で応じ、小皿に添えられている長さ三寸ほどの黒文字《くろもじ》（茶道楊《よう》枝《じ》）を手に取り、しげしげと眺めた。

「これは何とまた良く出来ているねえ。剣術の名人、特に小太刀の名人が緻密《ちみつ》この上ない気配りで削《けず》り上げたような黒文字に見えるわさ。先が真《まこと》に鋭利でしかも上品で優し気であるわな」

「それ。私《うち》の母の手作りです」

「私《うち》の母ってえと？」

「この『東山』の女主人《おんなあるじ》……」

「じゃあ、お前《めえ》さんは女中ってえ訳じゃあなかったんだ」

「いいえ、女中です。今のところ他の女中たちと同じ扱いを受けています」

「ははあん、ただいま修業中《しゅぎょう》というところかえ」

「うふっ、その通りなんです。こんな古宿の娘《こ》が、修業なんておかしいですか」

　修業中だという娘は首を竦《すく》め、ほんの一瞬であったがペロリと舌の先を覗かせてみた。その表情が、まだあどけない。あ、まだ子供かな、と宗次は一瞬感じた。

「目が届く何処《どこ》もかも掃除が行き届いているようで古宿だなんて思えやしねえが、まあ、古宿と言ゃあ古宿かな。しかし、だからといって修業がおかしいなんてことはないわさ」

「本当《ほんと》ですか?」

「ああ本当《ほんと》……」

宗次は頷《うなず》いて黒文字で刺した茄子の漬物を口へ運んだ。

「これは旨《うま》い……こんな旨い漬物、どうして今日まで一度も膳に出なかったんだえ」

「漬物だけは、漬かり具合という難しい掟《おきて》がございますから……」

なかなか大人びた物言いが出来る、幼い感じが見え隠れしている若い娘《こ》であった。

「あははは。そうか掟か。そうだな」

宗次は娘の掟という表現に感心して、目を細めた。

「この京都には漬物づくりを商売にしている人が大勢いるんですけど、『東山』の漬物は全部、母の手作りなんです……」

娘は終始目を細めて可愛《かわい》く微笑《ほほえ》みながら話すのだった。

「ふうん……黒文字も茄子の漬物の味も、とても素人《しろうと》の手作りとは思えねえが、若《も》しかして、お前《めえ》さんのお母さんてえのは茶道でも?」

「私《うち》が五、六歳の頃までは、石州《せきしゆう》流の茶道を熱心に習っていました」

「ほう……石州流茶道をねえ。道理で」

「お客さんは江戸の人ですよね。江戸のお客さんで石州流茶道を知っている人は余程に位《くらい》の高い人だ、と私《うち》の母は言うてましたけど、お客さんは石州流茶道に詳しいのですか」

「詳しかねえが、石州流の名前《なめえ》くれえは知っているさ。確か、大和郡山《やまとこおりやま》の格高い禅宗寺院である慈光院《じこういん》を茶道心《ちゃどうしん》の菩提《ぼだい》（真道を求める場所の意）としているんじゃあなかったかえ」

「わあ、嬉しい。そこまで知っている江戸のお客さんが『東山』へ泊まって下さったのは久し振りです。母が聞いたら喜びます。私《うち》、母に話してきます」

「おいおい、そこまで大袈裟《おおげさ》なこっちゃねえやな。止《よ》しねえ止しねえ」

と、宗次は顔の前で右手を小さく横に振って苦笑した。

「私《うち》の名は悠《ゆう》です。悠然《ゆうぜん》とか悠長《ゆうちょう》とかの悠です。母は、お悠と言うてます。私《うち》に対しても誰に対しても」

「お悠か、いい名だねい。年齢《とし》は？」

「十三……」

「これはまた……」

その若さに思わず驚く宗次であった。京ことばの香りが確《しっか》りと身についていないのも無理はない、と思いもした。

「それじゃ、母に話してきますから……」

悠は、部屋に入って来た時と同じにこにこ顔で、出ていった。

「いい娘《こ》だ」

宗次は小声を漏らして頷き、湯呑茶碗に手をやった。

漬物だけでなく、京の茶に特別な風味があることを無論のこと承知している宗次である。

「お悠で……十三歳かい。いい名で、いい年齢《とし》だあな」

そう言いながら、宗次は再びしげしげと黒文字を眺めた。

黒文字とは、茶道の菓子皿に添えて出される、クスノキ科の落葉低木（ほぼ全国に分布）の枝を削って作られる楊枝のことで、茶会で出される数は古《いにしえ》より一人一本と決まっている。

これに対し同じクスノキ科の落葉小高木で静岡以西に見られる白文字《しろもじ》というのがあって、これは杖《つえ》に用いられたりすることが多かった。

茄子の漬物が余り美味しいこともあって、宗次は瞬《またた》く間に平らげてしまったが、手にした黒文字を飽きずに眺めた。

宗次は少しばかり気になっていたのであった。その黒文字の、然《さ》り気《げ》なさに包まれて拵《こしら》えられている鋭い先端が。そう。然り気なく鋭利なのだ。

（こいつで心の臓を突かれたなら、一撃で……）

宗次は胸の内で想像し、（いや、こいつあ失礼な想像だい……少し剣術のやり過ぎかもな）と首を小さく横に振って己《おの》れに否定してみせた。目の前を、悠の何とも言えぬ愛くるしい笑顔が浮かんで消えたからである。その顔立ちはまだ幼さが勝《まさ》ってはいたが、あと三、四年も年を重ねれば、おそらく道往《ゆ》く男たちを振り向かせ茫然《ぼうぜん》とさせる程になろう、と宗次は思った。

美人画を描かせれば当代一の宗次が、そう確信するのだ。

ただ、今は悠の余りな愛くるしさが、近い将来のその可能性を厚く覆《おお》って隠《かく》してしまっている。

「失礼いたします」

障子の外で澄んだ女の声があって、「お悠の母親か……」と口へ持っていきかけていた湯呑茶碗を宗次は高脚膳へ戻した。

宗次は「東山」に腰を落ち着けてから三日になるというのに、まだ悠の母親に一度も会ってはいなかったし、声を聞いてもいない。

女中が客間へ膳などを運んで来る時の他は、たいてい年老いた白髪の番頭か三十前後に見える小柄な手代《てだい》らしいのが愛想よく客に接触する「東山」であった。

宗次は年老いた与助《よすけ》という番頭とは何となく話が合ってすでに二度、ほんの半刻ばかりの間であったが客間で盃《さかずき》を交わしていた。

「どうぞ、お入《はい》んなせえ」

宗次が障子の向こうへ応じると、もう一度「失礼致します」があって、障子が静かに引かれた。

そのために、祇園社に向いて開けられていた窓から、ひんやりと湿った外の空気が流れ込んできた。

宗次が中腰になって窓に手を伸ばし障子を閉じようとすると、すうっと部屋に入ってきた女——悠の母親であろう——の手が先に障子を閉め、何事もなかったように高脚膳の向こう少し退《さ》がった位置に座った。

その流れるような女の綺麗な動きを、（あざやかだ……）と宗次は思った。

古宿の女主人《おんなあるじ》と言うよりは、大奥に出入りする老舗《しにせ》の教養作法を心得た御内儀《おないぎ》、といった上品な印象だ。

「お悠の母親、節《せつ》でございます。無作法にも、今日が初めての御挨拶となってしまいました。申し訳ございません。また、この度《たび》はようこそこの古宿にお泊まり下さいまして誠に有り難うございます」

悠の母親は淀《よど》みなくあざやかに言って、丁重《ていちょう》に頭を下げた。年齢《とし》の頃は三十を一つ二つ出たあたりであろうか。もしや元は大身《たいしん》旗本の奥方ではなかったか、と思いたくなるほど、京ことばの香りが無い――あるいは薄い――話し様《よう》であった。

「せつ……さんですか。雪《ゆき》の雪《せつ》ですかい」

「いいえ。節分《せつぶん》の節でございます」

「私《あっし》は……おっと、名前はすでに宿帳に書きやしたねい」

「はい、絵仕事をなされます宗次先生と頂戴しております。お悠が申しますには、宗次先生は江戸のお方《かた》とは思われぬ程に石州流茶道にお詳しいとか」

「そりゃあ、少しばかりお悠さんの言い過ぎでござんすよ」

と、宗次はやんわりと笑顔で否定しておいて、言葉を続けた。

「私《あっし》は絵師という仕事柄、江戸の古刹《こさつ》などとかかわりを持つことが多うござんしてね。江戸石秀《せきしゅう》流茶道を編《あ》まれた元《もと》御旗本の侶庵《りょあん》先生という御方をよく存じ上げているんですよ」

「まあ。江戸石秀流茶道と申しますと確か、大和石州流茶道とは一字違いで、石秀《せきしゅう》の秀《しゅう》が豊臣秀吉《とよとみひでよし》公の秀《ひで》ではございませんか?」

「ご存知でしたかえ。その石秀流茶道の御名《おんな》は実は、侶庵先生が大和石州流茶道の御許しを頂戴した上で名付けられたようでござんして」

「はい、その点についても存じ上げておりますし、お会いしたことはありませんが侶庵先生の御名前も大和石州流茶道を学ぶ者は皆よく存じ上げております」

「これはまた……思いがけないことでござんすねい」

と、宗次はさすがに驚くのだった。

「宗次先生ご自身は、大和郡山の慈光院へ参られたことはございますのでしょうか」

「へい、実を申しやすと一度だけですがねい。飛鳥《あすか》の里にご親族がいらっしゃいやす幕府御重臣の姫様の御供《おとも》をする機会がありやしてつい最近のこと、慈光院を訪ねているのでござんすよ」

「まあ、幕府御重臣の姫様の御供で」

古宿「東山」の御内儀節は、余程の衝撃でも受けたかのように、背すじを思わず反《そ》らせた。

「あの、失礼なことをお訊《たず》ね致しますけれど、宗次先生は一体どのような絵をお描《か》きになっておられるのでございましょうか」

「なあに、たいしたものは描《か》いちゃあいやせん。お遊びみたいな絵でござんす」

「お遊びみたいな絵？」

御内儀節は具体的に頭の中に思い描《えが》けないのか、ちょっと小首を傾《かし》げて、少女のような純な表情を拵えてみせた。

宗次はそのあどけない表情に苦笑した。悠によく似ている、とも思った。

「ま、蛙《かわず》とか雀《すずめ》とか鶯《うぐいす》とか……あ、猫も好きですねい。満月とか三か月もよござんす。小雨に濡れて泣いているように首を下げている柳の小枝も面白いじゃござんせんか」

節はいよいよ想像し難《にく》いとみえて、黙ってじっと宗次の顔を見つめるだけだった。

悠が五、六歳の頃までは石州流茶道を学んできたらしいのに、どうやら絵というものに対しては関心の無い生活を送ってきたようであった。あるいは宗次の説明に本気《ほんき》心《ごころ》が乏《とぼ》しくて、節の想像心を掻《か》き立てないのかも知れない。

そのため、宗次は宗次で内心、どこかホッとした心地良いものを味わっていた。これが江戸とその界隈《かいわい》であったなら「絵を描く宗次」と聞いただけで、「えっ、あの天下一の浮世絵の先生」と本人の心身を疲労させるほどの大騒ぎになりかねない。

古宿「東山」の御内儀節の、次の言葉を待っている宗次に、ようやくのこと節が

「あの……」と遠慮がちに口を開いた。

「へい……」と、宗次は濃い不精髭が目立つ男前なその顔にやさしく笑みを広げた。

「宗次先生はあの……江戸の古刹《こさつ》や幕府御重臣の御屋敷などで、蛙とか雀とか猫などを描《か》かせて貰《もら》っていらっしゃるのでしょうか」

「仰《おっしゃ》る通りでさあ。襖とか障子とか掛け軸とか、ま、いろいろな場所にねい。必死で描かせて戴《いただ》きやし、それで何とか生活できておりやすんで」

「では生活は、余りお楽ではないのでございましょうね」

宗次は久《ひさ》しく向けられたことのない問い掛けを、真正面から浴びせかけられて面喰《めんくら》った。答え方が、なかなか難《むずか》しい質問だ。いい加減に答えると、この宿の泊まり客として、懐《ふところ》具合《ぐあい》を疑われかねない。

「確かに楽じゃあござんせんが、京《みやこ》の神社仏閣を学ぶ目的の此度《こたび》の長旅だけはじっくりと準備を整えて江戸を発《た》ちやしたから、懐具合はすこぶる元気でござんす。宿に迷惑を掛けることは先ずありやせん」

「そのような積もりでお訊《き》きした訳ではありません」

御内儀節は目を細め、はじめてクスリと含み笑いを漏らした。ああ随分《ずいぶん》と美しい艶《いろ》気《け》のある女《ひと》だ、と宗次は感じた。

「ところで御内儀、お願《ねげえ》があるんだがねい」

「何でございましょう」

「宿の風呂に入って身綺麗になっちゃあいるが、髪だけは旅の汚れが付いたままだい。すまねえが今日でも明日でもいいから、廻《まわ》り床《どこ》（廻り髪結《かみゆい》とも）を頼めねえかい。髪《かみ》結店《ゆいだな》（髪結床とも）の場所を教えてくれてもいいのだが……」

「髪結や髭剃《ひげそ》りでございましたなら『東山《うち》』の手代三吉《さんきち》が、いい腕を致しておりますけれど……」

「へええ、三吉さんてえと、若《も》しかして愛想のいい小柄な？」

「はい、左様《さよう》でございます。独《ひと》り身の時は廻り床を致しておりましたけれど、好いて好かれた女《ひと》と世帯を持ってからは腰を落ち着けた生活《くらし》をしたい、と自分から進んで『東山』に手代として入ってくれまして、手代仕事の他に常連のお客様などから求められますと安いお代で髪結や髭剃りなども……」

「そいつあ有難《ありがて》え。じゃあ手代の三吉さんに頼んでおくんない」

「承知いたしました。お代は、手代の三吉に直接《じか》に手渡してやって下さいませ。『東《う》山《ち》』の上がり（収入）とはせず全て三吉のものとしてやっておりますので」

「そいつあ感心な人の使い方をしていなさる。いい使い方でござんすよ」

「恋女房も女中として『東山《うち》』で働いてくれておりますことから、夫婦揃ってそれはそれは仕事熱心で」

御内儀節がそう言い置いて、作法正しく部屋から出て行こうとした時であった。

「宿改めである」

と、階下で幾分横柄《おうへい》な感じの大声があって、「これはお役人様。御苦労様でございます」と、宿の男の声の応対があった。

「まあ、宿改めなどと一体……」

御内儀節が不安そうに表情を曇らせて、宗次と目を見合わせた。

「京《みやこ》では、宿改めってえのは、よくあることですかえ」

「昨年の春先には外から京《みやこ》へ入ってきた夜盗が頻繁《ひんぱん》に商家を襲いましてね。そのため宿改めが月に何度もありましたけれど、京都町奉行所がその夜盗を夏の終わりまでに次次と捕縛してからは、殆《ほとん》どありませんでした」

「また新たな悪《わる》が出没し始めたんじゃねえのかな」

「ちょっと階下《した》へ行って参ります」

「うん」

節が部屋から出ていくと宗次は湯呑茶碗に残っている茶を飲み干し、また窓の敷居に腰を下ろして祇園社の森の紅葉を眺めた。

「止《や》みかけているなあ……」

宗次はどんよりとした雨空を仰いで呟《つぶや》いた。止《や》んだなら不精髭の顔のまま外をそぞろ歩いてみるか、という気持になりかけていた。

なにしろ、幕府の直轄領である京《みやこ》へ入ってからは、この「東山」へ閉じ込もったままなのだ。

江戸日本橋《にほんばし》を発った宗次が「東海道五十三次の旅の終点でもあり起点でもある」京《みやこ》の三条大橋へ着いたとき、その橋の真《ま》ん中《なか》あたりで立ち止まって鴨川《かもがわ》の流れを見つめながら思わず最初に漏らした言葉が、「何も起こらなきゃあいいが……」という呟きだった。

此度の宗次の旅の目的は、はっきりとしていた。

「ある場所」を人知れず秘密裏《り》に、訪ねることである。むろん訪ねるのはその「ある場所」から強く求められての事であり、訪ねるための必須条件として「人知れず秘密裏に」を相手側から強く示されていた。遠い江戸から訪れようとする宗次に突きつけられたこの必須条件は、きわめて身勝手に思えるものであったがしかし、宗次はそれを承知したのだった。ただ、何月何日までに訪れよ、という期限は示されていない。

三条大橋を鴨川の向こうへ渡り切ってしまえば、正真正銘京《みやこ》入りした気分に見舞われる。その気分に見舞われることを避けるようにして、三条大橋の真ん中あたりから橋の袂《たもと》まで引き返したのは、宗次特有の勘働きによるものだった。嫌な予感を覚えていると言うよりは、「人知れず秘密裏に」という条件を背負わされていることから来る「用心」であった。長い旅の終点に着いたとたん、いきなり京《みやこ》の中心へと踏み込むのではなく、「少し己《おの》れの身辺を然り気なく眺めてみるか」と思ったのだ。

万が一、旅の途中で性質《たち》の悪い蜚蠊《ゴキブリ》を引き摺《ひず》ってきているとしたなら、そのうちチロチロと姿を現すかも知れない、と。

そう考えて鴨川に向かって三条大橋の左袂《たもと》に位置する西願寺《さいがんじ》の角を南へ折れ、そぞろ気分で大和大路通《やまとおおじどおり》(現、縄手通《なわてどおり》)を鴨川に沿うかたちで歩き、突き当たった四条通を気が向くまま東へ(祇園社方向へ)曲がって古宿「東山」を見つけたのだった。この通りが何何通《なになにどおり》、などと判る筈《はず》もない宗次である。

宗次は宿改めなんぞには関心がなかった。

階下で役人らしい声と節の声が話し合っていると判りはしたが、殆ど聞いていなかった。宿帳がどうのこうの、と言った役人らしい声だけは頭の片隅にぼんやりと入ってはきたが。

浮世絵師である宗次は、どうしても美しいものに惹《ひ》かれる。止みかけている小雨を押し退《の》けるようにして薄日が射しはじめ、祇園社の森の紅葉が目の覚める美しさであった。

と、誰かが階段を急ぎの様子で駆け上がってくる。階段が鳴らすトントンという軽い音に可愛さがあったから「お悠かな？」と、宗次は窓の敷居から腰を上げた。

障子を開けて部屋に入ってきたのは、果たして悠であった。困惑気味な表情である。

「どしたい、お悠さん」

「京都東町《ひがしまち》奉行所の宿改めなんです。凄腕の筆頭同心で有名な長石志之助《ながいししのすけ》様が宿帳を見て、特に宗次先生には直《じか》に会いたいと言っておられます」

「なら、二階へ上がって来て私《あつし》の面《つら》を好きなだけ見ればよござんしょ。真っ当《とう》な道中手形（往来手形とも）で京《みやこ》入りしたんでい。後ろ暗いところなんぞ、何一つ抱えておりやせんやな」

「あ、いいえ。横柄な態度で、宗次先生に会いたいと言っておられません。会いたい、と言うよりは、お目にかかりたい、という印象でしたけど」

「ふうん……判りやした。階下《した》へ降りやしょう」

「すみません」

「お悠さんが謝るこっちゃねえやな」

宗次は悠の後に従うかたちで部屋を出ると、

「雨が止《や》みそうだねい」

と、前を行くほっそりとした悠の背中に囁《ささや》きかけた。

「あれ先生、もう止《や》んでいるんですよ」

階段口で立ち止まって振り向いた悠が、微笑みながら囁き返した。

「え、そうかい。じゃあ奉行所の凄腕筆頭同心殿とやらに会《お》うた後はひとつ、ぶらりと付近の散歩にでも出かけてみるか」

自分に対して呟きかけた積もりの宗次であったが、

「はい、私《うち》が案内して差し上げます先生」

と、悠が小声で頷くなり、背中に如何《いか》にも嬉しそうな様子を見せて、階段を降り出した。

なんと天真爛漫《てんしんらんまん》な娘《こ》であることよ、と奉行所同心が下で待ち構えていることを忘れたかのように、宗次はつい顔をくしゃくしゃにしてしまった。

二

宗次が階段を降りると、初老の目明かしらしいのを従えて土間に立っていた四十半ばくらいに見える筆頭同心の長石志之助《ながいししのすけ》とやらが、なんと凄腕らしくない笑みを顔いっぱいに広げて丁寧《ていねい》に頭を下げたではないか。

宗次は「はて？」という訝《いぶか》し気《げ》な表情を拵《こしら》えて、「宗次でござんすが」と、同心旦那の目の前、上がり框《かまち》にきちんと正座をした。

「東町奉行所の筆頭同心長石志之助と申します。お役目でいきなりお訊ね致しますが、江戸の浮世絵師の宗次先生でいらっしゃいますか」

筆頭同心長石志之助が、宗次の名の下にいきなり「先生」を付した。話し方も町人に対する武士の当たり前な調子とは大きく違っている。奉行所筆頭同心であるのにだ。

「先生かどうかはともかく、いかにも江戸の浮世絵師宗次でござんすがね」

相手が丁寧に出てくるものだから、宗次も江戸のべらんめえ調に、やわらかな衣を着せ、表情も明るく繕《つくろ》った。

「もう一つ、念押しさせて下さい。江戸は鎌倉河岸《かまくらがし》の八軒長屋《はっけんながや》にお住まいの宗次先生ですよね」

「はい。仰《おっしゃ》るように八軒長屋という貧乏長屋に住んでおりやすが」

「よかったあ。もう宗次先生に間違いありません。いやあ、この『東山』で十二軒目の宿改めなんですよ。やっと見つけました。あ、ちょっと待ってください」

宗次には何のことやらさっぱり訳が判らなかった。いや、判らせようとしないまま、凄腕とかの割には人が善《よ》さそうな筆頭同心長石志之助は、初老の目明かしらしいのと一緒に外へ飛び出していった。

悠は心配そうに、帳場を背にして母親と肩を並べて座っている。

帳場に座って右手を算盤《そろばん》の上にのせ、困惑気に宗次をじっと見つめているのは年老いた白髪の番頭だ。

宿の外へ出ていった筆頭同心長石志之助と目明かしが戻ってくるのを、宗次は姿勢を正して待った。京《みやこ》は御所様（天皇）が在《お》わす、江戸、大坂と並ぶ大都市である。いや、都市の品格としては、征夷《せいい》大将軍（徳川将軍）が在《お》わす江戸よりは京《きょう》の方が遥《はる》かに上、という認識が宗次にはあった。

その京《みやこ》の奉行所役人が不意に訪ねてきたのであるから、宗次は緊張はしていなかったが神妙に正座の姿勢を崩さなかった。

と、表戸の左寄りに詰めて開けられている大判な二枚の障子に日差しが当たり出し、門口の柳が影を映した。どうやら悠が言ったように雨が止んで雲が切れ、御天道《おてんと》様《さま》が顔出しなされたようだ。

明るくなった障子に映る柳の影を所在無げに眺めている宗次の表情がやがて「お……」となった。障子に二本差しの姿が濃い影をつくり、大判の二枚障子の上をゆっくりとした動きで開いている表口へと近付いてくる。

これは先程の旦那ではない、と宗次は直ぐに判った。影を見ただけで、背丈も恰幅《かっぷく》も違う。

「影」が開いている表口に立った。

瞬間宗次は胸の内で「あっ」となっていた。似ている、いや、似過ぎている、と宗次は思った。当代随一の絵師の直感……というよりは確信的な識別眼とでもいうものだった。

その侍は宗次とほぼ同じ年くらいであろうか。身形《みなり》正しく、背丈《せたけ》に恵まれ彫《ほ》りの深い凛《りん》とした風貌であった。この人の風貌こそ「知的な……」と形容すべきなのであろうと思いつつ、宗次はゆっくりとひれ伏した。位を極めた侍が、位を極めているに相違ない相手に対して見せた、真《まこと》に綺麗な礼法だった。

「どうか面《おもて》を……宗次先生」

上がり框の直前にまで寄ったその侍は宗次の髭面《ひげづら》に驚くこともなく、にこやかに言葉短く、そう言っただけであった。周囲にいる者は訳がよく判らず、半ば茫然の態《てい》である。

宗次は髭面を上げ、そしてこれもまた、にこやかに言った。

「若《も》しや幕府御重役七千石筆頭大番頭西条山城守貞頼《さいじょうやましろのかみさだより》様の御息女美雪《みゆき》様のお兄上様……ではございませぬか」

「あははは、美雪が申す通りでございましたな。さすが宗次先生の眼力、ひと目で見破られましたか」

「それに致しやしても、ご兄妹《きょうだい》大層似ておいでございやす。驚きやすほどに」

「改めてご挨拶致しまする。美雪の兄、西条九郎信綱《くろうのぶつな》でござる」

「ご丁寧に恐れ入りやす。浮世絵師宗次でございやす。見苦しい不精髭で勘弁願いやす。それに致しやしても信綱様、お役目は大坂城在番と美雪様からお聞き致しておりやしたが……」

「宗次先生。うまい具合に雨も止みましたし、宜《よろ》しければ少し付近を歩きませぬか」

「この髭面でも、よござんやしょうか」

「一向に……」

「お供致しやす」

正座していた宗次が立ち上がると、下足番の老爺《ろうや》が宗次のために宿に備えの新しい雪駄《せった》を下足入れから取り出して、框の下に揃えた。機転だ。

西条九郎信綱がひと足先に宿の表口から外へと出ていくと、帳場の前に節と肩を並べて座っていた悠が、ぷうっと頬を膨《ふく》らませた。

視野の端で、宗次は悠のその表情を確《しっか》りと捉えていたから、雪駄の上へ足を下ろしながら笑顔を向けてやった。

「日が沈んだら、祇園あたりを案内しておくれ」

宗次が少しわざとらしく声を潜《ひそ》めて言うと、悠はたちまち表情を輝かせて頷いてみせた。そして、髭を剃《そ》る手振りをして見せたから、宗次は「うん、頼む……」と応じて、宿から出た。

京都東町奉行所筆頭同心長石志之助と目明かしの姿は、近辺に見当たらなくなっていた。

宗次を見つけたことで、役目を終え、引き揚げたのであろうか。

代わって、西条九郎信綱が身形《みなり》正しい四、五人の侍を背後にやや離して従えさせ、穏《おだ》やかな表情で待っていた。従えさせている、というのが侍たちの様子で判った。

「お待たせ致しやした」

待たせるほど待たせた訳ではないが、宗次はそう言って丁寧に頭を下げた。

西条九郎信綱が一歩前へ踏み出して小声で言った。

「宗次先生は呑まれますするので？」

「美雪様はどのように申しておられやしたか」

と、宗次も小声で応じる。

「いや、その点については……」

「左様ですか。雰囲気のいい酒ならば喜んで戴《いただ》きやす」

「判りました」

西条九郎信綱は微笑んで頷くと、後ろを振り返り「笠間《かさま》……」と一人の名を物静かな口ぶりで呼んだ。

侍たちの中の三十半ばくらいの者が「はい……」と、九郎信綱の前へうやうやしく進み出た。

「私は宗次先生と少しこの界隈《かいわい》を散歩してから所司代《しょしだい》屋敷へ戻る。今日は大変ご苦労だったな。ひとまず先に引き揚げてくれるか」

「承知いたしました」

いかにも実直そうな印象の笠間某《なにがし》は、九郎信綱に命ぜられると、他の侍たちを引き連れて足早にたちまち遠ざかっていった。

「さ、参りましょうか宗次先生」

「所司代屋敷、というお言葉が聞こえやしたが、人事の異動でもございやしたので？」

「はい。ま、それについては歩きながらでも、話をさせて下され。宗次先生の京《みやこ》入りの訳についてもお聞かせ下されば」

「畏《かしこ》まりやした」

二人は肩を並べて、どちらからともなく歩き出した。背丈は、ほぼ同じくらいであろうか。

「宗次先生は京《みやこ》へは初めてでございますかな」

「ええ、まあ、初めてのようなものでござんして」

「初めてのようなもの……とは？」

「いや、まあ……あまりこうだと申し上げる程でも無い絵仕事の用で、ほんの少し前に短い間でしたが滞在したに過ぎやせん。でやすから、京《みやこ》の町割《まちわ》りについちゃあ全く詳しくない、と申し上げやした方が……」

「左様ですか。では祇園へでも御案内致しましょう」

「恐れ入りやす。江戸でも京《みやこ》の祇園と申しやすと、きらびやかな花街《はなまち》として、その名が知られておりやすが……」

「私が大坂城在番の勤めから京《みやこ》へ赴任《ふにん》して、まだ二十日《はつか》ばかりにしかなりませぬが、配下の者たちの話では、祇園が花街として充実を見せ始めたのは、大和大路通や四条通の整備が行き届いてその周囲に町屋《まちや》が建ち並び始めた、ここ七、八年のこととか」

「なるほど。京《みやこ》には御所様（天皇）が在《お》わし、また公家《くげ》、武士、芸術家や学者、財力ある商人、卓越した業持《わざもち》職人、そして民《たみ》の者など多くが渾然一体《こんぜんいったい》となって京《きょう》の町を造り上げておりやすから、祇園のような花街はあれよあれよと言う間に、きらびやかに膨らんでゆきやしょう」

「誠に仰《おつしや》る通りだと思いまする」

「此処から祇園までは、遠いのでございやしょうか」

「町の人々は、宗次先生がお泊まりの宿『東山』があるこの界隈をも祇園と称しているようですな。但《ただ》し、花街としての祇園は、その先に見えている祇園社の朱塗りの楼《ろう》門《もん》の前から西へと延びる四条通を幾らも行かぬ内に、現われて参りまする」

「あの立派な朱塗りの楼門が、祇園社のいわゆる正門でござんすか」

「そうではありませぬ。正門と見紛《みまが》うあの朱塗りの楼門は、祇園社の西門《にしもん》にあたり、若《も》し裏門という表現が許されるとしたなら、それに当たりまする」

「ほほう……裏門」

「祇園社の正門と申すのは、境内《けいだい》の奥の舞殿近くに位置する南の楼門を指しまするが、しかし、ま、朱塗りの西の楼門を正門と思い込んで参詣を済ませる者が少なくないとか」

「とくに京《みやこ》の外から初めて参詣に訪れた者は、そう思いやしょうねえ」

「宗次先生がお泊まりの宿『東山』でありまするが、矩形《くけい》の敷地を囲む塀はちょうど此処までございまする」

歩みを緩《ゆる》めた九郎信綱が宗次の足元近くを指差したので、宗次は「えっ……」と立ち止まった。

先ほど出て来た「東山」の表口は、半町ほど（五十数メートル）北にまだ隠れずに見えている。

「あの宿、これほど大きくござんしたか」

宗次は、二、三か所木肌の色が違って続いている古い板塀を、宿の表口まで驚きの目で辿《たど》った。

「ご存知じゃなくて、お泊まりでしたか」

「はあ、小雨降る中をようやく見つけた古宿の感覚しか、ござんせんでした。日暮れ時でありやしたし、泊まってから今日まで小雨続きで、外歩きをせず部屋に閉じ込もっておりやしたもので」

「左様でしたか。ま、ともかく祇園へ足を進めましょう先生」

「そうですねい。そう致しやしょう」

二人はその後直ぐに右へ折れて四条通に入り、祇園社を後ろにおくかたちで祇園へと向かった。雨が上がったからか、四条通に人の往《い》き来が増え出していた。

「これが先ほど仰《おつしや》いやした四条の道筋でござんすね信綱様」

「ええ、このまま真っ直ぐに行《ゆ》きますると、鴨川に架かった四条大橋を渡ることになり、それを渡り切って直ぐの所に、若い娘たちから〝艶恋川《つやこいがわ》〟とか〝詩恋川《うたこいがわ》〟とか呼ばれております『高瀬川《たかせがわ》』が北から南方向へと流れておりまする」

聞いて黙って頷く宗次であった。京《みやこ》造りに大きな貢献を果たしてきた高瀬川の名を知らぬ筈のない宗次である。

「それから先生……」

　と、信綱は言葉を続け、そう遠くない辺《あた》りを指差してみせた。

「かつて、あの辺りに織田有楽斎《おだうらくさい》（天文《てんぶん》十六年・一五四七〜元和《げんな》七年・一六二一）の屋敷が在《あ》ったようでしてね」

「なんと……千利休《せんのりきゅう》の高弟七人の内の一人で当代一流と評された、あの有楽斎のですかい……」

「左様。織田信長《のぶなが》公の弟で、武将でありながら茶道有楽流の開祖でもある織田有楽斎でございまする」

「信長公が明智光秀《あけちみつひで》に不意打ちされた『本能寺《ほんのうじ》の変』の時、確か有楽斎は二条城にあって、矢張り明智軍に攻められたのではありやせんでしたかねい」

「美雪の申していた通りでございまするなあ。歴史については実に色色とよく御存知でいらっしゃる。その通り、有楽斎は明智軍に攻められて二条城を脱出しております。その後、豊臣秀吉公に近侍《きんじ》して一万七千石を領しましたが……」

「結局、関ヶ原《せきはら》の戦《いくさ》では徳川方（東軍）に加わり、その功でか有楽斎は、大和国山辺《やまとのくにやまべ》郡に三万石を与えられ、人生後半を茶道に打ち込めたのでござんした」

「その有楽斎の屋敷が、この先に在ったという訳でありまするが先生、実を申しますと……」

九郎信綱は立ち止まって声をひそめると、いま来た方を意味あり気な表情で振り返ったので、宗次も付き合った。むろん、宗次が泊まる古宿「東山」は、もう二人の視界には無かったのだが……。

「宗次先生、実は有楽斎の門弟には非常にすぐれた美貌の茶人が一人いたと伝えられておりまして……」

「美貌……女でござんすね」

「左様。裕福でない下級武家の出であったらしいのですが、とにかく礼式・作法をよく心得、茶道についても有楽斎に迫るほどの極みに達していたとか」

「それはまた……」

と、宗次の声も自然と低くなっていた。

「それで先生。その美貌の茶人の完璧《かんぺき》すぎるほどやさし気な人間性が、有楽斎は俗世にまみれ過ぎることを恐れ、小屋敷と下働きの小女二、三人を与えて住まわせたと伝えられておるのです。この住居《すまい》で一心に更なる研鑽《けんさん》に励み、茶の道の極みに一層達するようにと」

「その小屋敷というのが、若しかしてあの『東山』でござんすか」

と、宗次は「東山」の方を指差してみせた。

「はい。配下の京生まれの侍から聞いた話ではどうやら……」

「なかなか興味深い話でございやすねえ」

「但《ただ》し、根拠なるものは何一つありませぬようで。あくまで織田有楽斎が茶人として偉大過ぎるがゆえの言い伝え、つまり伝説と思うて下された方が宜《よろ》しいかと」

「ええ、伝説でござんしょうねえ。武人であって茶人である有楽斎の側室とかではないのでありやしょう？」

「私は、そう思っておりまする。あくまで有楽斎がその女性茶人の輝くばかりの才能を慈《いつく》しむ余りに、純粋な気持でしたことであろう、と」

「よしんば、有楽斎とそのすぐれた女性茶人との間に、男女の深い香りが漂《ただよ》っていたと致しやしても、宜しいではありやせんか。茶の道で余りにもすぐれた御二人となりやすと、邪《よこしま》な濁った目で眺める気など毛の先ほども起きやせんやな」

「ははは、さすが宗次先生。私も同感でございまするよ。さ、立ち話はこの辺りまでとして祇園へ急ぎましょう……もう直ぐ其処《そこ》ですゆえ」

九郎信綱に促《うなが》されて頷いた宗次が、呼吸《いき》を合わせるようにして体の向きを戻した時であった。背後から駆け迫ってくる足音があって「西条様……」と抑《おさ》え気味の声が掛かった。

九郎信綱が振り返り、ひと呼吸をわざと遅らせて、宗次も振り向いた。宗次の耳の奥にまだ残っている、聞き覚えのある声だった。果たして、息急《いきせ》き切って駆け付けて来たのは、先ほど「東山」前で別れたばかりの九郎信綱の配下笠間 某《なにがし》である。

「大変でございまする西条様……」

笠間 某《なにがし》は西条九郎信綱の前で一礼するや、宗次にチラリと視線を流してから上司の耳元へ顔を近付けた。

背丈のある九郎信綱が相手のために、やや背中を曲げて姿勢を落とす。

宗次は九郎信綱に背を向けるや、気を利《き》かせて足早に二人から離れ、そのまま歩みを落とさず立ち並ぶ商家を眺め眺め独り先へと進んだ。

何事か緊急事態を報《し》らせに駆けつけた笠間 某《なにがし》の顔つき、と宗次には見当がついたが、一介の絵師が九郎信綱と肩を並べて聞く訳にはいくまい、と判断したのであった。

「ほう……」

と、宗次の表情が思わず緩んだ。直ぐ目の先に「うどん四条」と藍地《あいじ》に白抜き文字の暖簾を下げた店があって、その暖簾を両手でしとやかに掻き分けるようにして、黒《くろ》羽織《はおり》の粋《いき》な姐《ねえ》さん――とは言っても二十二、三の――が二人、姿を見せたのである。

すぐれた浮世絵師としての宗次の目が、咄嗟《とっさ》に「これは絵になる……」と捉えた。

二人の姐さんが、こちらを見ている宗次に気付いて、にっこりとして腰を微《かす》かに沈めてみせる。それは〝黒羽織の世界〟で慣《な》らした姐さんならではの、なんとも言えぬ腰の沈め具合であった。明らかに素人《しろうと》ではない女《ひと》のそれである。

だが、二人の姐さんの表情が次の瞬間、「あっ」と目を見張っていた。その視線が自分の後方に注がれていると知った宗次が、後ろを振り返る。

商家の陰から不意に飛び出した浪人三人のうち一人が、笠間某《なにがし》の真横から刀を繰り出すようにして突き掛かり、あとの二人が九郎信綱に斬りかかった瞬間であった。

（あっ……）

と宗次は脱兎《だつと》の如《ごと》く走り出した。

笠間某《なにがし》が「ぐあっ」と低い悲鳴を上げて、左脇腹に突き刺さった相手の刀を摑んだまま横転。

二人の浪人に斬りつけられた九郎信綱の方は、一瞬のうちに二人を地に沈めていた。

宗次は（これは凄い……）と、その太刀筋をはっきりと見届けた。

加勢に駆けつける迄《まで》もない、光が走ったかのような居合抜刀《いあいばっとう》の一閃《いっせん》だった。一人の下顎を有無を言わせず、踏み込みざま下から上へと刃を翻《ひるがえ》して深深と断ち割るや、己れの眼前に迫っていた二人目の刃を鍔《つば》で受け止めざまひねり返し相手の耳の下をざっくりと裂いていた。殆ど同時斬りだ。相手は悲鳴を上げる余裕すら与えられない。

沈黙のまま、どっと倒れる刺客浪人二人。

(小野《おの》派一刀流二段返し……)

宗次は胸の内で呟きながら、すでに走るのを止《よ》していた。

笠間某《なにがし》を倒した浪人が、己れの刀を倒した相手の脇腹へ残したまま一目散に祇園社の方へと逃げてゆく。なんとも見苦しいその後ろ姿であった。

「急いで医者を……」

菓子屋から恐る恐る出てきた若い手代風に、宗次は鋭く声を掛けた。

手代風が「は、はい」と応じはしたが、振り返った九郎信綱が笠間某《なにがし》の脇に片膝突きながら、「いや、宗次先生……」と首を横に振ってみせた。

「駄目ですかい」

と、言葉静かに宗次は九郎信綱にゆっくりと近付いていった。端整な顔は物静かな印象ではあったが、さり気なく辺りへ配る目つきが、凄みを覗かせている。

逃走した浪人一人は幸運であったとしか言い様がない。もし宗次が九郎信綱の傍にいたままなら、笠間某《なにがし》に襲い掛かった逃亡者は無残な目に遭っていたに相違ない。宗次の手元に、たとえ大小刀が無くともである。揚真《ようしん》流兵法は宗次の右の拳に、積み重ねた厚瓦《あつがわら》数枚を粉微塵《こなみじん》とする威力を与えている。

三

「宗次先生、申し訳ありませぬが今日のところは一度、『東山』へお戻りになっていて下され。現場のこの後の処置については私の役目となりまするゆえ」

九郎信綱の真顔《まがお》な強い調子の言葉で、やむなく古宿「東山」へと引き返した宗次であった。一見して旅人と判る老夫婦らしい二人連れの後に続くようにして、宗次が「東山」の暖簾《のれん》を潜ると、老夫婦客を迎えた手代や女中たちの張りのある声の向こうで、悠が宗次に気付き「あれ？」という表情を拵えた。

上がり框に腰を下ろした先客の四、五人が、平桶《ひらおけ》に満たした足湯で旅疲れの足を清めている。

宗次が客の邪魔にならぬようにと土間の端へ寄って雪駄を脱ぐと悠が小声で「先生

……」と訝《いぶか》し気《げ》に近寄ってきた。

「随分《ずいぶん》と早いお帰りですけど、何かあったんですか」

声を潜めることを忘れないあたりは、さすがに客を大事とする宿の娘だった。

「何かあったような顔をしているかい」

「ええ、なんだか目つきが少うし、きつくなっていらっしゃいます」

「そうかい」

少し苦笑した宗次は、二階へ上がろうとして階段の方へ行きかけた足を、ふっと休めた。

「お悠さん、ちょいと訊《き》いていいかい」

宗次が如何《いか》にも意味あり気に声を低くすると、悠は「はい……」と目を輝かせたあどけない顔を近付けてきた。

客の応対で忙しく動きまわっている母親の節が、こちらを気に掛けているらしい様子を宗次は視野の端で確《しっか》り捉えていた。

悠が囁いた。

「悠の方から先にお願いしたい事がありますす先生」

「お願い？……構わねえよ、言ってみな」

「私《うち》のこと、これから悠と呼び捨てにして下さい。他人行儀な、さん付けじゃなくて」

「私《あつし》はこの宿の客だい。宿の主人《あるじ》の娘さんを呼び捨てに出来る立場じゃあねえやな。他人行儀が当たり前だわさ」

「立場がどうの、じゃなくて、とにかく呼び捨てにして下さい。悠、と」

「うーん……」

「私《うち》の気持が……私《うち》の心がそう呼んでほしい、と言うております。心の底からそう思っているのです。だからいいでしょ先生。ね」

「お節さんの……いや、おっ母《か》さんの耳に入ると私《あつし》が怒られやす。きっと、ひどく怒りなさる。この宿を放り出されると、また泊まる所を探さなきゃあならねえやな」

「母へは私《うち》から話しておきます。大丈夫です。宗次先生には悠と呼んでくれるよう私《うち》から無理に頼み込んだから、と……だからいいでしょ、ね、先生」

「んじゃま、好きなようにしなせえ」

悠の余りのあどけなさに、遂に折れてしまった宗次であった。十三歳の心真《ま》っ白《しろ》な娘に迫られたなら、宗次に勝ちめはない。

「わっ、よかった」

声を潜め、幼さがまだ充分に抜け切れていないあどけなさが残った顔いっぱいに笑みを広げる悠であった。

帳場に座って小僧や女中や手代の動きに目を配っていた番頭の与助に、「番頭さん。あと、お願いします」と節が一声掛け、心配顔でこちらへやってくるのを、宗次は視野の端に見逃さなかった。

「ちょいと訊《き》いていいかい」という問いを悠に向けた宗次であったが、やはり悠よりも母親に訊くのが筋《すじ》だ、と思い直した。

その積もりがあったから、宗次は与助が腰を上げて空《から》となった帳場へ自分から近付いていった。自分が座るためではない。節に座って貰うためであり、その思わく通り節が「あの、先生……」と不安気味に短い言葉を漏らしながら、帳場に腰を下ろした。

宿帳とか食料品の仕入帳とか沢山《たくさん》の帳面をのせている帳場の文机《ふづくえ》はかなり大きく、その三方を高さ二尺余の格子状の囲みで囲んでいる。その囲みが文机よりも七、八寸高くなっているものだから、宗次が節と文机を挟んで向き合って座るには、邪魔となった。

したがって宗次は悠と共に、節を横から見る位置に正座をした。

「春江《はるえ》さん、先生に温《あった》かいお茶をお持ちして……」

「はい。ただいま」

上がり框に座って若い女中たちにてきぱきと指示を出していた春江という年輩《ねんぱい》の女中に用を言いつけて、節は膝を左へゆっくりと半まわりさせ宗次と悠に向き合った。

「先生、申し訳ございません。お悠が何だかんだと纏《まと》い付いているのではございませんか。大人っぽく見えても、なにしろ、まだ十三の小娘でございますので」

と囁き声の節であった。

「いや、べつに……ただ、今日から悠と呼び捨てにしてほしいと本人からいきなり頼まれやして、いささか困惑致しておりやす」

宗次も小声で返して、苦笑《にがわら》いを口元に見せた。

「まあ、娘がそのような事を申しましたか。お悠が生まれました時は、父親はすでに急な病で亡くなっておりまして、それから今日《こんにち》に至るまで、心淋しい思いをさせてきたことは母親として充分に承知いたしております。宿のお客様にご不快な思いをさせてしまい本当に申し訳ございません」

「なあに。不快などとは思っちゃあおりやせん。そうでしたかい、生まれる前に父親が急な病でねい」

「お客様である宗次先生に、お悠が心あたたまるものを何となく感じたのであろうと思います。それでつい、甘えの感情が出たのでございましょう。何と申しても、まだ子供でございますゆえ」

「判りやした。女将さん、いや、御内儀さえ異存なけりゃあ、この『東山』に泊まっている間は、悠と呼び捨てにさせて戴くこと、承知して下さいやすか？」

「私に異存などはございません。どうか、悠、と呼んでやって下さいまし。それから先生、あのう……」

「へい？」

「お客様に出過ぎたことをお訊きするのは控えなければなりませんが、江戸の浮世絵師である先生が京《みやこ》へどのような御用で？」

「ははあーん。この髭面絵師を京都東町奉行所の筆頭同心長石志之助様が訪ねて見えたことを、気になさっておりやすね」

「いえ。髭面であることは何とも思っておりませんが、筆頭同心長石志之助様と更にその御上席かと思われる凜《りん》とした立派な御風格のお役人西条九郎信綱様とかが宿に見えられ、しかも其の西条様と先生とがお知り合いのように見えましたものでございますから……」

「ま、それについて詳しいことをあれこれ打ち明けることは控えさせて戴きやすが、全く御心配なさることはありやせん。この宿の営《いとな》みに差し障《さわ》りが生じる不安も一切《いっさい》ございやせん。それに私《あっし》は、京都町奉行所から目をつけられるような悪《わる》ではござんせんから、安心なすって下さいやし」

「悪《わる》だなどと、とんでもない。そのようなこと、思いも致しておりません。私が心配致しておりますのは、ひょっとして宗次先生は、とんでもなくお偉い方《かた》ではないか、ということでございます」

「この髭面絵師がですかえ」

「あ、先生、手代の三吉さんが先生の都合のいい時に、いつでも髭を当たってくれます」

悠が横に座っている宗次との間を詰め、にこにこと目を細めて囁いた。自分が宗次に、悠と呼び捨てにされることが決まって、余程に嬉しいのであろうか。もう、左の肩を、兄にでも甘えるかのようにして、宗次の右の肩にくっ付けている。

「そうかえ。ありがとよ。それから、御内儀と少し大人の話があるので、すまねえが暫《しばら》くこの場から離れていておくんない」

「はい」

聞き分けのよい悠であった。頷いて腰を上げ、宗次と節からあっさりと離れていった。

「あのう、私に何か……」

宗次を見る目に節が小さな不安を覗かせて、僅《わず》かに眉をひそめた。

「御内儀に、京《みやこ》不案内な私《あっし》が訊きてえ事がございやしてね。いや、なに、余り深刻にならねえで戴きたいと思いやすが……」

「紅葉の綺麗な神社仏閣への行き道について、とかでございましょうか」

「それはお悠さん、いや、悠に案内して貰う積もりでおりやす。実はこの京《みやこ》の治安についてでござんすが、最近何か深刻な事態が生じたり致しておりやせんか……むろん、お聞かせ下さいやしたことは絶対に口外致しやせん」

「治安と申せば、このところ大店《おおだな》とか御公家《おくげ》様の御屋敷への押し込みが目立っております。急に増え出したのは昨年の夏あたりからでございましょうか」

「江戸や上方で特に名の知られた組織の大きな賊と言やぁ『白熊《しろくま》の円三《えんぞう》』とか『天城《あまぎ》の小奴《こやっこ》』を頭《かしら》とするそれぞれ数十人集団の一党でござんすが、耳にしたことはありやせんか」

「あ、『白熊の円三』については京中《みやこじゅう》の宿を含めたあらゆる商家に、『用心せよ』の御触書《おふれがき》が御奉行所から回って参りました。なんでも押し込み先の柱に白熊の墨絵を貼り付けて悠然と立ち去るとか」

「そうですかえ。ま、『白熊の円三』は血を流さねえ本格派の大盗賊として知られていやすが、『天城の小奴』の御触書が回ってきたなら用心しなせえよ。こいつあ金を盗るためなら平気で血を流しやす。江戸でも、奉行所や盗賊改の与力同心の中から犠牲者が幾人も出ておりやす」

「まあ、怖い……」

「御内儀は大店《おおだな》とか御公家《おくげ》屋敷が押し込みに、と言われやしたが、昨今の御公家屋敷が賊に対処する力が著《いちじる》しく弱いため、狙《ねら》われ易いのは判ると致しやしても、金は余り持っていないと思いやすがねえ。つまり御公家は今や、言葉を飾らずに言いやすと貧乏であると……」

「御公家屋敷とは申しましても京《みやこ》の人人の噂雀《うわさすずめ》の口にのぼっておりますのは、家格の区分で言いますと五摂《ごせっ》家、閑院《かんいん》家、花山院《かざんいん》家、中御門《なかみかど》家あるいは日野《ひの》家、四条《しじょう》家など十幾つの家格区分からなる上流公家の御屋敷に限ってのようでございますよ」

「なるほど。御公家屋敷が秘匿《ひとく》する歴史的伝統的に貴重な品品を狙っての押し込み、と言う事ですかねい。いや、多分そうでしょう。秘匿《ひとく》されている金銀の品品や奈良時代に既に日本へ渡来している象牙《ぞうげ》の品品といったものは恐らく相当有りやしょうから。しかし、十幾つもの家格区分と申しやすと、実際は大変な屋敷数となりやしょうねえ」

「左様でございますね。先生は御公家について、お詳しいのでございますか」

「とんでもありやせん。あっしは江戸人《えどびと》でござんすから、京人《みやこびと》ほどの知識は持ち合わせておりやせんし、一介《いっかい》の町人絵師に過ぎやせんから、御公家への関心もいささか薄うございやす。へい」

「たとえば日野家だけを取り上げてみましても、中枢《ちゅうすう》に十二家がありまして、これが更に、血筋の濃淡にかかわりなく数えた場合の枝分《しぶん》の氏《うじ》までみてゆきますと二百家を超える広がりをみせるとか聞いたことがございます」

「二百家……」

さすがにそこまでは知っていない宗次であったから、血筋の濃淡にかかわりのない枝分《しぶん》の氏家《うじけ》の余りの多さに、さすがに唖然《あぜん》となった。

「でも宗次先生……」

と、節が膝頭《ひざがしら》を宗次に近付けて、そっと顔を寄せてきた。その顔の寄せ方が、悠によく似ている。

安くはないと判る髪油の甘い香りが、ふっと宗次の鼻腔《びこう》をくすぐった。

「先生はまた、どうして急に京《みやこ》の治安の話を持ち出されたのでございますの？」

語尾の「……の？」というところで、ふっと目元を妖《あや》しくさせる節であった。女の目だ。

「それなんですがね……」

と言ってから、宗次は腕組をして少し考え込む慎重さを見せた。今日はじめて出会った美雪の兄、西条九郎信綱の配下笠間某《なにがし》が不意討ちで倒されるところを目撃してしまったのだ。しかもその仲間は大坂城在番から京《みやこ》へ人事の異動を発令されてまだ日が浅い九郎信綱にまで襲い掛かっている。

と言うことは、不意討ちの目的は九郎信綱に対してこそあったのかも知れない、という見方も出て来る。つまり「暗殺」だ。

いずれにしろ宗次にとっては見逃せない出来事であった。

（うむ……）と胸の内でひと息吐いてから、宗次は腕組を解いて、自分を黙って見続けている節と目を合わせやわらかに囁いた。

「率直にお訊ね致しやす。御内儀は口の固い御人《おひと》でござんすか？」

訊かれた節は、それまでの真顔を崩して目を細めにっこりとした。

「はい。とても固うございます。色色な御職業の人様をお泊めする商売を致しておりますから」

「なるほど……」

「このような宿商売は、主人《あるじ》や奉公人の口が軽いとすぐに旅人から旅人へと噂が伝わって、あっという間に商《あきな》いが立ち行《ゆ》かなくなります。近頃はこの界隈にも宿が次から次へと出来まして、競争も大層厳しくなっておりますから」

「判りやした。私《あっし》が京《みやこ》の治安について口にした理由《わけ》を打ち明けやしょう。少し前に、私《あっし》が江戸の顔見知りの人の兄上様であられるお侍《さむれえ》と出掛けたことは、御存知でござんすね」

「はい。御出掛けなさいます様子を、私とお悠で帳場そばに控えたまま拝見致しておりましたから……表口までお見送りするのは遠慮させて戴いたのでございます」

「ま、ま、それはいいやな。で、私《あっし》とそのお侍《さむれえ》が四条通をほんの少しばかり行った時ですがね……」

宗次は、笠間某《なにがし》が倒され九郎信綱も襲われた時のことを、その前後の様子までも加えて、具《つぶさ》に節に打ち明けた。

「そのように恐ろしいことが……」

と、節は顔色を青ざめさせ、肩をぶるっと震わせると言葉を続けた。

「幸い無事であられたお侍様が、美雪様と申される御方《おかた》の御兄上様で西条九郎信綱様と仰います御名前であられますこと。また大坂城在番の御役目にあられて何らかの事情で京《みやこ》へお見えになっておられますこと、などについては宿《うち》の土間での御二人の御様子で、私とお悠にはすでに理解できております」

「私《あっし》も大坂城在番の職にあられた九郎信綱様が、なぜ京《みやこ》におられるのか、まだ詳しく訊かせて貰っちゃあいません。その前に起きた不意討ち事件でござんしたから」

「お役目が変わられて、大坂から京へ参られたのでしょうか」

「そうだとは思いやすが、そういう事は一介の町人絵師である私《あっし》から訊くことではありやせんからね。ま、大身《たいしん》御旗本家のきちんとした御方《おかた》でありやすから、そのうち話して下さいやしょう」

「大身御旗本家……でございますか」

「へい。またこの『東山』へ足を運んで下さる可能性は大いにありやしょうから知っておいておくんなさい。九郎信綱様のお父上は七千石の大身御旗本で幕閣重臣として筆頭大番頭の地位に就《つ》いていらっしゃいやす」

「まあ……七千石で筆頭大番頭でございますか」

節は目を丸くして思わず右の掌《てのひら》を口に当てた。

「宗次先生、九郎信綱様のこと御立派な身状《みじょう》のことも含めて、私ひとりだけではなく番頭とお悠くらいまでは知っておいた方が宜しいかと思いますが、打ち明けても差し支えございませんでしょうか」

「結構だと思いやす。番頭の与助さんもなかなかの苦労人のようで、人柄も確《しっか》りしている、と判ってきやしたから」

「それから、私は先ほど大店《おおだな》と御公家屋敷への押し込みが昨年の夏頃から増え出した、と申しましたが……」

「そうでしたね、へい」

「実は……」

そこで言葉を切った節は、表口を忙《せわ》し気《げ》に出入りしている手代や女中や小僧たちの方へチラリと不安そうな視線を送ると、上体をすうっと宗次の方へ傾けて顔と顔との隔《へだた》りを縮《ちぢ》めた。

「実は先生、昨年の年末から今年の秋口にかけてこの京《みやこ》で、押し込み事件以上に恐ろしいことが続発しているのでございます」

「どういう恐ろしいこと、なんです。聞かせておくんなさい」

「内緒でございますよ先生。私はその現場を見た訳ではありません。あくまで三月《みつき》に一度ありますす同業者の寄合いで交わし合っている噂とやらを、耳に挟んだに過ぎませんから」

「内緒……心得ておりやす」

「昨年の夏頃に増え出しました押し込み事件の後をまるで継ぐかのようにして、昨年の十二月十日を皮切りに京都所司代と京都町奉行所のお役人が次次と殺害……いえ、暗殺と申した方が宜しいのでしょうか、五人も犠牲になっているのでございます」

「なんと……次次と五人もですかい」

「はい。所司代と奉行所では総力をあげて密《ひそ》かに下手人の探索に努めているらしいのですけれど、秋もすっかり深まりましたのに、いまだに下手人の輪郭《りんかく》さえも把握できていないとか申します」

「その殺害……暗殺されたとかいう五人の役人の役職なり御役目なりは、噂の中へ入ってきておりやすので？」

「京都所司代与力様が御三人、東町奉行所与力様が御一人、西町《にしまち》奉行所の与力様が御一人、という風に噂は流れておりますのですけれど」

えらい時期の京《みやこ》へ来てしまった、と宗次の気分は重くなった。

もう一つ、「是非にも訊かねばならない……」と宗次の胸にひっかかっている事があった。この時期に自分が京《みやこ》入りしたことを、美雪の兄西条九郎信綱は何故正確に知っていて、東町奉行所筆頭同心を使ってまで泊まり宿を突き止めたのか、という疑問であった。

宗次は京《みやこ》行きを誰にも告げずに、江戸を旅立っていた。貧乏長屋の誰彼《だれかれ》には「遠くの泊まり込みの絵仕事を引き受けちまったい」とあやふやに言っておいたし、美雪に対しては旅立ちのことなど何一つ明かしてはいない。ただ美雪は、宗次が京《みやこ》の御所様（天皇）から声が掛かる程の天才浮世絵師であることを、すでに充分承知してはいる。

「どうかなさいましたか先生」

宗次が思案顔で急に黙り込んでしまったので、節が不安気な美しい表情を拵えた。

「あ、いや、ちょいと考えごとをね。それにしても所司代や奉行所の与力たちばかりが五人も暗殺されるなど、只事《ただごと》ではありませんやね」

「暗殺された五人が五人とも御家庭をお持ちだそうで、所司代や奉行所の御役人たちの怒りは天を衝《つ》いているとかのようでございます」

「そりゃあそうでござんしょ。同僚であった御役人たちの、怒髪天《どはつてん》を衝くってえ激しい怒り、当然でございやすよ。下手人は捕まったなら、八つ裂きにされて首を切り落とされやしょう」

「宗次先生、京《きょう》の町絵図はご必要でございましょうか」

節が不意に話の方向を変えた。

「町絵図？」

「はい。宿商売でございますから、やや大まかな作りですけれど、京の町絵図の備えはございます」

「そいつあ助かりやす。一部頂戴できやすかえ」

「あの……」

「判っておりやす。江戸でも町絵図ってえのは決して安くはござんせん。宿を発《た》つ時にでも宿賃と合わせて支払えるようにしておいておくんなさい」

「申し訳ございません。そのようにさせて戴きます。先生は、あのう、いつまで京《みやこ》に御滞在でございますか」

「浮世絵師としての用が一段落致しやしたら江戸へ戻りやす。たいした用を抱えている訳じゃあござんせんがね」

「承《うけたまわ》りました。それでは町絵図は御部屋の方へお持ち致しますから、先生の京《みやこ》での御用にお役に立ちますかどうか、広げて御確認下さいませ」

「広げてってえと、大きいのですかえ、その町絵図」

「四つに折り畳んだ状態になっておりまして、凡《およ》そ縦が一尺で横が七寸でございます」

「うん、じゃあまあ、懐《ふところ》に入れて町歩きが出来やすね」

「はい、大丈夫でございます」

「では、部屋へ戻っておりやす。それから客仕事で忙しいところ誠に申し訳ござんせんが、手代の三吉さんに髪と髭を当たって下さるよう頼んでおくんなさいやすか」

「それでは三吉に御部屋へ町絵図を持って参らせましょうね」

「助かりやす。三吉さんへ、お代は如何程《いかほど》お渡しすりゃあ宜しゅうござんすか」

「一律に二十文と決めさせて戴いておりますけれど」

「そりゃあまた、安い」

「お泊まり戴いているお客様でございますから」

「さいですかい。それでは部屋で待っておりやすので」

宗次は礼を言って、節から離れた。会話の最中《さなか》に節が時おり覗かせる清楚で妖し気な眼差《まなざ》しに、いささか息苦しさを覚え始めていた宗次だった。しかし「京の町絵図が手に入るとは非常に有り難え……」と思った。

節が宗次に対し申し出た「京の町絵図」とはつまり市内地図を意味するものであった。「延宝《えんぽう》」のこの時代は人人の間で「世界の中の日本」という意識はまだ薄く、西洋に比べて地図の発達は遅れており、まだ「絵図」としての製作段階でしかなかった。ただ天正《てんしょう》八年（一五八〇）、織田信長《おだのぶなが》の手元には外国製の地球儀のあったことが判明しており、その翌天正九年にはやはり外国製の世界地図もあって、信長の目はどうやら世界に向けられていた。日本において最初に和製地図と認識できるものは正保《しょうほう》二年（一六四五）の「万国総図」（作者不詳）で、これは当時の国際都市長崎で刊行されたものである。こういった例外を除いては、江戸時代は全期を通して「絵図」がほぼ主体で、「地図」という表現が確立するのは明治二年（一八六九）に民部省《みんぶしょう》に「戸籍地図掛」が設けられ、あるいはまた二年後の明治四年（一八七一）に兵部省陸軍参謀局に地図政誌編集武官が置かれた辺り、と判断して間違いないと思われる。

四

髪と髭を見事に手際よく綺麗にしてくれた手代の三吉に「まだ日が高《たこ》うござんすか

ら、ちょいと散歩して参《めえ》りやす」と告げて、宗次が悠の目にとまらぬよう古宿「東山」からそっと出たのは、昼八ツ（午後二時）を少し過ぎた頃であろうか。

なんだか頬や首すじに触れる空気が少し暑い。

三日の間しとしとと降り続いていた秋雨が嘘のように止んだことで、浮雲ひとつ無い真っ青な秋の空が京《みやこ》を覆い、意外に強い日射しが湿った地面をみるみる乾かし始めていた。

宗次は京の町絵図を懐にし、四条通を祇園社を背にして西方向へと向かった。

途中で、九郎信綱と笠間某《なにがし》が襲われた辺りで然り気なく立ち止まってみたが、地面の血のりを清める目的で撒《ま》かれた水が、せっかく乾いた地面に黒い大きなシミを作っているだけだった。

往き来する人人は事件のことなど何も知らぬ気に、その黒い大きなシミの上を楽し気に談笑しながら、あるいは急ぎ足で通り過ぎて行く。

「なんやしら、少し暑いねえ」と空を見上げながら歩く若い男女の二人連れもいる。

宗次は直ぐ其処《そこ》、祇園の方角へは関心を示さなかった。九郎信綱が案内しようとしていたから、次の機会を待つ積もりだった。

古宿「東山」を出た時から、すでに何処へ足を向けるかを決めていた宗次は、鴨川に架かる四条大橋の一町《ちょう》（百メートル余）ほど手前、「目疾《めや》地蔵」の辺りまで来て再び足を止め、周囲をゆっくりと見まわした。

少し背中が汗ばんでいた。

三日前、三条大橋の手前から鴨川に沿うかたちで大和大路通（縄手通）を南へと急いでこの辺りまで出たとき、秋のしとしと雨は一時的にだがかなり激しさを増して降っていた。そのときに宗次の目に真っ先に飛び込んで来たのは、四条通の東方向突き当たりに、目立って見えている祇園社の朱塗りの大きな門（西楼門）であった。

宗次は激しい雨の中をその朱塗りの楼門を目指し頭を低くして四条通を突っ走り、そして左手方向に「御宿《おやど》　東山」のかなり大きな看板を見つけたのだ。

「此処が江戸でも知られた四条大橋東の歌舞伎街《がい》か……」

落ち着いた気分で改めて眺めた祇園を目と鼻の先とする四条大橋東の歌舞伎街に、宗次は浮世絵師として強く惹かれた。四条通を挟むかたちで、北側に二軒と南側に三軒の大劇場が向かい合っており、さらに大和大路上ル西側にもう一軒があった。

いずれも目計《めはか》り（目測）見当で東西が十二間《けん》余り（三十一メートル余）、南北が三十間《けん》余り（五十四メートル余）はありそうな大劇場である。

「でかいねえ……芝居小屋の〝小屋〟には不似合いな堂堂たる大きさだい……」

と、宗次はいたく感心した。

これらの大劇場にはまだ屋根というものが無かった時代だから、三日の間降り続いた雨で芝居小屋はひっそりとしており、小屋の周辺で人の往き来が賑《にぎ》わい出していた。

宗次は江戸では引っ張り凧《だこ》な浮世絵師だけあって、江戸歌舞伎と上方《かみがた》歌舞伎の違いを確《しっか》りと学び知っている。

江戸歌舞伎は、中村座《なかむらざ》、市村座《いちむらざ》などのように役者によって創設され、したがって創設者（役者）の名が芝居小屋の名でもあった。しかも興行の権利は世襲的に創設者が有している。

一方、上方歌舞伎（京歌舞伎）は、興行の権利を「名代《なだい》」免許（幕府公認の興行権）というものにがっちりとつながれていた。つまり京《みやこ》の民政を担《にな》う京都東町奉行所・西町奉行所がいわゆる「名代主《なだいぬし》」的存在であった。したがって、たとえば人気役者村山平《むらやまへい》十郎《じゅうろう》とか花形役者坂田藤十郎《さかたとうじゅうろう》とかが、江戸歌舞伎の中村座、市村座といったような役者名を冠した劇場を持つことは上方（京歌舞伎）ではない。四条大橋東の歌舞伎街にある巨大劇場で、「芸団《げいだん》」という役者の集まりを組織して演じるのだった。今季は「芝居主」（芝居小屋経営者）が井筒屋助之丞《いづつやすけのじょう》の四条北側大劇場で「芸団」を組織して演じ、来季は来季でまた「芝居主」が越前屋新四郎《えちぜんやしんしろう》の四条南側大劇場で役者を集めて演じる、といった具合にである。

「ま、芝居小屋の見物は後日にしてと……」

宗次は呟いて、足を速めて歩き出した。

鴨川に架かった四条大橋を渡り、西方向へとほぼ真っ直ぐ一直線に伸びている四条通を、宗次の足は急いだ。その速さは行き先を決めている急ぎ様《よう》であった。

通りの左右には菓子屋、茶道具屋など商家の看板が目立っていたが、宗次は見向きもしなかった。錦秋《きんしゅう》の京見物はこれからのこと、と決めている宗次である。三階建の蔵を持つ二階建の豪壮な「商家屋敷」も何軒か、足を急がせる宗次の視野に入ってきて「さすが京《みやこ》……」と思わせた。京《きょう》の町が慶長《けいちょう》から以降、今世に亘《わた》って人口凡《およ》そ四十万前後を維持してきた日本最大の産業都市であることを宗次はよく学び知っている。

ただ、歴史的伝統的大都市である京《きょう》の繁栄の陰には、深刻な負《ふ》の面もあった。それが多様的犯罪の続発である。むろん江戸者である宗次はさすがにそれらの点についてまでは深く知っていない。「犯科帳」は京《みやこ》から生まれた表現であると言ってもよく、とりわけ十七世紀後半の日本一の産業都市京《きょう》の犯罪は、まさしく「京都犯科帳」

の時代でもあって、なかでも京都所司代及び京都奉行所（東・西）の処刑命令の記録『板倉籠屋証文《いたくらろうやしょうもん》』と『荻野家文書《おぎのけもんじょ》』の「犯科帳」は余りにも有名であった。

宗次は休むことなく一気に半里（二キロメートル）ばかりを歩いて金打《かねうち》の音——金打《きんちょう》とも——を耳にし、ようやくのこと立ち止まった。さして川幅の広くない流れに架かった小橋の上に来ていた。

「これが堀川《ほりかわ》か……」

金打の音を耳にしながら上流を眺める宗次の目がやや険《けわ》しい。川上の方向、それほど遠くない民家の屋根の彼方《かなた》に、巨大な建造物の一部が見えている。

二条城《にじょうじょう》である。今は亡き神君家康公（徳川家康）が関ケ原の戦いのあと京都の宿館として、それまで使っていた聚楽《じゅらく》屋敷（豊臣秀吉が内裏の西方に築いた平城《ひらじろ》の公邸聚楽第《じゅらくだい》の東にあったと伝えられる）に代わるものとして築いた城だ。慶長七年に畿内《きない》の大名に建築費を負担させて造営を開始。慶長八年二月朝廷にて征夷大将軍の宣旨《せんじ》（天皇の文書または言葉）を賜《たま》わって徳川幕府を開幕《かいばく》。そして翌月三月二十一日に将軍としてはじめて入城した、その城であった。

その二条城の北側すぐの所に所司代の上《かみ》・中《なか》・下《しも》屋敷及び所司代与力同心組屋敷が、また西側に東西両町奉行所と奉行所与力同心組屋敷などが密接して建ち並んでいることを、宗次は懐の町絵図で既に確かめている。方向・順序的に言えば二条城北側の、西方向から東方向（堀川方向）にかけて、所司代与力同心屋敷（俗に所司代千本屋敷）、所司代下屋敷（最大屋敷）、所司代中屋敷、所司代屋敷（本邸）、所司代堀川屋敷、の順で並んでいる。

宗次は堀川に沿って二条城を目指した。それまでの早足が、ゆっくりとした足取りに変わっていた。

次第に遠くなってゆく金打の音が、暫く行くと再び聞こえ出した。今度は数軒に及ぶ金打の音に聞こえる。京《みやこ》は江戸にまでその名を轟《とどろ》かせる名刀匠が多いことで知られていた。とりわけ二条城の近くには、刀鍛冶が多いのであろう。伊勢《いせ》の藤堂《とうどう》氏、丹波《たんば》の朽木《くつき》氏など諸藩の京屋敷の前を過ぎ、いよいよ左手方向に近付いてきた二条城の南東角の付近で、金打の音は一段と激しさを増した。

宗次の両手が無意識のうちに、腰の帯をさすっていた。今や大江戸の外にまで広くその名を知られている浮世絵師宗次である。その一方——陰の部分——で、大剣聖とうたわれた父（養父）梁伊対馬守《やないつしまのかみ》に鍛《きた》え抜かれて高い位を極めた古今無双、当代随一と評してよい大剣客だ。

それゆえ大小を帯びていない腰の余りの軽さが、時としてふっと気になることがあるのであろうか。

無腰のまま江戸を発った宗次であった。

宗次は堀川沿いの通りを横切るかたちで、金打の音を甲高《かんだか》く響かせている方へと次第に近付いていった。

宗次が耳が痛くなる程の金打の音を発している通り――岩神通《いわがみどおり》（現、岩上通《いわがみどおり》）――へ今まさに足を踏み込もうとした時であった。

いきなり左の肩に針で刺されたような鋭い痛みを感じ、宗次は横転していた。

横転は宗次が自ら取った防禦《ぼうぎょ》的、反射的動きであった。つまり左の肩に痛みを負わされる寸前、宗次のすぐれた身体防禦の本能が、横転させていたという事である。

そして自らに課したその横転は、全身の筋肉を用いて寸陰《すんいん》を置かぬ次の体勢へと移っていた。そう、殆ど同時と言ってよい程に。

すっくと立った宗次の目の前にいるのは、大刀を右手にだらりと下げた深編笠の浪人だった。

宗次は油断なく黙って相手を見据えながら、右の手を左の肩に当ててみた。

掌《てのひら》に付いた僅《わず》かな血痕により、相手の切っ先は掠《かす》めた程度、と宗次は判断した。

「おんどれは只者《ただもん》とちゃうな。今の躱《かわ》し身、何処《どこ》で教《おそ》わりやがったんじゃい」

低く曇った声の迫力ある「威嚇弁《いかくべん》」であった。京《きょう》言葉を充分に知っている訳ではない宗次ではあったが、相手の台詞《せりふ》には京の雅《みやび》は皆無である、と判った。が、上方弁であるらしいことは容易に見当がつく。

「お侍《さむれえ》様、人違いじゃござんせんかい」

「阿呆陀羅《あほんだら》が。此処は泣く子も黙る所司代にも、町奉行所にも近い二条の御城《おしろ》の際《きわ》じゃ。そんな場所で的《まと》を間違えたりする訳ないやろ、呆《ぼ》けが」

低く、くぐもった不気味な声に、絶妙な嚇《おど》しの響きを孕《はら》ませ、深編笠の浪人は静かにゆったりと刀を正眼《せいがん》に構えた。当人が言ったように「泣く子も黙る所司代」や東・西の町奉行所が間近にある二条城の傍《そば》であるというのに、まるで気にならないかのように落ち着き払っている。

(無外流《むがい》か……しかもこ奴、免許皆伝級どころじゃねえぞ)

相手の身構えの特徴から、そうと見破りつつも宗次は圧倒されて、ジリッと足の位置を退《さ》げた。その表情に、いつもの宗次らしくない小さな怯《おび》えさえ見られる。

「お侍《さむれえ》様、私は江戸者《えどもん》でござんして、京《みやこ》入りしてまだ三、四日でございやす。上方訛《なま》りのお侍《さむれえ》様に斬りかかられるような覚えは何一つござんせんが」

「ごじゃごじゃぬかすな青瓢簞《あおびょうたん》が」

喉を薄気味悪くゴロゴロと猫のように鳴らしつつ呟いた深編笠であった。わざと発声を不気味に響かせるよう演じてみせているのか、それとも如何にも不潔な響きの声音《こわね》は持って生まれた体質なのか。

いずれにしろ、その気色の悪い声に、宗次ほどの者が鳥肌立っていた。たちまち周囲《まわり》に野次馬が集まり出す。

「斬り刻む……」

深編笠が呻《うめ》くような声を発して、宗次にぐいっと二歩迫った。

宗次は、圧《お》されて再び退がった。退がったが、したたか松の幹に背中を打ちつけて、端整な顔つきがウッとなる。

このとき宗次は視野の右の端の方で大きく腕を振った人の動きを捉えていた。続いて「お江戸の旅人《たびにん》はん、これを使いなはれ」という甲高《かんだか》い女の大声があり、宗次がハッとして顔を僅かに右へ振り掛けたとき、もう目の前に「長い物」が飛んできていた。

「白鞘《しらさや》」の大刀（朴《ほお》の木を縦に二つ割りにして作った「白木の鞘」の段階のもの）であった。

宗次がそれを発止《はっし》とばかり右片手で受け取るのと、深編笠が地を蹴るのとが殆ど同時であった。

其処此処《そここ》で様子を眺めていた野次馬の中から、幾つもの男女の悲鳴があがる。宗次が殺《や》られた、あるいは殺られると思っての悲鳴なのであろう。

事実宗次は、辛《かろ》うじて相手の第一撃を抜刀せずに鞘のまま防ぎはしたが、その凄まじい重さ——相手の剣の——で、地面に殴りつけられるように打ち倒されていた。

倒されながら宗次は激しく転がって相手から離れた。離れる目的で、そう、危機から一刻も早く離れる目的で転がったのだ。大刀をしっかりと右手にしたままの連続横転は実に不様《ぶざま》だった。野次馬の誰の目にもそう見えたであろうが、不様を覚悟で転がった宗次である。恰好云云《うんぬん》など言ってはおれない程、宗次は身の危険を感じていた。それは相手との圧倒的な力量の差を意味していた。

宗次ほどの者が、はじめて心底から戦慄を覚えた相手だった。京《みやこ》へ着いて間がない自分が何故襲われるのか、全く理由が判らないだけにその戦慄は余計に大きかった。

ようやく宗次は全身の筋肉を爆発させるかのようにして、跳ね起きた。

正眼《せいがん》の構えを解いた深編笠が悠然と、そしてゆっくりと近付いてくる。深編笠で隠し切れない薄い唇がニッと笑っている。これも不潔に見える笑いであった。

目つきの見えない薄ら笑いは、尚のこと不気味だ。しかも、右の手に持った大刀の切っ先を玩具《おもちゃ》を弄《もてあそ》ぶかのように振っている。

「こらあっ、そこで何をやっとるんじゃあっ」

突然大声が生じて、野次馬が西瓜《すいか》でも切り割ったかのように綺麗に二つに分かれた。

この瞬間、深編笠は舌打ちと共にあざやかに大刀を鞘に納め、大声が生じた方角とは反対の方へ疾風《はやて》の如く駆け出していた。目にも止まらぬ素早さ、という表現がまさに当て嵌《は》まった。おそるべき瞬発力だ。

町奉行所同心と判る身形《みなり》の三人が、血相を変えて宗次の前に駆けより、そのまま一人が遠ざかって行く深編笠を追跡した。

だが、その追跡は僅かに一町ほど（百メートル余）で諦め、苦苦《にがにが》しい顔つきで宗次の前に戻ってきた。年齢《とし》は三十半ばくらいであろうか。日焼けした色黒な顔の中にある目つきが鋭い。

宗次は両手を左右から若い同心に力任《まか》せに摑まれていた。

宗次の右の手にある抜刀しなかった大刀は、鞘が中程で割れている。

「お前、町人だな」

と、日焼けして目つき鋭い三十半ばが、やや呼吸《いき》を荒らげて宗次を睨みつける。

「それは私《うち》が説明しますよってに、西町奉行所の日高様《ひだかさま》」

「その町人が何《なん》で刀を持っておるのじゃ、ええ、おい」

「へい」

日高様と呼ばれた目つき鋭い三十半ばが後ろを振り返り、宗次の両手を摑んでいた二人の若い同心も明らかに表情を改めた。

野次馬の中からすたすたと進み出た女を見て、写実的美人画を描かせても江戸ではその右に出る者がいない宗次の目つきが、思わず「お……」となる。

島田髷《しまだまげ》に手裏剣に見えなくもない簪《かんざし》を二本通し、小袖に前掛《まえかけ》をした二十三、四の色白の女だった。すらりとした体に両の目尻がほんの少し吊り跳ねていることから、小股の切れ上がったきりりとした印象を強めている。それになんと、左の帯に鍔付《つばつ》きの小刀を差し通しているではないか。目立たぬように、ではない。むしろ、目立つ程にだ。

「や、これはお峯《みね》さん……」

日高とやらが、若い同心と同じように表情を改めたが、へり下っている態度では決してない。ただ、明らかに町人の女にしか見えない相手であるにもかかわらず、腰に通している小刀を注意しようとはしない。「町人帯刀禁止令」はもう随分と昔に発令されているのにだ。

「返して戴きますえ、旅の御人《おひと》……」

宗次の前へ触れる程に近付いた女が、にっこりとして宗次の右の手からやんわりと白鞘の大刀を取り上げた。宗次の両腕を摑んでいた二人の若い同心の手が離れる。

宗次は気付いていた。いつの間にか、あれほどやかましかった金打の音がすっかり消えていることを。

女——お峯——が微笑みながら日高を紹介する口振りで、宗次にこう言った。

「こちらはね旅の御人《おひと》、京都西町奉行所筆頭同心の日高玄七郎《げんしちろう》様。そして私《うち》は直ぐ其処に見えている二階建の刀剣商『浪花屋《なにわや》』のひとり娘峯と申します。どうぞよろしゅうに……」

「では、刀を鞘ごと投げ寄こして下すったのは、お峯さんでござんしたか」

「へえ、私《うち》どす」

「申し訳ござんせん。相手の刃を鞘で受けたことで、鞘を傷めてしまいやした」

「うちは刀剣の商《あきな》いを手広うやっていますさかい、鞘の傷みなどいつでも直せます。心配せんといて下さい。それよりも日高様」

と、峯が筆頭同心日高玄七郎の方へ向き直った。

「この旅の御人《おひと》には騒ぎの責任はございませんえ。私はこの御人《おひと》が怪し気な深編笠の浪人に突然襲われた一部始終を『浪花屋』の店先で見ておりましたさかいに」

「うむ。じゃあ、その一部始終を聞かせてくれないか、お峯さん」

「へえ」

頷《うなず》いて峯は滑《なめ》らかに話し出した。

宗次はその話し振りを聞いていて、感心した。騒ぎの首尾《しゅび》照応《しょうおう》を誠に綺麗に整えた、流れるような話し方であった。

（この女性《ひと》は相当に頭が良い……知性の豊かさが迸《ほとばし》っている）

と、宗次は胸の内で舌を巻いた。

聞き終えて筆頭同心日高玄七郎は「うむむ……」と暫く考え込む様子を見せてから、「よし……」という顔つきを拵えた。

「お前さん、今日のところは、ま、いいだろう。しかし、江戸から京入りした旅の者《もん》ということらしいから、名前と仕事、それに宿だけ聞かせてもらおうか」

「へい。江戸は鎌倉河岸の八軒長屋という所に住んでおりやして、浮世絵を描いて生活しておりやす宗次と申しやす。宿は祇園社に近い『東山』でございやすが」

「おお、『東山』に泊まっているのか。あの宿は古いが、良い宿じゃ」

と、日高の表情が緩んで、人の善い顔になった。

「そのようで。宿の奉公人たち、皆さん誠に親切で……」

「で、これから何処へ行くのだ。よかったら若い者《もん》に宿まで送らせるが」

日高が二人の若い同心を顎の先で、しゃくってみせた。

「有り難うござんす。取り敢えず『浪花屋』さんへ寄らせて戴きやして、鞘の弁償などをさせて貰いやす。また物騒な連中と出会うようなことがありやしたら、一目散《いちもくさん》に逃げやすから」

「そうか、足には自信があるのか」

「そりゃあもう、逃げることにかけましては誰にも負けやせん」

「京《みやこ》に滞在している間に何か困ったことがあったら、いつでも西町奉行所へ儂《わし》を訪ねて来てもよいぞ。相談に乗ってやる」

「これは心強うございやす。そん時はひとつ宜しゅうお願い致しやす」

「そんじゃあ、な……夜の散歩は気を付けろよ」

「へい、どうも……」

京都西町奉行所筆頭同心日高玄七郎は、宗次の肩を軽く叩くと、二人の若い同心を従えて離れていった。

これで宗次は、東町奉行所筆頭同心長石志之助に加えて二人の筆頭同心を知ったことになる。旅の者として、これほど心強いことはない。しかも長石志之助に指示を与えていたらしい美雪の兄、西条九郎信綱の存在もある。

「それじゃあ宗次さん、『浪花屋《うち》』でお茶でも飲んでいって下さい」

日高たちを見送っていた峯が、そう言って先に立ち歩き出した。

とは言っても、直ぐ其処だ。どっしりとした二階建の白壁造りは町家風屋敷構えとでも呼べるような、立派な造りだった。「刀剣　浪花屋」と彫《ほ》られた黒文字の大看板が、一階の屋根に掲《かか》げられていて、午後の日差しを浴びた黒文字が黒い輝きを放っている。おそらく一枚板なのであろう。

（それにしても……）

と、宗次は峯の後ろに従いながら、「浪花屋」と自分が立っている位置との間――隔たり――を改めて目で計り、（こいつあ……）と驚いた。短い間ではあったが、それでも七、八間《けん》（十三メートル前後）はあろうか。それを峯は宗次に向かって、大刀を正確に放り投げて寄こしたのだ。しかも宗次が確りと鞘を受け取れるようなかたちで、である。

「さ、宗次殿。どうぞ……」

宗次を「殿」呼びした峯が振り向いて促《うなが》したとき、偶然であろうが、まるで待ち構えていたかのように金打の音が、一斉にあちらこちらで響き出した。

宗次は店土間《たなどま》へ一歩入って驚いた。何百本もの刀剣を展示しているその整った広さの店構えに驚いたことは当然ながら、それ以上に驚いたのは目の前正面の壁に掛かっている額入りの「菊の御紋」であった。

背に浪花屋と染め抜いた濃紺の法被《はっぴ》を着込んだ二十人近い職人風の奉公人が忙しそうにそれぞれに与えられた仕事をしており、土間に入ってきた宗次を誰ひとりとして見ようともしない。厳しい顔つきだが、かと言って高慢な様子なのではなく、要するに自分の役割に一心不乱なのであった。展示の刀剣と帳面とを突き合わせている者、鞘と柄の方向を幾通りも変えて丹念に検《み》ている者、店の奥から持ち出した刀を展示のものと入れ替えている者、などその役割は色色である。

しかもだ。濃紺の法被を着込んだ誰もが、峯と同じように、腰に鍔付きの小刀を差し通しているではないか。

宗次と並んで立った峯は、宗次の熱心そうな横顔と眼差《まなざ》しに気付いて遠慮したのか暫く無言であったが、やがて静かに口を開いた。

「沢山の刀を展示してございます此処、板張り床の大広間は、『浪花屋』の外商部なのでございましてね」

「がいしょうぶ？」

それは宗次がはじめて耳にする言葉であった。したがって該当する文字が直ぐに脳裏に思い浮かばない。

峯が「はい」と穏やかな笑みを見せながら、外商部の文字について宙に指先で書いてみせた。

「なるほど、理解できやした。得意先と店とをつなぐ外商《そとあきな》いが仕事、ってえとこでござんすね」

と、宗次が頷く。

「ご覧のように宗次殿。今日の『浪花屋』にはお客様の姿が全くございません。古い伝統を誇っております『浪花屋』は店先商いの割合が低うございます。求められて商いに出かける、あるいは商いのために出かける、この二通りが商い全部の内の七割を占めましょうか」

「なるほど。たとえば江戸へでも？」

「はい、求められれば。大体は五畿内《きない》が多うございますけれど」

「だが、名刀を持って商いに遠くまでとなると、昨今は何かと上方各地も物騒のようでござんすから……」

「それゆえ『浪花屋』の外商部の者は私を含め全て、此処より直ぐの油小路通《あぶらのこうじどおり》にございます小野《お の》派一刀流『久松賀雲《ひさまつがうん》小太刀道場』へ通ってございます」

「ほう、それは感心な事でござんすね。小野派一刀流はもともと小太刀を得意とするところから生まれた流派でございやすから、そのうちきっと役立ちやしょう」

「矢張り宗次殿。剣術にお詳しかったのですね。私が放《ほう》り投げました白鞘の大刀の受け取り様《よう》が、普通ではありませんでしたもの」

「いやなに、詳しくなんぞござんせん。耳学問ですよ、耳学問」

「差し障りがなければ、宗次殿の……お名前の字綴《じつづ》りを教えて下さいませ」

宗次は頷いて、峯の顔の高さに、宗次と大きくゆっくりと書いてみせた。

「なんとのう合っておりますこと……宗次殿の持っていらっしゃる雰囲気と」

「奥の方から金打の音が聞こえて参りやすね」

「はい。この外商部と壁一つ隔てて『塗師《ぬりし》』の仕事部屋がございましてね。そして『拵師《こしらえし》』『鞘師《さやし》』『白銀師《しろがねし》』『研師《とぎし》』と各職人の仕事部屋が続き、一番奥が『鍛刀《たんとう》』となっているんですよ」

「各工程の全ての職人さんが揃《そろ》っていらっしゃるんですねい」

「私の父は老いからくる軽い病で今は床に臥《ふ》しておりますけれど、御番鍛冶の血を受け継いだ腕のよい刀匠なのです」

「それはまた……御番鍛冶の血筋、でござんしたかい」

「ここでは、ゆっくりとお話が出来ません。さ、ともかくどうぞ、お上がりになって一服なさって下さいまし」

「いや、今日の私はどうしてもの用を抱えておりやすので、次の機会にでも御番鍛冶の話なんぞを詳しく聞かせて戴きやす。今日のところはこれで……あのう、傷《いた》めた鞘の弁償も致さねばなりやせん」

「白木の鞘ですから、弁償などは結構です。そうですか、御用をお持ちでございましたか」

「へい、申し訳ござんせん」

「それでは日を改めて、是非にも御出《おいで》になって下さいませ。母は江戸生まれの江戸育ち。宗次殿とはきっと話が合いましょう」

「なんと母上様が……そうでございやしたか。判りやした、近いうちに必ず寄せて戴きやす。あの、本当に弁償の方はお宜しいんで？」

「構いませんとも……」

峯は明るく微笑んだ。

宗次は丁重《ていちょう》に礼の言葉を繰り返して「浪花屋」の表口を出た。

五

宗次は京《みやこ》の公家たちから「二条亭」あるいは「二条御殿」と呼ばれている二条城へは殆んど関心を示さず、四辺が堀（外堀）で囲まれた城の正門である東大手門の前を通り過ぎ、次の角（外堀の角）を左へと折れた。

ここから外堀の次の角（北西の角）までは所司代堀川屋敷、所司代屋敷（本邸）、所司代中屋敷、所司代下屋敷の順で続いている。

そして下屋敷から少し離れた西を北から南へと走っている千本通に接するようにして所司代与力同心屋敷が在《あ》る。

この中で最も広大な屋敷は下屋敷であったのだが、さすがに江戸者《もん》の宗次にはそこまでは判らない（おそらく中屋敷の十二、三倍と推測される）。

宗次は外堀に沿って植えられている桜の木の一本——所司代屋敷正面の——にもたれて、所司代屋敷から誰かが出て来るのを待った。西条九郎信綱への目通りを頼む積もりだった。笠間 某《なにがし》のことも気になっている。

しかし、待てど暮らせど誰一人として出てこない。

それよりも、恐ろしい程に静かな界隈であった。役人全てが何処かへ出張《でば》っているかのように。

午後の日はすでに西へ深く傾き出している。京の秋の日暮れは早い。

「出直すかえ……」

宗次がもたれていた桜の木から離れると、紅葉した桜の葉が両の肩にはらはらと降りかかった。桜の葉が秋の冷気と上手に戯《たわむ》れて紅葉すると楓《かえで》に劣らぬほど美しいことはよく知られている。

「さて……」

と、宗次はゆったりとした足取りで歩みながら午後《ひる》も遅くなった晴れた空を仰いだ。相変わらずちぎれ雲ひとつ無く、すがすがしい空であったが、西に傾きを深めた陽《ひ》の光は黄金色に染まりつつある。

「突然の刺客事件について、九郎信綱様に訊きてえ事があるのだが……」

呟きつつ腕を思い切り左右に広げて、深く息を吸い込んだ宗次だった。足をゆったりと歩ませたまま。

堀川通に戻って、宗次は立ち止まった。所司代前は森閑《しんかん》としているというのに、堀川通は諸藩の京屋敷が立ち並んでいることもあって、侍の往き来が目立った。東・西両町奉行所も目と鼻の先であることから、与力同心身形の者の往き来も目立つ。気のせいか、その表情がいずれも硬い。

宗次は、東町の筆頭同心長石志之助や、西町の筆頭同心日高玄七郎に面会を求める積もりは、さらさら無かった。

宗次は通りの端によってしゃがむと、懐から四つ折りの町絵図を取り出して両膝の上で広げた。

宗次の右手人差し指の先が町絵図の上を、二条城の前から堀川通を遡《さかのぼ》るかたちで滑《すべ》ってゆき、中御門通《なかみかどどおり》（現、椹木町通《さわらぎちょうどおり》）を右に折れて、迷うことなく真っ直ぐにその通りを撫で、そしてぴたりと止まった。

御所、それも仙洞《せんとう》御所の真上であった。

「近えな……一応、事前に見ておいた方がいいか」

宗次はウンとひとり頷き、町絵図を手早く折り畳むや、懐にしまいつつ立ち上がった。

仙洞御所——それは寛永《かんえい》六年（一六二九）十一月八日、天皇の地位を退位（突然に）した。

た大帝（後水尾《ごみずのお》上皇・法皇）の御所《おすまい》である。

その仙洞御所を宗次は町絵図の上で指差し、なにゆえか「……事前に見ておいた方がいいか」と呟いたのだ。

宗次は口元を引き締めて歩き出した。陽《ひ》は西へ傾きを深めてはいたが足取りはとくに慌《あわ》ててはいない。ただ、表情はそれ迄とは明らかに違っていた。

硬い。

（九郎信綱様は、私が京《みやこ》へ入ったことを、一体どのような手立《てだ》てで見当をつけられたのか……）

宗次は歩き歩き考えた。何月何日に京へ向けて江戸を発つ、などは江戸の美雪にはひと言も告げていない。それよりも何よりも、七千石大身《たいしん》旗本家の姫君である美雪と、そうそう日常的な交流があった訳でもない。

宗次は絵仕事で激忙と表現していい程の毎日であったし、美雪は高い塀に囲まれた格式高い家柄の息女として、大勢の家臣に護《まも》られて過ごしている。

それだけに、古宿「東山」へ九郎信綱が不意に訪ねてきたことが、宗次にとってはこの上もなく「はて?……」なのであった。

宗次の脳裏には町絵図で確かめた、この界隈の碁盤割りされた網の目のような通りが、確りと張り付いていた。

宗次は中御門通の一つ手前、丸太町通《まるたまちどおり》を右へ折れた。そして暫く進むと商家の陰へ然り気ない足取りで体を潜ませた。それはほんの二《ふた》呼吸、三《み》呼吸の短い間だった。

宗次は商家の陰から出て、いま自分が歩いてきた真っ直ぐな通りを眺めた。

だが、これといって怪し気な人物――尾行者らしい――は見当たらない。

宗次は少し足を速めて再び歩き出した。

「こんばんは……」

素人《しろうと》には見えない二人連れの若い京娘が人馴れのした、にっこりとした笑顔を宗次に向けて通り過ぎる。

宗次は右の手を軽く上げて、笑みと頷きを返した。返しながら京娘二人の足元をも見て、くノ一（女忍）特有の小癖《こぐせ》が無いことを一瞬の内に見破っていた。

宗次だからこその眼力である。

通りには両替商、鍛冶屋、呉服商、茶道具所、などが目立ち、また能・狂言師、塗師、蒔絵《まきえ》師などの住居《すまい》も少なくないことから、人の往き来はかなりあった。

左手前方に、見るからにどっしりとした長い築地塀《ついじべい》が見え出した。練土《ねりつち》で築き上げた頂《いただき》を瓦《かわら》で葺《ふ》いた土塀に比べて、格が高い。

豪家《こうけ》屋敷の築地塀の多くは、等間隔で須柱《すばしら》を立て、定規《じょうぎ》筋という耐力強化のための横筋を入れて練土で固める工法によるものである。塀の頂《いただき》にのせる葺瓦《ふきがわら》も緻密《ちみつ》で美しく、塀の曲がり角には降棟瓦《くだりむねがわら》を走らせ、その降《くだり》の先端に家紋瓦を用いたりする。

（随分と立派だが、誰の京屋敷であろうか……）

と思いながら、宗次は次第に近付いていった。

近付くに連れて、通り（丸太町通）に面しては屋敷の表門が設けられていないと判った。塀の手前位置に長屋小門が、その向こう中央位置あたりに台所門と覚しき門が窺《うかが》える。

その二つの日常門の前を通り過ぎた宗次は、塀の向こう角を左へと曲がった。南北に走る烏丸通《からすまどおり》であったが、さすがにそこまでは宗次は覚えていない。

屋敷の表御門は、この通りに面してあった。

ちょうどよい具合に、出入りの商人らしい初老の男が手代らしい若い者を従えて表御門から出てきた。呉服商人といった印象だ。

忙《せわ》し気な足取りで近付いて来た相手に、宗次は笑顔でやんわりと訊ねた。

「あのう、私《あっし》は江戸からの旅の者《もん》でござんすが、この立派なお屋敷はどなた様のお屋敷でございやしょうか」

「ああ、此処でっか。近江彦根藩井伊《おうみひこねいい》様の京屋敷でおますけど……」

そう言いながらジロリとした目で宗次の足元から頭の先までを嘗《な》めまわしたのは、いかにも主人《あるじ》といった感じの初老の男であった。

「そうでござんすか。へええ、立派《くく》ですねい」

宗次はあっさりと、そう締め括って、ひょいと頭を下げ二人から離れた。

初老の男が「なんだ彼奴《あいつ》……」といった目つきで、離れてゆく宗次の背中を見送る。

怪しい奴、とでも思ったのであろうか。京《みやこ》の治安が、このところ油断ならないからなのであろう。

広大な井伊家京屋敷で手前端から次の端までを占められているこの通りは、人の往き来は全くと言ってよいほど無く、閑散というよりは重い静寂に覆われていた。

その息苦しいほどの静けさの中を、宗次は歩いた。

表通りから下がった造りとなっている井伊家の表御門の前を宗次が通り過ぎようとすると、六尺棒を手に立っていた中年の衛士《えいし》が小股急《こまたいそ》ぎで通りまで出て来て、宗次を目で追った。

宗次は井伊家の築地塀の向こう端で右へ折れ、中御門通へと入った。

民家の低い屋根越しに窺える鬱蒼《うっそう》たる木立《こだち》の向こうに大寺院を思わせるような幾つもの大屋根の美しい流れが見えていた。その多くは檜皮葺《ひわだぶき》だ。

宗次は幾歩と行かぬ所で立ち止まり、連なり見えているその大屋根に向かって姿勢正しく頭《こうべ》を垂れた。

この刻限この通りには町民の姿は殆ど無く、侍や公家と判る身形の者の往き来が目立った。

その彼等が、町人の身形の宗次を、うさん臭そうに眺めつつ通り過ぎてゆく。

美しい大屋根の連なりは御所であった。禁裏《きんり》（天皇の住居《すまい》）、仙洞《せんとう》御所（上皇の住居《すまい》）、女院《にょういん》御所（院号を与えられた女性皇族の住居《すまい》）などから成っている。その御所に対して遠い位置から威儀を正した宗次であった。

宗次は、ゆっくりと歩き出した。陽《ひ》はいよいよ西への傾きを強めて、空は青青とした広がりではあったのが、西の方角から茜《あかね》色になり始めている。

鬱蒼たる木立が宗次に近付いてきた。御所を囲む林ではあったが木木の多くは高さがそれ程でもない。うち続いた戦乱や火災で、御所を護る林はなかなか落ち着くことがなく、樹齢が浅かったのだ。

宗次が今、御所に向かって歩いている今日この時までの間に、もと権大納言藤原《ふじわらの》邦綱《くにつな》邸を光厳《こうごん》天皇が内裏として（元弘元年・一三三一）以来、御所は七度に及ぶ戦乱と火災に見舞われている。

最も近い火災は仙洞御所を焼失させた延宝四年（一六七六）のことで、宗次がいま中御門を歩く僅かに三年と少し前であった。

「余り近付いても怪しまれるか……」

宗次は呟いて中御門通を左に折れて木立の中へと入っていった。御所周辺の木立は常緑が多く、したがって紅葉して葉を落とす樹木は多くない。

常緑の木立は、御所が外部からの目に晒《さら》されるのを防ぐ目的がある。

宗次はなぜ「……一応、事前に見ておいた方がいいか」と、御所近くにまで訪れたのであろうか。

宗次は実は、大帝（後水尾上皇）に密書《みっしょ》で「是非にも……」と招かれていたのであった。密書であるから、それを宗次に届けたのは大帝の密使《みっし》である。

「なんとしても、そっと仙洞御所を訪れて貰いたい」という、大帝の願いだった。

いや、願いというよりは、やはり天皇の勅命を超える命令と表現すべきなのであろうか。町人であって町人でない浮世絵師宗次に対する。

宗次はかなり迷ったが結局、大帝の求めに応じ、こうして遂に京《みやこ》を訪れたのだった。密書には用件は記されていない。是非にも急ぎ訪れるように、との強い求めだけであった。しかし、絵仕事が目的であろう、と宗次には容易に察しがつく。

だが、密《ひそ》かに江戸を離れて御所を訪ねるこの旅が、どれほど大きな危険を孕《はら》んだ行為であるか、宗次ほどの者であるから充分に理解できていた。

今世に於《お》ける御所（朝廷）は、幕府が幕府権限によって設けた「二重の統制機関」によって事実上監視され、真の意味での自由を奪われていた。**その一つは、**「公家の目」で公家を監視するという自己統制の方法である。つまり上流貴族である関白《かんぱく》や大臣などの「摂家《せっけ》」及び、幕府と朝廷との連絡機関である「武家伝奏《ぶけてんそう》」（公家二人を任命）を通して、朝廷を統制する（自由を抑える）というやり方であった。

武家伝奏に就《つ》く公家二人は天皇に任命される形を取ってはいるが、その人選は幕府の考えに因《よ》った。

たいていは幕府（将軍家）と緊密な間柄にある武家昵近衆《ぶけじっきんしゅう》から選ばれていることを、宗次は承知していた。武家昵近衆とは、徳川将軍の応接（接待）を担《にな》う公家衆（日野家などを指している。

ひとたび任命された武家伝奏は所司代役宅で血判の誓書を取られ、朝廷の様子を絶えず所司代へ報告する厳しい義務を負っていた。

所司代がこうして得た朝廷情報を整えて報告する先は、江戸の幕府老中である。将軍の耳へは直接には入れない。

もう一つの統制機関は、「武士の目」による直接監視であった。その「目」となっているのが所司代に直属する禁裏《きんり》付武士（単に禁裏付とも）である。千石級の大身《たいしん》旗本二名が役料千五百俵で任命され、月番交替で毎日朝廷へ出勤した。

「目」を光らせるために。

つまり朝廷の内側へと入って、内《なか》から禁裏付武士の目で朝廷を管理（監視）するという役職であった。たとえば、御所各御門の警備とか朝廷会計経理の統制（経済的制約ほか）と監査などは重要な役目である。

各御門の警備は、御所から出て行く者に目を光らせることは勿論《もちろん》、御所に入ろうとする者に対しても一層厳しく、禁裏付の「出入り切手」を必要とした。

したがって御所へと近付いた宗次は先ず、この段階で拘束《こうそく》される恐れがあった。

二名の禁裏付武士の下には御門警備などのために、それぞれ与力十騎、同心五十人が直属として控えている（与力五騎、同心三十人～四十人説もあり）。

宗次は、この厳重な警備を掻《か》い潜《くぐ》って、大帝（後水尾上皇・法皇）の求めに応じなければばならなくなる。

両手を懐に入れて、宗次は林の中の小道をゆっくりとした足取りで歩いた。この林はおそらく朝廷の所領であろうとの見当はつく。雑草は殆ど無くよく手入れされた清潔な林であった。小道も獣道ではなく、よく踏み固められているところから、御所警備（監視）の役人が頻繁に巡回しているのであろうか。

西陽《にしび》の木漏れ日が宗次の肩や背中に点点と、日差しの花を咲かせる。

と、話し声が何処からともなく聞こえてきた。

宗次は小道から外れて木立の中へと踏み込み、木陰に体を張り付かせた。

戦乱や火災が打ち続いた御所ではあったが、大人ひとりを隠すくらいの幹の太さがある樹木が全く無い訳ではない。

木立の向こうから次第に近付いて来る見回り役人らしい二人連れの姿を、宗次は認めた。

京の治安の悪化について、さも心配そうに抑え気味な声で話し合っている。

宗次は京都所司代の指揮下に禁裏付武士の存在があることについては承知している し、その禁裏付武士の下に禁裏付与力同心が付属していることも心得ている。

役人らしい二人連れが、宗次に気付くことなく、通り過ぎていった。

あたりが急に薄暗くなったので、「ん?」と宗次は空を仰いだ。

重なり合っている木立の枝枝の向こうに、いつの間にか灰色の雲が勢いを広げていた。丁度、頭上あたりでは、その灰色の雲がうねりを見せて、ゆっくりと西の方へ流れている。

(こいつぁ、夕方の訪れが早《はえ》えな……)

そう思った宗次は身を隠している木立の陰から、そろりそろりと出て小道へと戻った。役人らしい二人連れの背中が、表通り(中御門通)へと出るところであった。

逆の方角、つまり役人らしい二人連れが歩いて来た方角へと宗次は歩き出した。

小道に任せるままに歩けば、やがて公家屋敷が建ち並ぶ一角に出るであろうことは、頭に入っている町絵図で宗次には見当がついている。

御所に近接《きんせつ》したり少し離《はな》れたりして界隈《かいわい》に建っている公家屋敷の中でひときわ大きいのは、摂政《せっしょう》・関白を出した「五摂家」つまり、近衛《このえ》、九条《くじょう》、一条《いちじょう》、二条《にじょう》、鷹司《たかつかさ》の五家であった。

これに続くのが「清華衆《せいが》」と呼ばれている、久我《こが》、三条《さんじょう》、西園寺《さいおんじ》、徳大寺《とくだいじ》、花山院《かざんいん》、大炊御門《おおいのみかど》、今出川《いまでがわ》、広幡《ひろはた》、醍醐《だいご》の九家である。

この合せて十四家が公家の大家《たいけ》である、と思ってよいのだろう。

これ以下の諸家が「羽林《うりん》」と呼ばれ、たとえば旗本で言えば禄高三百石以下というところであろうか。四辻《よつつじ》、中山《なかやま》、姉小路《あねがこうじ》、飛鳥井《あすかい》、冷泉《れいぜい》、六条《ろくじょう》、四条《しじょう》、山科《やましな》などの諸家が、この「羽林」に該当すると考えてよい。

どれ程か歩いて、宗次は足を止め、また空を仰いだ。

頭上の空はいよいよ薄暗くなり出していた。茜色だった西方の空も赤どす黒く汚くなっている。

「いやな天気だ……」

宗次は珍しく不安気に呟いた。江戸を離れ、たった独り遠い京に来ているのだ。

鎌倉河岸《かまくらがし》八軒長屋の屋根葺職人久平《きゅうへい》・チヨ夫婦も、あるいは名蘭医柴野南州《しばのなんしゅう》先生や北町奉行所の筆頭同心飯田次五郎《いいだじごろう》も、そして頼りになる江戸一の目明かし平造《へいぞう》親分や二番手に位置する鉄砲町《てっぽうちょう》の銀吾《ぎんご》親分も、呼んで届かぬ百数十里の遠い彼方《かなた》だ。

絵仕事で疲れ切った心身を癒《いや》してくれる居酒屋「しのぶ」の主人角之一《あるじかくのいち》・美代《みよ》夫婦の威勢よい声と笑顔を思い出しながら、宗次は足を急がせた。

小道が二股に分かれている所まで来て「あ……」と、宗次は再び空を仰いだ。

降り出した、という程ではなかったが、冷たいものがポツリと頬に当たった。

（むしろ、降ってくれた方が忍び込み易《やす》いか……）

舌を小さく打ち鳴らした宗次は、木立の向こうに見え隠れしている御所の高い塀を眺めた。御所の何箇所もある各御門は、禁裏付与力同心によって厳重に警備されている。

宗次は現在《いま》も**「天皇以上の天皇」**と伝えられている大帝の密書を見て、「こいつあ御門を経由して正しく御所に入ることはとても出来ねえ」と、当初から判断していた。

と、なれば忍び込み――侵入――という方法しかない。

今や天下一と評されている江戸の浮世絵師が、大帝に密書で招かれて御所の塀を乗り越え侵入するなど、前代未聞《ぜんだいみもん》である。

大帝が「上皇・法皇」として隠栖《いんせい》しておられるのは仙洞御所。その広大な隠栖御所の中にある幾つもの建物――屋敷――の何処に大帝が在《お》わすのか、いかに文武を位高く極めた宗次といえども直ぐに判る筈《はず》もない。

それよりも何よりも、侵入という前代未聞の手段で若し宗次が大帝に目通りをすれば、幕府の激怒を買うことは必定《ひつじょう》だろう。

その結果、「斬首」が待ち構えている可能性は高い。むろん宗次に、である。

「左を選ぶか……」

宗次は二股に分かれている小道の左を選んで歩き出した。

右を取れば、公家屋敷地に通じていると判ってはいた。

が、幾らも行かぬ内に宗次は「あっ」と低い声を発して横転していた。

何が生じたのか？

鍛え抜かれた全身の筋肉を使って反射的に起き上がっていた宗次であったが、またしても仰向けに地面に叩きつけられる。

背中がドンと鳴る程に。

いや、その動き様はあきらかに、己れの意思によるもののようであった。つまり自分で自分を横転させ、体を仰向けに地面に沈めたということである。

しかも宗次は、一箇所に止《とど》まらなかった。逃げるように連続横転して幹が白肌の木立の陰で全身を丸める。

木立が、ビシッ、カン、ビシッと辺りに響きわたる程の音を立てた。

宗次が身を丸めて潜む木の根元近くに、矢継ぎ早に何かが激突……いや、突き刺さって薄暗い中を白い木屑が蛍火《ほたるび》のように飛び散った。

宗次が更に猛烈な横転を繰り返し、四、五間《けん》離れた矢張り白肌の木立の根元に飛び込んだ。宗次を追って鉄砲玉に削《けず》られるようにして次次と地面が跳ね飛び、そして木立がカン、カン、カンと悲鳴をあげる。

四散する白い木屑。

なんと、白肌の木の幹に深深と突き刺さったのは、先端部が筆形の棒状手裏剣であった。それも殺傷力が充分な、かなりの大形である。

これを標的に向かって連続的に投擲《とうてき》できるのは、忍びの者しかいない。それも相当に修練を積み上げた忍びだ。

宗次は木立の根元に顔を押し付け、全身を丸く縮めた。いつの間に摑んだのであろうか、右の手に拳の半分くらいの礫《つぶて》がある。

(花の京《みやこ》で忍び手裏剣に襲われるたあ……一体《いってえ》どうなってんでい)

宗次はチッと舌を鳴らした。京入りしてから確か二度目の舌打ちであると覚えている。

逃げ切れそうにも、避け切れそうにもねえか……と宗次は思った。宗次ほどの者がそう思うという事は、まぎれもなく並の忍びではない、ということだ。

(それにしても花の京《みやこ》に潜む忍びってえのは、伊賀《いが》者か、それとも甲賀《こうか》忍びか……)

考えてはみたが、確信の持てる答えが見つかる筈もなかった。御所様(天皇)が在《お》わす京《みやこ》には幕府は絶対に忍び者を配置しない、というのが宗次の常識であり、事実その通りなのであった。

朝廷を統制（監視）するのはあくまで「旗本武士」とその配下与力同心というのが幕府の朝廷に対する「一種の配慮」であった。

「やってみるかえ……」

呟くなり宗次は、二、三間離れた木立の陰へ体を小さく丸めて走り込んだ。連続横転ではなく、わざと走り込んだ。

ヒヨッという鋭い音を発して、宗次の足元へ次次と筆形棒状手裏剣が飛んできた。

薄暗い中だというのに、なんとキラッと光っている。

宗次の足元で土も小石も音を立てて跳ね飛んだ。一瞬の出来事だった。その一瞬の出来事に宗次は寸陰を置かずまたしても跳んだ。矢のように跳んだ。

元の木立の陰へとわざと戻ったのだ。またしても足元で恐ろしい音を立て四散する土と小石。

(見えた……)

筆形棒状手裏剣の〝光跡《こうせき》〟を宗次の眼力《がんりよく》が捉えた。捉えた瞬間、木立の陰に沈む直前の宗次の体が海老《えび》のように一回転し、その勢いと共に右手が大きく虚空《こくう》を掬《すく》う。

宗次の右の手から、礫《つぶて》が放たれた。筆形棒状手裏剣の〝光跡〟を遡《さかのぼ》って礫が音も無く飛ぶ。

濃い繁みの向こうで、ドスッと鈍い音。しかし悲鳴も呻《うめ》きも生じない。

宗次は「ふうっ……」と、息を一つ吐き出した。

暫くして、宗次は立ち上がり、木立の外に出たが、手裏剣は飛んでこなかった。

それの一本を、宗次は白肌の木の幹から引き抜いた。力が要《い》った。

相当に深く突き刺さっている、ということだ。体に命中していたなら、一《ひと》たまりも無い。

「なるほど、これが光跡を引いたのかえ……」

宗次は手裏剣を手に頷いてみせた。長さは六、七寸。その半ばから筆状の先端部分まで綺麗に研《と》ぎ磨《みが》かれていた。これだとわずかな光が当たっても光跡を引くと思われた。おそらく光跡による威嚇力を高めるための工夫なのであろう。しかし宗次ほどの者を相手にしては、その光跡は己れの居場所を瞬時に教える手助けとなってしまう。

それにしても、これほど何本もの手裏剣を、一人が放ったのか、それとも複数の手で放ったのか？

宗次は腰を下ろし、薄暗い地面に顔を近付けた。首すじに、ぽつりぽつりと冷たいものが当たり続けている。

地面にくっきりと残っている自分の足跡。その足元すれすれに手裏剣が突き刺さっていることを確かめた宗次は、「こいつあ……」とこぼして腰を上げた。どの手裏剣も見事に足跡すれすれで〝外れて〟いる。つまり〝外して〟いると思われた。

「警告で放ちやがったのかえ。江戸へ直ぐ戻れ……という意味か」

呟いた宗次のまわりが薄明るくなった。空を仰ぐと、冷たい粒雨はまだ降っていたが、どんよりとした雲の流れは切れ目が出来て、それが広がり出していた。が、いずれにしろ、日没、いや夕方の訪れは間近い。

宗次は自分が礫を放った方角へと歩いていった。

深い繁みの中も薄明るくなり出していたが、辺りを見まわしても忍びが倒れている様子も、倒れたと思われる痕跡も見当たらない。しかし、鈍い音は確かに耳にした宗次であった。

宗次は木立を丹念に一本一本検《み》ていった。

すると幾本目かの太い木立——白肌の——の幹が傷ついており、白い樹皮がめくれていた。何という名の樹木なのであろうか、樹皮の下は一見して、水分が多そうな木《もく》質《しつ》であると思われた。

「命中せずとも遠からじ……か」

宗次は木肌を撫でてやりながら苦笑し、そして小道へと引き返した。

「十中八九《じっちゅうはっく》、私《あつし》に江戸へ戻れと促している事は間違いねえな」

まずい事になった、と宗次は思った。大帝の密書を持った密使を宗次に使わしたくらいであるから、幕府の直轄領である京《みやこ》へ入ったことが何者かに知れ、しかも御所間近で手裏剣を見舞われるなど、絶対にあってはならない事であった。

「仕方がねえ。江戸へ引き返すか……」

宗次は、ため息を吐きながら、やや大きめな呟きを放って足を速めた。

考え考え宗次は急いで歩いた。来たばかりの京《みやこ》であるから、すでに顔見知りとなった誰彼にはきちんと挨拶して京を離れないと、うさん臭い奴、と怪しまれかねない。

「あーあ、着いて間もない花の京《みやこ》を、もう去らねばならねえのかえ」

またしても、やや大き目の声で呟いた宗次の足は、林から烏丸通《からすまどおり》へと出ていた。

雨粒はまだぽつりぽつりと落ちていたが、足元はかなり明るさを取り戻している。

宗次はこのとき、「やっぱり訪ねてみるかえ」と行き先を決めかけていた。それでも急がずに走らなかった。

宗次が本気で走れば、鍛《きた》え者《もの》の足であると直ぐに判ってしまう。

手裏剣を放った何者かは、離れた位置からこちらの動き具合を観察していたに相違ない、と宗次は思っている。

宗次が「やっぱり訪ねてみるかえ」と思った先は、京都東町奉行所と西町奉行所であった。東町奉行所では筆頭同心長石志之助に、西町奉行所では同じく筆頭同心日高玄七郎に出来れば会いたいと思った。

京都所司代へは両奉行所の近くだが、立ち寄る積もりをしていない。

京都町奉行所（東・西）は老中支配下にあって、しかし現実には「西の幕府」と言われている京都所司代の指揮下にあった。

なぜなら、京都所司代は老中にも若年寄にも属さない将軍直属だからである。

地位としては老中の方が上であったが、立場としては京都所司代の方が勝《まさ》った。

宗次は南北に走る烏丸通と東西に走る大炊通《おおいどおり》（現、竹屋町通）が十字に交差しているところを右へ折れた。頭の中にほぼ正確に叩き込んだ積もりの町絵図では、大炊通を真っ直ぐに西へ抜ければ堀川通、つまり所司代堀川屋敷の間近に出る筈であった。二条城で言えば丁度、北東角に当たる。宗次にとっては〝元の位置〟へ戻る訳であったから、其処から京都町奉行所へは迷う心配もなく行けることが判っている。

（礫を投げたのは少し拙《まず》かったか……）

と、宗次は今頃になって気になった。手裏剣を投擲《とうてき》した何者かには命中しなかったとはいえ、僅かに外れただけだろう、と宗次は思っている。

その投げ業《わざ》だけで宗次が只者でない、つまり単なる浮世絵師ではないと相手は気付いたということも考えられる。

宗次はそれを懸念しているのであった。しかも相手は間違いなく必殺の業を持ちながらも、警告に止《とど》めて投擲してきたらしいのだ。

「怒らせる結果……になるかも知れねえな」

宗次は眉をひそめて呟いた。

堀川通に出た宗次は二条城の堀を西方向へと回り込むかたちで、先ず西町奉行所の門前に辿り着き、六尺棒を手にした初老の門衛に丁重に腰を折った。門の内側から大声が聞こえてくる。何だかピリピリした雰囲気だ。

「ん？　なんや、お前は」

と、門衛が険しい目で宗次を睨んだ。

「へい。私《あつし》は江戸から参った浮世絵師の宗次と申す者でござんすが、用を終えやしたもので一両日中にでも江戸へ帰ろうと思っておりやす。それで筆頭同心の日高玄七郎様に御挨拶に参《めえ》りやした」

宗次は不自然に受け取られない程度に、声を大きくして、初老の門衛に告げた。

「ほう、日高様にお別れの挨拶をな。けんど日高様は今、大勢の同心、捕り方を伴なって出張ってはるんや。見逃せん事件が起きたんでな」

（笠間某《なにがし》が不意打ちで殺害された事件か……）

と、宗次は思ったが、表情は変えなかった。

「あ、お役目で出張っていらっしゃいやすか。では、江戸の浮世絵師の宗次ってえ者が旅立ちの挨拶に参ったと、お伝え下さいやし」

その辺りの物陰に〝手裏剣者《しゆりけんもん》〟が潜んでいるかも知れないと考えて、宗次の声は大きめの演出であった。

「判った。日高様にはそのように伝えといたるわ。江戸の浮世絵師の宗次さんやったな」

「へい。宗次でございやす」

「そしたら、気い付けて旅立ちなはれ。ここんとこ京は何かと物騒やさかい、明るい内に旅立つことやな。夕方までには宿へ入るようにした方がええ」

「これは御丁寧に恐れ入りやす。じゃあ日高様に宜《よろ》しくお伝え下さいやし」

「ああ、伝えといたる」

人の善さそうな初老の門衛に、宗次は丁寧に頭を下げてその場から離れた。

西町奉行所の隣に接するようにして在《あ》る西町奉行所与力同心組屋敷、さらにその南隣の東町奉行所与力同心組屋敷、この二つの組屋敷を西側直ぐの所に置くかたちで、「神泉苑《しんせんえん》」と接して東町奉行所は在った。

「神泉苑」とは、二条城の南に接している平安京《へいあん》が造営される以前の太古の昔からの水源地であった。桓武《かんむ》天皇をはじめ歴代の天皇が春秋に宴遊に興じた、善女竜王《ぜんによりゅうおう》を祀《まつ》る美しい苑池《えんち》である。

かつては気品漂《ただよ》う広大な苑池であったものを、徳川家康の権力が二条城建築の際にその殆どを潰《つぶ》してしまったのだった。一種の「天下取りした権力による貴重な文化の破壊である」と、宗次は密かに思っている。

「京の家康嫌い」という気風が江戸に伝わって既に久しいが、その気風は朝廷に対する徳川幕府の力任せで粗野な政策や、貴重な歴史的遺産に対する優しさ不足などが起因しているのであろう、と宗次は考えている。

その一方で、それがまた発展してゆく歴史のためには、ある程度覚悟せねばならないのかも、という思いもあった。

宗次は東町奉行所の表門の前に立った。月番交代である筈なのにこちらもまた西町奉行所以上に、門の内側がざわついている。

門扉の裏側から六尺突棒を手にした小銀杏髷《こいちょうまげ》の若い同心態《てい》が姿を見せた。なんだか殺気立った顔つきだ。両刀差しの同心態が六尺突棒を手にするのは、江戸であれば珍しい。

六尺突棒とは、六尺棒の先端に鋭い鉤《かぎ》を三、四本備えた捕物道具だ。凶悪な手強い賊徒を相手とする場合などに用いられる。

「なんだ、お前は」

問うなり若い同心態は、六尺突棒を身構えてみせた。相当に苛立《いらだ》っている。

「へい。私は江戸から参りやした鎌倉河岸八軒長屋に住みやす宗次と申しやすが……」

「江戸の宗次……お、浮世絵師の宗次先生か」

と若い同心態は表情を改め、六尺突棒を下げた。

「私は筆頭同心長石志之助様と一緒になって、あちこちの宿を訪ね宗次先生を探していた市中取締方同心、島崎貴一郎《しまさききいちろう》と申します」

「あ、これはどうも……あの、なんだか御門内がざわついておるようでござんすが、何ぞ只事《ただごと》でないことでも？」

「宗次先生ですから申し上げますが、半刻ほど前に長石様は市中見回りの最中に斬られてお亡くなりになられまして」

「な、なんですってい」

衝撃を受け宗次は思わず、のけ反《ぞ》ってしまった。先程の西町奉行所での只事でない緊迫感が、これで頷けた宗次である。

その何刻《なんとき》か前には、西条九郎信綱の配下と思われる笠間某《なにがし》も不意打ちで殺《や》られているのだ。

「島崎様、恐れ入りやすが長石様が殺害された様子を、も少し詳しく聞かせて下さいやせんか」

「誰にも言わないとお約束下さいますか宗次先生」

「もちろん、決して……へい」

島崎が声を潜め早口で話し出した。門の内側のざわつきを気にしながらの話し様であった。

大方を話してくれたか、と宗次が感じ出したとき、門の内側で「島崎、島崎は何処だ」と野太い大声が生じた。

「あ、上役の与力殿がお呼びですので……じゃ、また機会があれば話を」

「島崎様、私は一両日に江戸へ戻りやす。それで長石志之助様に御挨拶に参りやしたので」

「そうですか、そうだったのですか先生」

島崎っ、と門内で再び大声。

「島崎様。これから市中へ、お出張りなさいやすので」

「はい、なんとしても長石様の敵討《かたきう》ちをせねば、と与力同心皆思っています」

「どうぞ、お気を付けなさいやして。どうぞ……」

「これでも剣術の稽古《けいこ》は充分にやっております。大丈夫です先生」

島崎はそう言い残して、身を翻《ひるがえ》し門内へと消えていった。

指揮を執《と》る与力が馬にでも乗っているのか、それとも奉行自らも出張るのであろうか。馬の蹄《ひづめ》が興奮したように地面を打ち鳴らしていた。

六

それから十日後の秋枯れが目立ち出した京《みやこ》の北東、日没近く。
清流高野川《たかのがわ》に架かった木橋——御蔭橋《みかげばし》——を渡って直ぐの賀茂御祖神社《かもみおやじんじゃ》（下鴨《しもがも》神社）

の森そばにある表口障子を開けたままの粗末過ぎる小さな宿へ、深編笠をかぶった羽《は》織袴《おりはかま》の身形《みなり》正しい侍が「頼みたい……」と訪れた。

狭い土間を片付けていた少し背中の曲がった白髪《しらが》頭の小柄な老爺《ろうや》が、「へえ……」と尚のこと体を小さく縮《ちぢ》め、驚いたような目をした。

「部屋は空いておるか」

「それはもう……」

と、老爺はまだ体を縮めて驚いた目をしている。余程自分の宿には似つかわしくない侍が訪れた、とでも思っているのであろうか。確かに客を迎える狭い土間の片隅には汚れきったかのように見える竈《かまど》と流し台と大きな水瓶《みずがめ》がある。その流し台の端にのった小皿の上で心細げに点《とも》っている明りが、鰯《いわし》油によるものなのであろう生臭い薄煙りを立《た》ち上《のぼ》らせていた。それだけでも、なるほど身形正しい侍の宿としては、似つかわしくないのかも知れない。

だが侍は気にもならないのか、腰の大刀を取りながら上がり框《かまち》に腰を下ろした。

開いたままの表口から、落葉と共に秋風が吹き込んできた。

老爺がのろのろとした大儀《たいぎ》そうな動きで表口を閉じる。

「まあまあ、これはこれは、このように薄汚い宿へ、ようこそ御出《おいで》下されまして

「……」

　奥から――と言っても上がり框右手にある部屋だが――足元危なげによたよたと現われた老婆が、侍の身傍《みそば》にぺたんと腰を落とし、板床に額《ひたい》が触れる程に頭を下げた。

老爺と老婆の他には、誰もいそうにない静けさだ。

「うん。二、三日厄介《やっかい》になりたい」

　侍は穏《おだ》やかな口振りで言いつつ、手にしている大刀を老婆の前へコトッと音小さく静かに横たえ、深編笠を脱《と》った。

　なんと、浮世絵師宗次ではないか。髷《まげ》、月代《さかやき》、髭《ひげ》などに旅をした跡《あと》などは窺《うかが》えない。

「あの、お侍様。相済みませんが、足をすすいで戴《いただ》く湯が沸《わ》いておりませんで……」

　老爺が平桶《ひらおけ》を手にして、恐る恐るの態《てい》で宗次の前に立った。

「なに、清水で充分じゃ」

　宗次がにっこりと表情を和《やわ》らげると、老爺は安堵したように手桶を土間に下ろして
「失礼します」と宗次の足へ手を伸ばそうとした。皺《しわ》深い自分の手で客の雪駄《せった》、足袋《たび》を丁寧《ていねい》に脱がせて旅疲れの足をすすぐことを宿の習慣《ならわし》としているのであろうか。

「よい。自分でやる」

相手を労《いたわ》るような宗次の口ぶりであった。

老婆が宗次の大刀を重そうに両手で胸に抱きかかえるようにして、先ほど自分が出てきた上がり框右手の部屋へと戻ってゆく。

たとえこのような場合であっても自分の体から他人の手によって刀とくに大刀が離れていく場合、剣術に打ち込んだ侍であるならば目つきが険《けわ》しくなるのが当たり前であるが、宗次の目はチラリとも老婆を追わなかった。

自分の手で足をすすぎ、老爺が差し出した薄汚れた手拭《てぬぐ》いで足を拭いた宗次に、部屋から出てきた老婆が「この部屋を使うて下され。温かな食事を出すのに台所に近くて便利ですから」と言い言い正座をし、また板床に額をこすり付けるほど頭を下げた。なるほど竈も流し台も大きな水瓶も確かに目の前に揃《そろ》ってはいる。

竈の向こう脇には薪《まき》が山積みだ。肉体が老いると何もかも身近にある方が便利なのだろう。

宗次は苦笑すらも見せずに「うん」と頷《うなず》いて、老婆が勧《すす》めたその部屋に入っていった。そして「ほう……」と目を細めた。ちゃんと客が泊まってもおかしくないように部屋の中は設《しつら》えられていた。四畳半ほどの板の間に、古くなって煤色《すすいろ》の三畳大ほどの破れ茣蓙《ござ》を敷き、驚いたことに小さいが板床の床の間もあって、宗次の大刀が壁にもたれるように立てかけられていた。よく掃除の行き届いた、と感じられる部屋で清潔そうだ。

鰯油の小さな明りが点っていて、生臭さが満ちた部屋の端には薄蒲団《ぶとん》が折り畳まれている。

「気に入った……」

宗次が老婆と目を合わせて、微笑《ほほえ》んでやると、たちまち老婆の皺深い顔が緩《ゆる》んで人の善《よ》さが表に出てきた。人情豊かに見える老いの表情だ。

部屋に入った宗次が着ていた旅羽織を脱ごうとすると、老婆が後ろへ回って肩から滑《すべ》り落ちかけたそれを受け止めた。どことなく嬉しそうな様子であるのは、若《も》しや息子のことでも思い出したのではあるまいか。この小さく薄汚れた印象の宿には、老爺と老婆以外の人の気配はないのだが。

老婆が羽織を丁重《ていちょう》に畳んで床の間へそっと置いたところへ、老爺が大きな徳利《とつくり》と、ぐい呑み盃《さかずき》を手にして部屋に入ってきた。

「お侍様。夕食が出来るまで暫《しばら》くかかりますので、これを呑んでお待ちになって下されし」

「酒か？」

「へえ。こうした宿仕事に入るまでは伏見《ふしみ》の銘酒で知られた『夕霧《ゆうぎり》』の酒蔵で長いこと杜氏《とうじ》を致しておりましてのう……」

「ほう、それはまた」

「ですので、貧乏宿ではございますが酒だけは今でもこうしていい物が手に入ります」

「うちの爺様。腕のよい『夕霧』の杜氏だったのでございますよ」

老婆が横から言った。先ほど迄《まで》とは違って皺深い顔の中で目が生き生きとし出している。どうやら杜氏であった〝爺様〟が女房として自慢であるらしい目の輝きだった。

そのため宗次は老爺にではなく、鰯油の明りを瞳に映している老婆の顔を覗き込むようにして訊《たず》ねてやった。

「爺様は『夕霧』の杜氏を辞めて長いのかね」

宗次の〝爺様〟が余程に嬉しかったのか老婆は破顔《はがん》した。

「もう六年になりますかねえ。でも毎年、蔵元の大旦那様からたっぷりと搾《しぼ》りたてのお酒が届くのでございますよ」

宗次は今度は爺様の方へ視線を振り、やわらかに言った。

「銘酒の杜氏を辞めたのは少し惜しかったのう。続けておればよかったではないか」

「年をとりますとね、お侍様。嗅覚も味覚も衰えるのでございますよ。若い者も育ちましたし、それで思い切りました」

「ふーん、そうか。では、ひとつ楽しみに戴こう」

宗次は敷かれている三畳大ほどの破れ茣蓙《ござ》の中央あたりに腰を下ろすと、老爺から徳利とぐい呑み盃を受け取った。

「いま漬物《つけもの》でもお持ちしましょうかね」

と老婆が部屋から出て行くと、老爺も宗次に軽く頭を下げ、そのあとに続いた。

宗次は床の間を左にし、開け放たれたままの障子の向こう、土間に下りた老夫婦のよたよたとした動きをチラリと眺めつつ、手酌《てじゃく》でぐい呑み盃に酒を満たした。

先ず香りを嗅《か》いで「うん」と頷《うなず》いた宗次は、酒を口に含んだ。そして、そのまま直ぐには呑み落とさずに舌の上で転がし、また「うん」と頷いて目を細めた。

老爺が心配そうにこちらを見たので、「旨《うま》い……」と宗次は言葉に出してやった。

「ありがとうございます」

老爺は不安そうだった顔に笑みを浮かべると、薪をひと抱えして戸外へと出ていった。風呂でも沸かす積もりなのであろうか。

老婆が小皿に茄子《なす》と胡瓜《きゅうり》の漬物を盛ってやってきた。

「私が漬《つ》けた古漬ですがのう、酒には合うと思います」

老婆はそう言いながら小皿を宗次の前に置き、また丁寧《ていねい》に頭を下げて部屋から出ていった。今度は二枚障子を静かにきちんと閉めたが、古くなって煤色の障子紙のどこにも破れがないので、宗次は感心した。

茣蓙の破れは目立っているのだが。

宗次は茄子の漬物を口に入れて、「なるほどこの味は酒に合う……」と呟《つぶや》いた。

次に胡瓜をつまんでみたが、これもなかなかの味で宗次は目を細めた。

茄子も胡瓜も共に天竺《てんじく》（インド）が原産の外来のものである、と宗次は無論知っている。

大和国《やまとのくに》の正倉院《しょうそういん》校倉《あぜくら》の伝来文書《もんじょ》（奈良時代の写経所の文書類で一般には正倉院文書と称されている）には、茄子については天平勝宝《てんぴょうしょうほう》二年（七五〇）六月に「貢《みつぎ》の品」として登場したことが記されており、一方の胡瓜についても矢張り正倉院文書に胡瓜に間違いないと推測されるウリについての記述があり、平城京《へいじょうきょう》を都とした時代（奈良時代）には食用とされていたと判断できた（学問的には平城京跡から胡瓜の種子の考古学的発見でほぼ確定）。

宗次はゆったりとした気分で、酒と漬物の味を楽しんだ。

この小さな宿が目に留まったのは偶然だった。それほど人目につきにくい、小さな宿だ。

まぎれもなく十日前、宗次は京《きょう》の都《みやこ》を後にしていた。古宿「東山《ひがしやま》」の節《せつ》も悠《ゆう》も番頭の与助《よすけ》も宗次の急な旅立ちに驚いて「もう暫くゆっくりと……」と止めはしたが、それを振り切るようにして宗次は京《みやこ》を離れた。「東山」に止《とど》まり続ければ、見えざる何者かによる危害が「東山」の者たちにまで及びかねない、と危惧《きぐ》したからだ。

十日をかけて宗次は周囲に注意を払いつつ近江《おうみ》の旅を楽しんだ。日本一の大きさであると言われている琵琶湖《びわこ》をひとまわりしたのだ。浮世絵師として、これは長年の夢でもあった。京《みやこ》を出た宗次は先ず東海道の大津《おおつ》宿でひと晩を過ごし翌日、湖上二里の彼方《かなた》にある草津《くさつ》宿を目指し、湖上水運で知られた「矢橋《やばせ》の渡《わた》し」を使って渡った。琵琶湖から流れる瀬田川《せたがわ》に架かった「瀬田の唐橋《からはし》」（青柳橋とも）を渡る陸路を取ると三里の徒歩となる。のちになって「唐橋を制する者は畿内を制し、のち天下を取る」と言われたその橋であり且《か》つ、宇治橋《うじばし》、淀橋《よどばし》と並んで三大名橋の一《ひとつ》と称されている橋だ。

だが宗次は江戸から京《みやこ》へと入る途上で、軍事上の「要橋」と言われているその唐橋をすでに渡っていた。

よって大津から草津へは、船上からの美しい景色を「学び楽しむ」目的で湖上水運を利用したのである。

宗次は浮世絵師として、実は狙《ねら》っていた。

神君徳川家康《とくがわいえやす》公の時代（初代将軍の時代）に既に生まれていた名勝「近江八景《おうみはっけい》」という言葉。それを順次絵として写実的に描きあらわしてゆくことを。つまり「瀬田夕照《せたのせきしょう》」「唐崎夜雨《からさきのやう》」「矢橋帰帆《やばせのきはん》」「比良暮雪《ひらのぼせつ》」「石山秋月《いしやまのしゅうげつ》」「三井晩鐘《みいのばんしょう》」「堅田落雁《かたたのらくがん》」「粟津晴嵐《あわづのせいらん》」の八景である。

草津から琵琶湖に沿うかたちで中仙道《なかせんどう》とその枝道沿いに北へ向け、守山《もりやま》、八幡《はちまん》（近江八幡）、彦根《ひこね》と旅を続けた宗次は、湖をぐるりとひと回りして、近江八景の一《ひとつ》である「三井晩鐘《みいのばんしょう》」で知られた三井寺（正称・園城寺《おんじょうじ》）の北錦織《にしこおり》の辺《あた》りから林道「山中越《やまなかごえ》」に入って難所比叡《ひえい》の山越へと挑んだのだった。

そして京《みやこ》へ入り、名も無き小さな宿に辿《たど》り着いたという訳であった。

暫くすると障子が細目に開いて、老婆が片目を覗かせた。その遠慮の仕様《しよう》に宗次は思わず微笑んだ。

「お侍様。お酒と漬物はまだございますかのう」

「酒はこの徳利一本で充分だ。漬物はもう少し欲しい。なかなか美味しいのでな」

「判りました。それじゃあ茄子を少し出しましょう。胡瓜の漬物は夕飯の時にまた出しますからそれで宜《よろ》しいですかのう」

「ありがとう。それで結構だ」

宗次がそう応じて、老婆が障子を閉めたとき、床の間に軽く斜めに立てかけられていた大刀が、鞘尻《さやじり》を滑らせて倒れ大きな音を立てた。

宗次は立ち上がってその刀を手にすると、右側身そばに置きつつ、また腰を下ろした。

京《みやこ》を出た宗次は侍の身形を一体どこで整えたのであろうか。

旅羽織など衣服の殆《ほと》んどについては、大津と草津で揃えることが出来た。

そして、侍として欠かせぬ大小刀は、宗次ほどの者であるから耄碌《もうろく》した刀を求める訳がない。湖の北の端、内陸部にある古代の陥没湖――小さな――で知られる余呉海《よごのうみ》（のち、余呉湖）。この湖のほとりの余呉村で見つけた刀鍛冶から手に入れた大小刀であった。無名鍛冶なれどまずまずの出来ばえ、と宗次は見ている。

余呉海《よごのうみ》の南方には賤《しず》ケ岳《がたけ》（標高四二一メートル）という山がある。

豊臣秀吉《とよとみひでよし》が天下取りの第一歩として打ち倒した、織田信長《おだのぶなが》の宿将柴田勝家《しばたかついえ》（大永《だいえい》二年・一五二二〜天正《てんしょう》十一年・一五八三）。その戦場となったのが北に余呉海《よごのうみ》、南に琵琶湖を置く賤ヶ岳であった（いわゆる「賤ヶ岳の戦い」）。

宗次は、この賤ヶ岳の頂《いただき》をも極めて、人知れず再び京《みやこ》へ入ったのだ。

比叡の山越に選んだ林道「山中越」は、林道とは名ばかりの悪路であった。

けれども七曲りの其処此処《そこここ》から垣間見《かいまみ》える湖の景色の美しさには、浮世絵師として息をのんだ宗次である。

「一度京を離れたことで、いい体験をした。賤ヶ岳の戦場跡《いくさばあと》には、未《いま》だ凄《すご》みが漂《ただよ》っていたなあ……」

宗次がぽつりと呟いたとき、「お侍様……」と老爺の声があって宗次の返事を待たずに障子が半開きとなり、皺顔《しわがお》が覗いた。

「いい湯加減に沸きましたから、夕餉《ゆうげ》の前に風呂はいかがでしょうかのう」

「左様《さよう》か。では、そう致そう」

「新しくはありませんが、手拭いも寝着も、風呂場に揃えてございますから」

「うむ……」

宗次は頷いて手にしていた盃を茣蓙の上に戻した。

障子が閉じられて、老爺の皺顔が消えたが、宗次の目つきが少し変わっていた。

老爺が何故《なぜ》か、目を合わさなかったのである。そらせたのだ。

宗次は暫くの間、動かずじっと座ったままの姿勢だった。

鍛《きた》え抜かれた剣客としての五感が、そうしながら次第に鋭く研《と》ぎすまされてゆく。

閉じられている障子の向こうは、静かであった。老爺が障子を開ける寸前までは、鍋《なべ》や食器などの音が聞こえて、老婆が夕餉の支度をしている様《さま》を想像させた。その音が消えている。

宗次は大刀を手に、そっと立ち上がって家具一つ無い狭い部屋を改めて見まわした。

障子を開け閉めできる目の前の其処が、唯一の出入口だった。他の三方は粗い土壁だ。

宗次は腰に大刀を差し通すと、半袴の腰紐《こしひも》を緩めて、するっと足元へ滑り落とした。錦秋《きんしゅう》の季節にふさわしい濃紺の白衣《びゃくえ》（着流しの意）に、白柄黒鞘《しらつかくろさや》の大小刀という宗次の身形は、江戸ならば幾多の者が目にしてきた役者絵のような姿である。

けれどもこれまで、この役者絵のような姿を待ち構えていたのは、常に一触即発。

そうであると知っている者が多いのも、また江戸であった。

その宗次が、この小さく薄汚い――しかし温かな和《なご》みが満ちている宿に、一体何を感じたというのであろうか。

宗次の左手が、そっと障子を開ける。

土間にも、土間の左手へとそのまま続いている野菜や麦、味噌、塩、酒、醤油《しょうゆ》などを溜め置いた小納戸《こなんど》にも、老夫婦の姿は無かった。

外への出入口の「腰高な明障子《あかりしょうじ》」は閉じられ、土間の角柱がその障子へ少し斜めに薄い影を落としている。「腰高な明障子」とは、雨を防ぐため障子の腰の高い部分までを舞良戸《まいらど》(板戸)とし、その上部に障子紙を張ったものを指していう(いわゆる腰高障子)。

宗次は雪駄を履くと、自分の影が腰高障子に映らぬよう用心して姿勢を縮め、小納戸へと入っていった。

小納戸の柱に掛けてある鰯油の皿行灯《さらあんどん》は、いまにも消えそうだ。

宗次は小納戸の突き当たりに勝手口様《よう》の引き戸があると確かめると、皿行灯の明りを吹き消した。

小納戸は、ほぼ真っ暗となった。土間の鰯油の心細い明りは、小納戸の中にまではとてもとても届かない。

宗次の手が引き戸にかかった。だが、宗次の動きはそのまま止まった。頭の中で、宿の裏口の向き方角を思い描き、引き戸の向こうは土堤《どて》下に当たると読めていた。

（老夫婦は何処へ消えたのか……無事でいてくれ）

宗次は祈った。自分がこの宿を訪れたことで、老夫婦に何ぞ危害が及んだとなれば、それこそ「痛恨の極みである」と思わねばならない。

引き戸の向こうは、静かだった。重い静けさである、と宗次は捉《とら》えた。

重いその静けさこそを宗次は、明らかに〈異常〉と捉えた。それまで宿の中にまで伝わってきていたにぎやかな蟀《こおろぎ》の音《ね》が消えている。河鹿《かじか》もだ。夏から秋口にかけて川の瀬や土堤草の中で美しい鳴き声を聞かせてくれる河鹿（雄《おす》）が、この秋枯れがはじまった中でも鳴いていたので、「極めて珍しいこと」と宗次は驚いていた。河鹿は敏感だ。人の気配が近付くと鳴き止む。

宗次は、そろっと引き戸を開けてみた。

皓皓《こうこう》たる月明りが降り注いでいた。秋の夜にふさわしいその青白い月明りの中に不審な人影は見当たらなかった。けれども宗次の五感は、見当たらないことこそが、不審以外の何ものでもない、という判断へと導いていた。

（確かに誰もいない……）

と、胸の内で呟いた宗次は、引き戸を音立てぬよう全開して、それでも数呼吸あたりへ耳目《じもく》の全神経を放っていた。これほどの用心、宗次には珍しい事だった。

非常に何事かを恐れているかのような用心深さだ。いつもの「迷いの無い用心深さ」ではない。明らかに、迷っている。

宗次の右足が、ようやくのこと戸外へ一歩踏み出した。

そして次に、左の足も。

とたん、月明りを浴びた宗次の双眸《そうぼう》が、一瞬であったが闇の中に獲物を捉えたかのように鈍《にぶ》く光った。まぎれもなく鈍く光った。

「この香り……」

と、宗次が思わず呟いて辺りに目を凝《こ》らす。

すると蛼が一つ……二つ……そして三つと囀《さえず》り出して、たちまちそれは土堤草の中を広がっていった。そして、その後に河鹿が続く。

「この微妙な二つの香り……」

宗次は、もう一度呟いた。二つの香り、と呟いた。呟いて宗次の足は一体どうしたことか、左足からそろりと小納戸の中へと戻った。蛼と河鹿に配慮しているかのように、そろりと。

小納戸の引き戸は開けたままの状態で宗次は土間へと戻り、柱の影を斜めに映している表口の閉じられた腰高障子を眺めた。左手は既に刀の鯉口《こいぐち》に触れている。

（この向こうであったのか……この香りは）と、宗次は土間を見まわし、竹の長柄の熊手が小納戸出入口脇の暗い一隅に立てかけてあるのに気付いた。

宗次の足が僅《わず》かに左へと寄って、鯉口から離れた左手が熊手に伸びた。

それを逆《さか》さに——熊手の部分を手前にして——持ち、竹の長柄の先を腰高障子に近付けた。腰高障子に長柄の影を映さないように気を付けなければならない。戸外にこの香りを放つ不審の者が潜《ひそ》んでいるとすれば、長柄の影が腰高障子に映ることで、宗次の動きが悟《さと》られてしまう。

宗次は長柄の先を、そろっと腰高障子の手前側凹《へこみ》引手《ひきて》へと近付けていった。

薄汚れた小さな古宿の表口障子である。敷居も障子も古いから、素直に滑るとは思っていない宗次だった。

長柄の先が今まさに表口障子の手前側凹引手に触れかけたとき、宗次の手の動きが迷ったかのように、ふっと止まった。どうしたことか突然脳裏《のうり》に、大和国《やまとのくに》へ旅した際に訪れ御住職より石州《せきしゅう》料理（精進料理）を馳走《ちそう》となった石州流茶道の禅刹《ぜんさつ》慈光院《じこういん》の明《あかり》障子《しょうじ》が甦《よみがえ》ったのだ。西陽《にしび》を浴びて柿色に染まった明障子を内側から眺めたときの荘厳さは、それはもう名状し難《がた》いものであった。

（なんとも美しく気品に満ちた明障子であった……）

宗次は胸の内で呟いた。「障子」という表現（言葉）が、奈良時代の西大寺資財流記帳（七八〇年）に既に登場していることを知っている宗次である。

因《ちなみ》に江戸の今世には襖《ふすま》障子という表現が人人の生活の中に当たり前としてあるが、この「襖」という言葉は室町《むろまち》時代に入ってからはじめて登場したものだ。

我を取り戻したかのように、宗次が長柄の先を凹引手に当てた。一気に押し開ける積もりだった。あとは表口障子が敷居の上を素直に滑ってくれるかどうかだ。それにしても宗次は何を考えてまた、長柄の先で表口障子を開けようとしているのか。世の剣客たちから撃滅剣法と恐れられている揚真流《ようしんりゅう》の極みに達している宗次の、これ迄に見られなかった用心深さだ。

宗次が息を止めた。たとえ表口障子が素直に開いてくれなくとも、腕力で強引に突き開ける積もりだった。長柄の先で。

そして遂に宗次は、突いた。刹那《せつな》、予期せぬ事が生じた。大変な勢いで表口障子が敷居の上を滑り、ビシャンという大音を発して受け柱に〝激突〟したのだ。

それと殆ど同時に、凄まじい速さの物が土間に突入してきた。それは秋の空気を鋭く裂き鳴らし、羽を甲高《かんだか》く泣かせ、土間から上がった板の間の土壁を一斉に貫通した。突き刺さったのではない。貫通したのだ。

　バンバンバンという貫通音と、粉微塵《こなみじん》になった壁土が、たちまち板の間いっぱいにもうもうと舞い上がる。

　矢であった。数本の矢であった。その悉《ことごと》くが土壁――さほど厚さの無い――を貫通し、辛《かろ》うじて一本が矢尻の羽を貫通孔に残しているだけだ。それはまさに、宗次にひと呼吸さえも許さないかのような一瞬の間《ま》に生じた黄塵万丈《こうじんばんじょう》なる波乱の光景《こうけい》であった。が、この瞬間もはや宗次の姿は土間にはなかった。

　表口から錦秋の月下へ、それこそ矢が放たれたかの如《ごと》く飛び出したその役者絵姿は、右肩を低く下げ、怒濤《どとう》の速さで直進していた。

　が、まだ抜刀していない。

「斬れっ、斬り殺せっ」

　金切声《かなきりごえ》が月下に響き渡った。この時にはもう、更に右肩を低く下げた宗次は、大《だい》弓《きゅう》を夜空高くへ放り投げ慌《あわ》て気味に抜刀しようとした群《む》れの真っ只中へ雪崩込《なだれこ》んでいた。そう、雪崩込むという表現そのままな、百鬼修羅《ひゃっきしゅら》の突入だった。音轟《とどろ》き渡るような突入だった。

　無銘の大刀が腰から解き放たれる。

　右横から無言で斬り掛かってきた群中《ぐんちゅう》の一《ひとつ》へ、宗次の刃が下から上へと掬《すく》い上げるや、反転させた刃が地上僅かな高さを唸《うな》りを発して左へと走り、左横で抜刀しかけた奴の膝を叩いた。ガシッと膝頭《ひざがしら》の砕《くだ》ける音。

「ひいっ」

同じ悲鳴――見苦しいほどに黄色い――を上げた群中の二《ふたつ》が、もんどり打って仰《あお》向《む》けに倒れる。その奴らの間近へ、夜空から次次と大弓が落下した。

「おのれっ」

「こ奴っ」

正面から二人が肩を揃え同時に攻め掛かってきた。だが、地上低くを三歩、相手よりも速く踏み込んだ宗次の攻めは、まるで月下を舞う俊足の夜蝶《やちょう》であった。

右片手とした宗次の大刀が、するりと一《ひとつ》の内股へ潜《もぐ》り込むや、切っ先三寸が跳ね上がるようにして一物《いちもつ》を痛撃、刃はそのまま月明りを求めるかのように宙へと躍《おど》り出るやもう一人の左耳と頬皮《ほおかわ》を剝いで緌《おいかけ》と共に切り飛ばした。

二人が声もなく揃って激しく横転。地面を叩き鳴らした。

信じられぬ程の、余りな光の一閃《いっせん》を目《ま》の当たりにして、大弓を手放した残りの者らは、潮《しお》が引くように退《さ》がった。うようよといる仲間の中へと退がった。強弓を撃ち放つ腕には優れていても、刀は苦手《にがて》なのか。

宗次が大刀を右手のまま、月下にすらりと立つ。

その役者絵の如き無言の宗次を、うようよと蠢《うごめ》く〝群れ〟が、じりじりと、これも無言のまま取り囲み出した。

剣を振るう時の宗次は殆ど無眼流《むがんりゅう》の極みに達したかの如く、閃光のように刃を走らせる。無眼流とは、眼を閉じ攻めの本能のままに相手を捉える、の意である。無念無想の奥義《おうぎ》に少し似ているが本質は違う。無眼流は攻めの頂に達した精神を指し、無念無想は無眼流の直前の精神を言っている。これが揚真流兵法の基本理念だった。

その無眼流から醒めて月下にひっそりと立つ宗次が、ようやく己れの目に映した〝群れ〟は、異様な身形の集団であった。

いや、異様という表現は、この京《みやこ》に於《お》いては当て嵌《は》まらない。むしろ江戸者《もん》から眺めての異様――つまり殆ど見ることがない――と言うべきであろうか。

月下の〝群れ〟は「三十名を超えているか……」と、宗次の目は読んでいた。

宗次ひとりを狙って出現したとすれば、恐るべき数《かず》だ。

その数《かず》がどれも皆一様に、褐衣《かちえ》姿であった。褐衣とは、上皇及び上級公家（摂関や大臣）などが外出する際に警護する随身《ずいじん》（近衛武官）の召具《めしぐ》装束《しょうぞく》（制服）である。

頭には「巻纓冠《けんえいかん》」をかぶり、両の耳を馬毛《ばもう》で出来た半円形の飾り「緌《おいかけ》」で隠していた。上には月下でもそうと判る青みがかった紺地の長尺な上着、「闕腋袍《けってきのほう》」を着用している。すでにそうと見抜いている宗次は、その縦長な闕腋袍が表地は固地綾《かたじあや》（綾織物の一《ひとつ》）、裏地は平絹で出来ていると学び知っていた。「腋開《わきあ》き衣《ころも》」とも称して、大きな広袖口をもち、その袖脇（腋）から下にかけては膝下あたりまで縫い合わされておらず、激しい動きを取ればこの大広袖がひらひらと舞う。着用した襟《えり》（首紙という）は盤《ばん》領《りょう》（円《まる》い形状の襟の意）と呼ばれる詰襟形式となっており、この襟が開かぬよう固定するため、輪状の受紐に、先端に留玉《とめだま》を拵《こしら》えた差し紐を通した。そして腰は当帯《あておび》で締める。

これだけを見ても、とても実戦用とくに近接戦闘用の着衣ではないと判ろうというものだ。

しかし今、宗次を取り囲む輪を縮めつつある〝群れ〟は、まぎれもなく闕腋袍を着用し、とくに矢を放った数名はいずれも月下で漆塗《うるしぬ》りの輝きを放つ平胡籙《ひらやなぐい》を背にしていた。予備矢を扇状《おうぎじょう》に広げて連射しやすく――取り出しやすく――した矢倉《やぐら》（いわゆる弾倉）である。矢倉には、壺胡籙《つぼやなぐい》（円《まる》い壺状）もあったがこれは平胡籙よりも格が下で、うんと下級の者（役人など）が用いた。

つまり宗次を襲った〝群れ〟は、下級の者ではないという事になる。

その通りであった。随身の召具装束を身につけて宗次殺害を図《はか》ろうとした〝群れ〟は、まぎれもなく武官束帯姿《ぶかんそくたい》の公家たちだった。身分は決して高くはなかったが、歴《れっき》とした「公家の武官」である。それの証《あかし》となるものが、闕腋袍は決して随身《ずいじん》だけが着用するものではない、という事実だった。男性皇族も成人前の衣装としてこれを着ているのである。

宗次を取り囲む輪が、次第に縮まってゆく。

宗次も無言、相手も無言の中で、公家たちの化粧香料の香りも濃さ強さを増して宗次に迫っていた。もう一つの香り、宗次はそれを「おそらく弓矢に塗られた椿《つばき》の香料……」と捉えていた。

が、いまその香りは先程までよりは強くなかった。

宗次の視線は、迫ってくる〝群れ〟に対するよりも、その腰に帯びている刀に注がれていた。公家の刀には「儀礼用」として飾太刀《かざだち》や細太刀《ほそだち》（共に片刃の直刀）あるいは横刀《たち》（両刃の直刀）などがある。また、実戦用としては、毛抜型太刀（片刃の反り刀）を刃を下に（地面に）向けるかたちで腰に吊《つる》した。

だが、である。

宗次を取り囲む〝群れ〟どもは今、腰から吊す毛抜型太刀に加え、武士（侍《さむらい》）の大小刀を幅広の帯に差し通している者がいた。

そして、武士の大小刀を腰に帯びたその者たちが、宗次を取り囲む輪の最前面に出て鯉口に手をやっているのである。

相手のその身構を見て宗次は、「相当な修練を積んでいる……」と読んだ。

つまり「明らかに公家らしくない力量」と読んだ訳だ。

徳川幕府は、御所の権威（天皇・朝廷の権威）及び御所の機能（朝廷の機能）などの独り歩きを封じ込める第一段階の策として、慶長《けいちょう》十八年（一六一三）六月に「公家衆法度《くげしゅうはっと》」を発令し、**公家の家業**（家家の役儀としての学問）ほかを家格別に十九種に亘《わた》って明確に定めた。ここで言う、定めた、は幕府による公家への、命令、と判断されるべきものである。

たとえば、白川家《しらかわけ》（二〇〇石）は「神祇伯《じんぎはく》」、五条家《ごじょうけ》（一七〇石余）は「文章博士《もんじょうはかせ》」、冷《れい》泉《ぜい》家《け》（三〇〇石）は和歌、持明院家《じみょういんけ》（二〇〇石）は「神楽《かぐら》」、四辻家《よつつじけ》（二〇〇石）は「和琴《わごん》」、綾小路家《あやのこうじけ》（二〇〇石）は「琵琶《びわ》」、飛鳥井家《あすかいけ》（九二〇石余）は「蹴鞠《けまり》」、そして清水谷家《しみずだにけ》（二〇〇石）は「能書《のうしょ》」、などと言った具合だった。

「朝廷の職務」を担《にな》うのは、摂家《せっけ》など上級公家の役儀（義務）である。

この公家家業（家職とも言う）の中に「剣術＝兵法」の定めは無い。それらに長ずる者が公家衆の中に次次と生まれることを何よりも警戒しているのは、他ならぬ徳川幕府であった。

これらのことを熟知している宗次ほどの者であるから、「公家衆法度」で公家全体を統制し切れる――抑え切れる――ものではない、と思ってきた。

事実、京《きょう》には隠れたる公家剣客が相当いる、という噂が江戸に居てさえ耳に入ってきた宗次である。

その現実が今、宗次の目の前にあった。公家剣客の〝群れ〟が。

何故か〝群れ〟は、ぴたりと動きを止めていた。宗次に手傷を負わされた者が早くも仲間に手当をされている。

それは、宗次から見れば頷ける、相手の余裕だった。宗次は、はじめから相手の命を奪う積もりなどはなかった。いち早く〝群れ〟を公家集団である、と見破ったからだ。それを宗次に教えたのは、あの特徴ある二つの香りだった。公家が身につけたり所有物に塗布《とふ》したりする「虚勢」の香りであり「見栄《みえ》」の香りである。

京《みやこ》入りする前から宗次は、何か不測の事態に見舞われたとしても、公家に対して刃を向けることだけは慎重であらねば、と己れを戒《いまし》めていた。京《みやこ》においては、公家衆を御所（朝廷）と一体として眺める必要がある、と考えていたからだ。

ましてや宗次は、大帝（後水尾上皇・法皇）からの密使により直筆の、但《ただ》し名無き密書によって京《みやこ》へ招かれている立場である。しかも「とくに朝廷人《ちょうていびと》には触れる事がないように……」とまで、密書の中で大帝から忠告されているのだ。

朝廷人が仕事に就いている御所へ参内《さんだい》せぬ事には、大帝には会えぬと言うのにである。

だが、触れてしまった。用心深く京《みやこ》から一度出たにもかかわらず触れてしまった。

目の前の〝群れ〟は、公家の武官である。宗次の極めて高い知識の範疇《はんちゅう》では、公家の武官はまぎれもなく朝廷人《ちょうていびと》であった。いや、場合によってはむしろ、家職（家家の学問）を専《もっぱ》らとする公家よりも遥《はる》かに面倒な存在、と宗次は捉えている。

それも、一体何の目的か、いきなり攻め掛かってきたのだ。

宗次は月下に、風に吹かれる若柳の如く、すらりと立ったままだった。

右手に下げた大刀の切っ先からは、一滴の血玉も垂れてはいない。

サクッと斬り飛ばし、ガツッと斬り砕きはしたが、切っ先三寸に絶妙の手加減を加えていた。ただ、軽度ではない後遺の不自由さは体に幾分残るであろうとは思っている。

と、取り囲む輪の中から、ようやく一人の公家武官が歩み出た。鼻筋の通った彫《ほ》りの深い面立《おもだち》だ。

綺麗に顔化粧をしてはいるが、月下でもらんらんたる目つきだと判る。体つきも頑丈そうで公家らしくない。

「お前……」

と、そ奴に真っ直ぐに指差された宗次は、黙って月を見上げてから刀を鞘に戻した。もはや、目の前の〝群れ〟を相手として刃を交える気分は失せていた。しかし取り囲む輪の攻める気配は失せていない。

「お前……」

と、また相手が指差した。月を見上げた宗次の態度が気に食わなかったのか、声が頑丈な体つきに似ず甲高《かんだか》い金切《かなき》り声となっていた。年齢《とし》は三十半ばといった辺りであろうか。

「この京へ何をしに参った。一体何をしに参った」

尚も二歩、宗次に迫って、また指を差した。力強い侍言葉であったが指先が神経質に震えている。

「京へは、お伊勢参りのついでに見物に訪れたまで」

淡々と応じる宗次は、また月を仰《あお》いだ。己れの〝不運〟を嘆《なげ》いてか小さな溜息を吐いている。

「うぬぬ……こ、こ奴」

相手は遂に抜刀した。抜刀の仕方、体構えが充分以上に出来ている、と宗次は月を仰ぎながら視野の端で捉えた。襲い掛かってきたならば、〝強敵〟の内に入る、と。

宗次は視線を落として、相手と顔を合わせた。この月明りの下であっても、己れの眼差《まなざ》しは今悲し気である、と〝群れ〟に知れているであろう、と思った。重い気分だった。

「お手前に一つお訊《たず》ねしたい」

穏《おだ》やかに切り出す宗次だった。

「………」

相手は答えず、目つきで警戒した。

「なにゆえに、江戸より京見物に訪れたこの私に刃を向けたのか。その理由《わけ》を申されよ」

「それは我我の訊ねたきこと。この京へなぜ訪れた」

「だから申し上げた。伊勢参りのついでに、京《みやこ》見物で訪れた、と」

「偽りを申すな」

「偽りではない。それ以外、私はこの京《みやこ》に用事も目的も持ってはおらぬ」

「謀《たばか》りおって……」

「謀りおって、とはこれまた武官束帯姿には似合わぬ、品位を失したるお公家《くげ》言葉」

「なにっ」

「もう一度お訊《き》きしたい。私に対し刃を向けてきた理由《わけ》を申されよ。その程度の礼儀作法なら、京《みやこ》の公家衆ならば心得ていると思うがのう」

「言わせておけば……」

「かなりの剣の使い手と見た。そなたも、その左右の方方も並並ならぬ腕前のようでござるな。京都所司代《しょしだい》は、そなた達のような武闘派ともいえる公家衆の存在を、見て見ぬ振りを致しておるのか」

「…………」

「これが若《も》し徳川将軍家の耳に入らば、たちまち大軍が上洛《じょうらく》して参りましょうぞ。私は公家衆に対し幕府が定めた法度の数数を誠《まこと》に一方的でお気の毒とは思うているが、今その法度に逆《さか》ろうて兵法を身に付けることが得策かどうか……」

「我等に対し定められし法度の数数をお気の毒、と申したな」

「いかにも……」

「本心か」

「いかにも……」

「我等を侮《あなど》ったり偽ったりするでないぞ、江戸よりの客よ。

「判ったな……判らねば、また獣《けもの》を差し向けることになる」

「獣を差し向ける?……さては、二条城そばの刀剣商『浪花屋』の店前《たなまえ》あたりで、いきなり私に襲いかかってきた素浪人は、そなた等《ら》が金で雇いし剣客であったな」

「さあてなあ……」

「無益無用の争いはしたくない。これは偽りなき本心だ」

「判った。今宵《こよい》のところは、その言葉を信じて引き揚げよう。じゃが、お前の動き様《よう》ひとつで、鉄砲玉を浴びることになると心得ておくがよい。判ったな」

「なんと、鉄砲までも所持していると言うのか、そなた等は……」

相手はそれには答えず、月に向かって右腕をサッと突き上げた。それも公家としての虚勢、見栄なのかどうか人差し指を立てている。月を見よ、と言わんばかりに。

〝群れ〟が潮引くように賀茂御祖神社《かもみおやじんじゃ》(下鴨神社)の森へと消えてゆき、宗次と向き合っていた主座らしい其奴《そやつ》が「ふん」と小さく鼻先を鳴らし、一番最後《あと》から仲間の後に続いた。

七

「私のために其方《そなた》たち夫婦に大変な恐怖を与えてしまうこととなり、誠に申し訳ない。この通り、許してやって下され」

　老夫婦を前にして宗次は、茣蓙床に額が触れる程に頭を下げて詫びた。老夫婦は風呂釜――庭の――と向き合っている薪《たきぎ》小屋《ごや》に縛《しば》られて閉じ込められていたが、幸い手傷は負っていなかった。

　老爺が声をひそめて言った。

「儂《わし》らは薪小屋へ押し込められただけですが、お侍様は何ぞ公家衆から狙われる事情でもお持ちなのですかのう」

「いや、私にも判らないのだ。なぜ襲われたのか」

「儂《わし》も風呂釜に薪《まき》をくべていたら、後ろからいきなり首筋に刃を当てられ、『然《さ》り気《げ》のう女房を外へ連れ出してこい』と嚇《おど》され、命が縮みましたわい」

「本当に申し訳ない。この宿で幾日かゆっくりさせて貰い、紅葉した賀茂御祖神社（下鴨神社）の森でも散策するかと考えていたのだが、いつまた公家衆が戻ってくるか知れない。これで失礼しよう」

「この秋冷えの夜に急いで発《た》つこともございますまい。ま、今夜のところは……」

「いや、発たせて貰うことにしよう。詫び料も含めて、これで我慢しておくれ」

宗次は老夫婦に詫びる直前に整えておいた金五両を、茣蓙の上に置き、それを老爺の方へと押し滑らせた。

「お侍様。これはいけません」

「そうですよう、お侍様。このような大金……」

老爺も老婆も首を横に振ったが、宗次は立ち上がった。

「旨い酒を呑めただけでも有り難い」

宗次はそう言うと、部屋を出た。

すると老爺が女房の袖口を引くようにして、何言かを囁《ささや》いた。

このとき宗次の足はもう、上がり框から土間へ下りようとしていた。

老婆が老爺と五両を部屋に残したまま、宗次の後ろを急ぎ迫った。

「あの、お侍様……」

「ん？」

雪駄を履《は》いて、宗次は振り向き、上がり框に正座をした老婆と目を合わせた。

「これより深夜にかけては、お侍様。京の隅隅《すみずみ》がより暗く恐ろしくなりましてなあ。今から宿を求めるのは大変な御苦労となりますのじゃが、何ぞ当てなどございますのかのう」

「いや。当てなどは無いが、まあ、物騒な京《みやこ》の夜をぶらりと歩くのも、江戸への土産《みやげ》となろう」

「なんとまあ、へえ、肝《きも》の太いことを言わっしゃる。そんじゃ、まあ、お侍様。若し四条通《しじょうどおり》に出るようなことがあれば、祇園《ぎおん》社近くの『東山』という古宿を訪ねてみて下され」

「ほう……祇園社近くの『東山』とな」

思いがけないところで、古宿「東山」の名を告げられて、さすがに宗次は内心驚きはしたが、それは表には出さなかった。

「へえ。東西《ひがしにし》の東《ひがし》に、山鯨《やまくじら》の山《やま》と書きますのじゃがのう」

山鯨の山、と聞いて思わず目を細めたくなるのを、宗次は堪《こら》えた。

山鯨とは猪《いのしし》の肉を指し、京《きょう》の山山にはそれこそ数の見当がつかぬ程にたくさん猪が棲息《せいそく》している。

「その『東山』でもう随分と長く番頭をしている与助というのが、儂《わし》の弟なんですじや」

自身のことを、はじめて儂《わし》と言った老婆は、もう一度「与助とのう……」と繰り返した。

宗次の脳裏に、穏やかで人の善さそうな与助の顔が甦った。

「どうしても、この夜中に宿が見つからなかったらのう、お侍様。与助を訪ねて下され。この婆《ばばぁ》に勧められたと言うてな。儂《わし》の名は宇子《うね》と言いますじゃ」

そう言って、宙に宇子《うね》と書いてみせた老婆のすらすらとした指先の動きを見て、

「これは……」と宗次は思った。その指先の動き方から、「手習をかなりやってきたな」と感じたのだ。

宗次は訊ねた。

「だが、この夜中に与助とやらを訪ねても迷惑にならぬのか」

「夜が特に物騒なこの頃じゃから『東山』の表口は早目に閉まっていましょうがのう。与助は世帯持ちじゃから宿の敷地の端くれに小さな仕舞屋《しもたや》を貰《もろ》うて棲《す》んでいますのじゃ。その仕舞屋を訪ねて下され」

「その仕舞屋の門口《かどぐち》は？」

「京の町割を口で言うて判るじゃろうか」

「町絵図は懐《ふところ》に入ってはいる。いささか粗《あら》いがな」

「おお、持っていなさいますか。それなら訳もありゃあしません。知恩院さんの前の通り（現、東大路通《ひがしおおじどおり》）を南へ行って四条通へ折れる丁度角。祇園社の西の楼門《ろうもん》を斜め向かい方向に眺めるその角。そこに他人目《ひとめ》につきにくい片開きの板引戸がありますじゃ」

「その板引戸が与助とやらの仕舞屋の門口だな」

「へえ。門口と言うたって、寝間と門口がくっ付いたような小さな住居《すまい》じゃやから、板引戸を軽く叩くだけで中から返事がありましょう」

「左様か。では万が一の場合は、訪ねさせて貰おう」

「それからのう、お侍様」

「なにかな……」

「念のために申し上げておきますじゃが、日が落ちてからは五条《ごじょう》の大橋へは近付かん方がようございます」

「何ぞ化物でも出没するのか」

「弁慶《べんけい》が出ますのじゃ。人を斬りたくて、弁慶がなあ」

宇子《うね》に代わって老爺がそう言い言い、五両を手にして部屋から上がり框まで出てきた。

「弁慶？」

と、宗次は老爺と目を合わせた。

「はい。牛若丸《うしわかまる》対弁慶の、あの弁慶ですじゃ。これ迄に深夜の五条の橋の上で奉行所の役人や、捕えてやると挑んだ腕自慢のご浪人さんなどが幾人も斬られておりましてなあ」

「なんと、左様な事がのう。では五条の大橋へは近付かぬように致そう」

「そうなされませ、そうなされませ」

「世話になった。私が外に出たなら直ぐに表口を固く閉じるようにな」

宗次はそう言うと、外に出て表口障子を静かに閉じ、月が青白く輝いている夜空を仰いだ。

「弁慶とはまた……」

呟いて宿の表口から離れる浮世絵師宗次であった。

牛若丸と弁慶の伝承などについては、知り過ぎるほど知っている宗次である。鎌倉《かまくら》の源氏《げんじ》とかかわり深い古刹《こさつ》より依頼され「弁慶とうぐいす」と題する襖絵の大作をすでに昨年描き上げている。はじめから寄贈の積《つ》もりであったから無代でだ。

「牛若丸」とは、平安末期から鎌倉初期にかけての武将　源《みなもとの》九郎義経《くろうよしつね》（平治《へいじ》元年・一一五九～文治《ぶんじ》五年・一一八九）が鞍馬《くらま》寺の阿闍梨《あじゃり》のもとで文武の修行に明け暮れていた幼少年期の名前である。牛若丸という名が余りにも役者的であることが手伝って、数多《あまた》の伝説・伝承が今世の江戸、京《きょう》、大坂などに広がっていた。たとえば鞍馬山の大天狗、小天狗に兵法剣術の教えを受けた牛若丸は、幼少期より京《きょう》・大坂に敵《かな》う者なしの強さであったとか言う。

「弁慶」についても諸説・伝承多く、江戸、京《きょう》、大坂の芝居好き、舞台好きを喜ばせていた。幼名を鬼若《おにわか》、号を武蔵坊《むさしぼう》と称したらしい弁慶は、父親である熊野別当《くまのべっとう》〈弁せう〉(旧かな)が二位大納言家の姫君を拉致《らち》して生ませた子であるとされ、母親の胎内に十八か月もいたこともあって、生まれた時は黒黒とした髪が肩下まであり歯は上下とも全て生え揃っていたという。幼少年期より乱暴者で比叡山西塔の僧正〈くわん慶〉(旧かな)に預けられたが乱暴狼藉《ろうぜき》やまぬことから追放されてしまう。

やがて京《きょう》の五条の橋の上で牛若丸と対決する「運命的出会い」が待ち構え、今世の江戸、京《きょう》、大坂の芝居好き、舞台好きを、やんややんやと熱狂させるのだが、しかし宗次が鎌倉の古刹に「弁慶とうぐいす」を描くに際して諸文書《もんじょ》を詳しく調べてみたところ、牛若丸と弁慶の命を賭けた凄まじい闘いは、どうやら五条の橋の上ではなく、東山の清水《きよみず》観音境内《けいだい》あたりらしい、と判ってきた。

つまり「牛若丸」と「弁慶」というこの何とも言えぬ役者的な響きの名が、その名に最もふさわしい対決の場所をいつしか「五条の橋の上」にしてしまったということである。

因《ちなみ》に宗次は、「弁慶」という名が、父親の熊野別当〈弁せう〉の**弁**および比叡山西塔の僧正〈くわん慶〉の**慶**からきているらしい事も突きとめていた。

宗次は月明りの下を、「大原の里《おおはらのさと》」三千院《さんぜんいん》、寂光院《じやっこういん》の聖地より流れ来《きた》る高野川の低い堤《つつみ》に沿うかたちでゆったりと歩き、やがて賀茂川との合流点を過ぎ鴨川の河原《かわら》を右に眺めながら、南へと下った（高野川と賀茂川との合流点より南の流れは鴨川）。

少し前に訳の判らぬ奇襲を受けた宗次であったが、気分は穏やかに落ちついていたし、不思議と充実してもいた。

琵琶湖をひと回りするという予定になかった旅に恵まれたせいであろう、と思っている。そして、こうして月明りの下を清流の音を耳にしつつ鴨川に沿って歩くことも予定してはいなかった、と自分に言い聞かせるのだった。

宗次の足が、ふと何かを思い出したかのように止まった。

大刀を鞘から静かに抜き払った宗次は、月の光を当てた切っ先を顔に近付けた。

「ふむう、予想以上によい鍛《きた》えなんだがのう」

呟いてひとり頷く宗次であったが、切っ先は二か所で小さく欠けていた。

いま再び剣術をかなりの位まで極めているらしい公家衆に襲われれば、この刃先は持つまい、と宗次は思った。相手に致命傷を負わせぬ程度に振るった刃であったが、切っ先三寸の「耐力」は意外に低いと判った宗次である。

しかし上身《かみ》（刃区《はまち》から切っ先に至る）全体の鍛えは、決して悪くはなかった。切っ先三寸の鍛えというのは名刀匠といえども難しい部分であると、宗次は承知している。

「これは、刀を替えねばなるまい……」

呟いて刀を鞘へ戻した宗次の脳裏に、ひとりの人物の顔が過《よ》ぎった。

江戸は浅草天王町《あさくさてんのうまち》（現、浅草二丁目辺り）の三味線堀川《しゃみせんぼりがわ》に面して在《あ》る、その名も高い老舗《しにせ》の刀商百貨「対馬屋《つしまや》」の主人、柿坂作造《かきさかさくぞう》の顔である。江戸とその数十里四方ではこの人の右に出る者はない、と言われるほどの名刀匠であった。

宗次が「爺……」と親しみ、作造が「若様……」と呼んだこの二人の間には、大剣聖と言われた今は亡き梁伊《やない》対馬守隆房《たかふさ》（宗次の養父）の大きな存在があった。刀匠としての苦悶時代の柿坂作造を当代随一の名刀匠へと導いたのは誰あろう梁伊対馬守の厳しい上にも厳しい導《みちび》きであり、また刀商百貨「対馬屋」の屋号を許したのも梁伊対馬守だった（『半斬ノ蝶』祥伝社文庫）。

「爺がいま傍《そば》にいてくれたなら、それこそ天下無敵の刀を用意してくれるであろうが……」

宗次はぽつりと、意外にらしくない弱気と取れる呟きをこぼして、歩き出した。柿坂作造を想い出した宗次が思わず弱気となる裏には、それなりの理由《わけ》があった。

父対馬守隆房を相手とする猛烈な修練に悲鳴ひとつあげず、めきめきと位を高めていく宗次を、控えめにそっと慈《いつく》しみ可愛がってきた柿坂作造は、一昨年の桜の花が咲く頃に病没し、刀商百貨「対馬屋」は作造の右腕と言われた大番頭で研《と》ぎ師頭《しがしら》の進吉《しんきち》六十三歳が、二代目作造を名乗っていた。この進吉もまた、研ぎ師としては卓越した業《わざ》の持ち主であって、宗次が初代作造の次に信頼していた業師である。

どれほど歩いたであろうか。宗次の足が、ふっと止まった。

川向こうの密生する木立や寺院の屋根越しに、幾つものひときわ大きな屋根が、月明りを浴びて聳《そび》え立っているのが窺えた。

それらの殆どが檜皮葺《ひわだぶき》であると承知している宗次ではあったが、月明りのもと黒黒と見えて、まるで瓦《かわら》で葺《ふ》いたかのように鈍い艶《つや》を放ってさえいる。

「御所の脇を抜けるか……」

宗次は呟いて、それまで行く予定にしていた古宿「東山」を、頭の中で切り替えていた。二条城そばの刀剣商「浪花屋《なにわや》」に。

腰の刀を強く鍛えたものに替えねば、という思いもあったが、今宵の内に「東山」を訪ねることは、宿へ不測の事態を引き摺《ず》っていく危険がある、と判断したのだった。

宗次は土堤から河原へと下りた。清冽《せいれつ》な浅い流れの河原を選んで、ほんの僅かに弓なりに反《そ》るようにして、向こう河原まで飛び石が並んでいた。流れが大人しい季節の鴨川には向こう河原へ渡るための飛び石が、浅い河床を選んでところどころに敷かれている。

宗次が身軽に飛び石を渡って、ふと気付くと、ほんの少し下流の堤の下あたりに何本もの太い爪柱が打ち込まれ、これに行桁《ゆきげた》、梁《はり》、貫《ぬき》などが縦横に組まれて、橋の骨組を形造っていた。堤からまだ四、五間《けん》ほど河原へ出張っているだけであったが、いよいよ木橋の工事が始まるのであろうか（のちの荒神橋《こうじんばし》）。

宗次は懐から町絵図を取り出し月明りを頼りに、自分がいま居る位置を確かめた。

土堤を上がり切ると、堤に沿うかたちで南北に長く築かれた、「土居《どい》」があると判った（歴史的事実）。

「土居《どい》」とは、中世以降になって城や権力者の館を敵から護《まも》る目的で築き上げた「土塁《るい》」のことを指している。中世までは「土塁」と称するよりも、「土居」と表現する事の方が多かった。

戦乱が長く続いた京を護る目的（復興）で天正《てんしょう》十九年（一五九一）に総延長約六里にも及ぶ長大な土居で京《みやこ》を囲んだのは、天正十一年（一五八三）に賤ヶ岳の戦いで柴田勝家を破り、天下取りに事実上成功した豊臣秀吉である。

秀吉はこの長大な「土居」をそのまま呼び捨てにはさせず「御《お》」を付して「御土《おど》居《い》」と称させた。天子様（天皇）の在《おわ》す京《みやこ》を囲んでいることから、「御」を付したと考えられる（御土居趾《あと》は現在の京都にも見られ、よい歴史散策になる）。

町絵図を折り畳んで夜空を見上げた宗次の目つきは、なぜか険《けわ》しかった。

「そろそろ隠れてくれねえかえ、お月様よ」

それまでの侍言葉が、いつものべらんめえ調に変わっていた。

土堤つまり御土居を越えると直ぐ右手に禁裏《きんり》付与力同心の役屋敷兼番所、直ぐ左手に火消番与力の役屋敷兼番所、そしてさらにその隣に仙洞《せんとう》御所付与力同心の役屋敷兼番所が在《あ》ると判ったのである（歴史的事実）。

ただ、秋冷えのこの夜である。いずれの番所の表口も閉まっているであろうという確信が、宗次にはあった。

宗次は白衣《びやくえ》（着流し）の裾をたくし上げると、帯に挟み込むや駆け出した。

御土居を疾風の如く下りると、各番所があって明りは消え真っ暗だった。夜勤番には当たっていないのか？

確かに禁裏付与力同心が詰める番所は他にも、御所を囲むかたちで何か所かある。

宗次は各番所の前を風のように走り過ぎた。宗次の全力疾走の能力《ちから》は梁伊対馬守が呆れるばかりであったから、その速さは半端《はんぱ》ではない。

「走法」は、揚真流兵法の基本業の中でも特に重要視されているものだ。

寺町をどれほどか走って右へ折れ丸太町通《まるたまちどおり》へ入ってから、宗次の足は本領を発揮した。ぐんぐんと速さを増してゆく。それこそ「牛若丸か――」と見紛《みまが》う程に。

八

夜遅くに二本差しの姿で訪れた宗次を迎え入れた、刀剣商「浪花屋《なにわや》」の大番頭と名乗った老爺は、さほど慌てた様子も見せず、驚いたことに「ともかく、まあ、ひと風呂浴びて体を解《と》きほぐして下さい」と、母屋《おもや》からは離れのかたちで拵えられた浴棟へとそのまま案内した。

宗次が思わず従ってしまうほど、ふわりと柔らかな応接の仕方だった。

大勢の職人が順に入るためであろう、湯の熱さはまだ冷めておらず全力疾走をしてきた宗次の肌には熱《あつ》過ぎず温《ぬる》過ぎず、丁度いい加減であった。左の肩に受けた小さな傷には、湯がほんの軽く染《し》みはしたが。

「立派な風呂場だねい。ゆったりと、大きいや」

独《ひと》り言《ごと》を呟きながら、格子窓《こうしまど》の格子と格子の間に浮かんでいる月を和やかな気分で眺める宗次であった。

しかし胸の内では、京へ着いてから次から次へと襲いかかってきた四件の予想だにしていなかった出来事を、確かめるように思い出していた。

最初に京都所司代の笠間《かさま》某《なにがし》を殺害し、西条《さいじよう》九郎信綱《くろうのぶつな》にも斬り掛かり逆に倒された合わせて三名の浪人の身形は、見るからに貧しそうだった。昨日今日《きのうきよう》に藩が潰れたとか脱藩したとかの身形ではない。かなりの期間の浪人生活を物語る薄汚れたよれよれの着衣だった。その日暮らしにも困っているかのような。若しかして、この三名の浪人たちも、「宗次に襲いかかった公家集団」に雇われた刺客たちなのであろうか。

二件目は刀剣商「浪花屋」の近くで全く気配を感じさせずに斬り掛かってきた、おどろおどろしい威嚇弁《いかくべん》――上方風《かみがた》な――を放つ深編笠の浪人。こ奴が振るった刀の切っ先で左の肩に小さな手傷を負わされた宗次だったが、こ奴の着衣も継《つ》ぎ接《は》ぎの薄汚れたものだった。けれどもその太刀筋は、宗次が圧倒される程のものであった。

こ奴はまぎれもなく「公家集団」に金で雇われた殺し屋と思われる。

三件目が、御所そばの林の中で銀色に研《と》ぎ澄《す》まされた棒状手裏剣《ぼうじようしゆりけん》を、避けるのが困難なほど矢継ぎ早に投擲《とうてき》した――恐らく――忍び。場合によっては、こ奴――あるいは、こ奴ら――が最も恐ろしい、と感じている宗次だった。この「忍びの者」と思われる奴については、見当もつかない。

そして、皓皓《こうこう》たる月明りの下《もと》、宗次の面前に公家衣装のまま姿を現わした、一騎当《いっきとう》千《せん》と思われる手練《てだれ》集団。相当な位にまで剣術を極めていると感じられた公家どもであった。一体、何流の剣法を身に付けているというのであろうか。

恐ろしいというよりも、最も薄気味が悪い、と宗次が覚えるこの手練公家集団。一番厄介《やっかい》なのは、この「集団」だと思っている。

この四件の「予想だにしていなかった出来事」と自分との間に、何か共通する「騒動」が過去に有りはしなかったか、と宗次は考えてみたが、思い当たる事は探り切れなかった。

自分との間に共通する「騒動」というものが全く無いとすれば、四種の敵あるいは四つの壁（障害）として捉える必要があり、これは頼る人とて殆ど無い京《みやこ》に在《あ》る宗次としては、実に面倒なことであった。

「宗次先生、湯加減は大丈夫でございますか」

格子窓の外で若くない男の声があって、宗次は我を取り戻した。

「はい。いい湯加減です。突然訪れやして、皆さんの入浴の順序を乱したようで申し訳ござんせん」

「いえいえ、職人たちはもう皆、済ませてございますから、どうぞごゆっくりなすって下さい。あとは見習いの若い衆が揃って一緒に入れば仕舞《しまい》ですよってに」

「恐れいりやす」

そう応じておいて、宗次は湯音を立てぬよう、そっと浴槽から上がった。

脱衣場に出てみると、脱いであった着流し他と大小刀が無い。

その代わり、「浪花屋」の名入りの夜着が、真新しい下着と共に揃えてあった。さすが女主人《あるじ》の「浪花屋」であった。

宗次が夜着で体をくるんで風呂場から出ると、母屋との間を結んでいる短く簡単な造りの渡り廊下の端に、十五、六くらいの若い衆がきちんと正座をして待ち構えていた。

「ご案内いたします」

立ち上がって少し微笑んで頭を下げてみせた若い衆は、宗次の返事を待たずに黙って背中を向けて歩き出した。

宗次が案内されたのは、それほど広くはない真四角な中庭を、開け放たれた大円窓《おおまるまど》の向こうに眺められる、女主人《あるじ》峯《みね》の居間であった。尤《もっと》も、峯の姿はなかったのだが。

「主人は直ぐに参りますので……」

案内した若い衆は、そう言ってさがって行った。

大円窓とは、円窓《まるまど》の一種で直径《さしわたし》が三尺三寸以上の大きさのものを言い、多くは壁の内《なか》へと収まる両引き障子を持っている。京では醍醐三宝院松月亭《だいごさんぽういんしょうげつてい》や、高台寺遺芳《こうだいじいほう》庵《あん》のものがとくに知られており、奈良では當麻寺中之坊《たいまでらなかのぼう》の大円窓が有名だった。因《ちなみ》に當麻寺はその歴史的経緯から、真言宗《しんごんしゅう》および浄土宗《じょうどしゅう》の二宗兼帯という珍しい寺院であって、**真言宗**は中之坊、西南院《さいないん》、松室院《まつむろいん》、不動院《ふどういん》、竹之坊《たけのぼう》など、そして**浄土宗**は奥院《おくのいん》、護念院《ごねんいん》、念仏院《ねんぶついん》、来迎院《らいごういん》、紫雲院《しうんいん》、極楽院《ごくらくいん》、千仏院《せんぶついん》、宗胤院《そいにん》となっている。

これら三か所の大円窓のうち、とくに高台寺遺芳庵のものが美貌の遊女、吉野太夫《よしのだゆう》（慶長十一年・一六〇六～寛永二十年・一六四三）好みであったことから吉野窓とも称されていた。そのことを無論、承知している宗次である。

「太夫（吉野）は其方《そなた》など好いてはおらぬ。いさぎよく諦めるがよい」

「いいえ、諦めませぬ。太夫は私の人柄と文藻多芸《ぶんそうたげい》を心の底から好きだと言うてくれました。心から尊敬しているとも」

「それは客に対する挨拶言葉に過ぎぬ。諦めなされ諦めなされ。太夫の心も体もすでに私のものぞ」

「何を仰《おつしや》る。太夫が私の腕の中で泣いてくれたのは、昨日今日《きのうきょう》のことではないのですぞ。太夫の教養をご覧あれ。あの教養こそが、この私を好いていまするのじゃ。あなたこそ諦めなされ諦めなされ。もはや太夫は私の妻じゃ私の妻じゃ」

京《きょう》の遊女の中で才知美貌この上なしと言われた武家出身の吉野太夫。

この太夫を、後陽成《ごようぜい》天皇（元亀《げんき》二年・一五七一～元和《げんな》三年・一六一七）の第四皇子で公卿《くぎょう》（朝廷に仕えた三位《さんみ》以上の地位にある貴族）の近衛信尋《このえのぶひろ》（慶長四年・一五九九～慶安《けいあん》二年・一六四九）と、京の上流文人として知られ大帝（後水尾上皇・法皇）をはじめ公家、武家、文化人ら多数と交流厚かった灰屋紹益《はいやじょうえき》（慶長十五年・一六一〇～元禄《げんろく》四年・一六九一）とが激しく奪《と》り合った〝事件〟は、江戸にまで轟《とどろ》いていた（結局、灰屋紹益が太夫を正妻とする）。

「さすがに京《みやこ》の艶聞《えんぶん》は位《くらい》が高《たこ》うござんすねえ」

開け放たれた大円窓をそれとなく眺めながら、〝吉野太夫物語〟なんぞを脳裏に勝手に想い描き、思わず口元に苦笑を浮かべてみる宗次であった。

中庭には月明りが贅沢《ぜいたく》なほど降り注いでいて、それは真昼の明りの下で眺めるのに劣らぬほど、紅葉した楓《かえで》を美しく見せていた。

その楓の向こうにも障子が閉じられた大円窓があって、障子に女性《おんな》と判る中腰の人影が映ったところであった。

低い位置——足もとの——に両手を差しのべるようにして、動いている。

「若《も》しや病人の面倒を……」

と想像した宗次は、これは迷惑な訪れ方をしてしまったかも知れない、と後悔した。

門口で迎え入れてくれた年老いた大番頭が、余りにも旧知の者に対するような笑顔を見せてくれたことで、「油断した」と宗次は思った。

「私の父は老いからくる軽い病で今は床に臥《ふ》しておりますけれど、御番鍛冶《ごばんかじ》の血を受け継いだ腕のよい刀匠なのです」

十日前に聞かされた峯の言葉が、宗次の脳裏に甦った。老いからくる軽い病、と峯は言ったが、老いからくる病ならば案外軽くないのかも知れない、と思って宗次の後悔はいよいよ深まった。

と、楓の向こうの大円窓が明りを弱めて、障子の中に映っていた人影が右方向へと動き、そして障子から消えさった。

峯がやってくるだろう、と思ったから、宗次は姿勢を改め背筋を伸ばした。

暫《しばら》くすると、思った通り足音が近付いてきた。商家、寺院、武家屋敷に招かれては絵仕事に勤《いそ》しんできた宗次である。近付いてくる足音が女性《おんな》のものと直ぐに判った。

障子が開くのに合わせて、宗次は畳にきちんと両手をつき、頭を少し下げる姿勢を取った。

「これはまあ浮世絵師の宗次殿。ようこそいらっしゃいまして下さいました」

入ってきた峯が、笑顔でそう言いつつ、そっと障子を閉じる。

「このような夜分に申し訳ござんせん」

と、宗次は深深と頭を下げてから、峯と目を合わせた。

「いえいえ。遠慮はご無用にして下さい。二日が三日になろうが五日になろうが構いませぬ。どうぞ此処《うち》でいつ迄もゆっくりしていって下さい」

「あ、いえ、とんでもござんせん。厚かましく御風呂を頂戴《ちょうだい》してしまいやしたが、あのう……新しい大小を買わせて戴きやしたら、今宵の内にも引き揚げさせて貰いやす」

「新しい刀を？」

「へい。この十日ばかり琵琶湖をひと回りする旅を致しやしたが、その途中の余呉村で一応念のためにと護身のために手に入れやした刀の切っ先が、欠けてしまいやして」

「まあ。欠けたということは、何ぞいざこざに遭《あ》われたのですね」

「はい。が、まあ、小さないざこざではござんしたが……」

「でも、十日前には此処《うち》の直ぐ間近で変な浪人にいきなり襲われたではありませぬか。只事《ただごと》でない事が、付き纏《まと》っているのではありませぬか」

「なあに、偶然の不運という奴でござんすよ。心配しておりやせん」

「取り敢えず、余呉村で手に入れた大小刀というのを、検《み》せて下されませ」

峯はそう言うや、雪のような白肌の両手を打ち鳴らした。

その音がやまぬ内に、遠くで「はい、ただいま……」と若い男の声があった。

速い摺り足の音がみるみる近付いてきて、「失礼いたします」という言葉と殆ど一緒に障子が開いた。風呂から上がった宗次をこの座敷へ案内した、あの若い衆であった。

「清宣《きよのり》、宗次殿の大小は客間ですか」

「はい。床の間の刀架けに……」

「持ってきておくれ」

「判りました」

頷いて若い衆が障子を静かに閉じた。

「私の兄の子……甥《おい》なのです」

「ほう。そう言えば、目元、鼻筋がどことなく似ていらっしゃいやす」

「十六になりますが、可哀そうな甥でしてね」

「と、仰いやすと？」

「あの子が五歳の時に、大きな外商仕事で大坂へ出かけた兄が、天満橋《てんまばし》筋長柄町《ながらまち》の東《とう》照宮《しょうぐう》裏手あたりで、金品狙いの無頼《ぶらい》浪人三人に襲われて亡くなったのです」

「なんと、そのような事が……」

宗次は、眉をひそめた。

「その現場近くには、与力同心の組屋敷があった（歴史的事実）ものでございますから、斬られた兄の悲鳴で非番の御役人方五人が駆けつけて下さり、無頼浪人たちと激しい闘いになって、悉《ことごと》く斬り倒して下さいました」

「そうでございましたか。それは辛《つら》い出来事でございやしたねえ」

「兄の不幸は、実は清宣が誕生した時にもあったのです」

「もしかして、清宣さんを産《う》みなされた母御殿が……」

「はい。難産で……」

「じゃあ、お峯さんの母上殿とお峯さんの手で、清宣さんは育てられたのでございんすね」

「ですから、どうしても甘やかせてしまい、いまの年になって精神《こころ》の未熟な部分が目立っております」

「なあに、男の精神《こころ》ってえのは幾つになったって鍛えられやす。心配いりやせん」

「そうでしょうか」

「私《あつし》も子供の頃は大変な弱虫で、泣いてばかりいやした」

峯を力づける積もりで、宗次は小さな偽りを口にした。宗次の幼少期は、それこそ言語に絶する、猛修練の毎日であった。

廊下の軋《きし》む微かな音があって、人の気配が近付いてきた。

「男の精神《こころ》は大丈夫、心配いりやせん」

と声低く括《くく》って、宗次は口を噤《つぐ》んだ。

「失礼します」と清宣の声があって、障子が開いた。宗次の目が一瞬鋭く、その開け方を捉える。

（なるほど……）と、宗次は胸の内で独り頷いた。形としては表に現わしてはいない、おどおどとした様子が、障子の開け方に確かにあったのを宗次の目は見逃さなかった。

清宣は若く美しい叔母《おば》に宗次の大小刀を手渡すと、宗次と目を合わせて黙って頭を下げてから去っていった。

峯が大刀の鞘を払った。馴れた手つきだった。刀剣商の女主人であるから当たり前のことと言えば当たり前だが、鞘払《さやはら》いの時の作法も美しく心得ている。

鋭くなった峯の眼差《まなざ》しが、切っ先から鎺《はばき》下に向かって、ゆっくりと下がっていった。

刃の両面、重《かさね》、反《そ》りなどを丹念に検《み》終えて、峯が小さな溜息を吐《も》らしたので、その光景をじっと眺めていた宗次の目が「ん？」となった。

「どうか致しやしたか」

「矢張り右手首の筋《すじ》を切られたことが、鍛え方のところどころに深刻な影響を与えておりますようで……」

「え……どういう意味でござんす」

「刀を検《み》れば銘を確かめなくとも判ります。この刀は『浪花屋』で小番頭まで勤めあげ名人とまで言われた吾郎造《ごろぞう》の作」

「なんと……」

宗次は驚いて、思わず背中を伸ばして峯を見つめた。

「腕のよい職人でしたが兄と一緒に大坂へ外商仕事で出かけ、兄を守ろうとして無頼浪人に飛びかかり、右手首に斬りつけられたのです」

「それが原因《もと》でこの『浪花屋』を辞めなすった？」

「兄を死なせてしまった、と自分を責め続け、また手首を傷《いた》めたことで今迄通りの業《わざ》仕事が出来ず、それで郷里の余呉村へ帰ってしまったのです」

「そうでしたかえ。そのようなことが……」

「何年後になってもよいから、右手首の調子が戻ったら『浪花屋』へ帰って来るように、とは言ってありましたが、この刀の出来具合では恐らく本人も満足していないに相違ありません。兄が亡くなってすでに十一年が経つというのに、名人吾郎造の業仕事がこの水準だということは、恐らく傷めた右手首はもう元には戻らないのでしょう」

「うむ……そうかも知れやせんねえ」

「本人は元気に致しておりましたのでしょうか」

「殆ど喋ることのねえ、むっつりと不機嫌そうな印象でござんした。頭は真っ白で……」

「まあ、黒黒とした豊かな髪をしておりましたのに」

眉をひそめて言いつつ、刀を鞘に納めた峯であった。

「脚腰の悪そうな、そろりそろりと歩いていなさる老妻と覚《おぼ》しき女《ひと》がおりやしたが、時おり労《いたわ》りの声を掛けるなど、仲は良さそうでござんした」

「此処《ここ》にいた時は独り身でしたが、それでは余呉村へ帰ってから娶《めと》ったのですねえ」

「どことのう淋しそうな老妻に見えやしたが」

「それであのう、宗次殿はこの刀を幾らで手に入れられたのでしょうか」

「吾郎造さんは一分《いちぶ》でよい、と言われやしたので、その通り一分を支払っておきやした」

「まあ、一分などと申しましたか……吾郎造もこの刀が完成したとは言えないもの、と自分でも判っていたのですねえ。名人と言われていた吾郎造らしい言葉だと思います」

「ですが私《あつし》は、私《あつし》なりの検立《みた》てで『完成とは言えねえ刀身ながら一生懸命な鍛えのいい刀だ』と判断致しやした。平地《ひらじ》と鎬筋《しのぎすじ》の鍛えに斑《むら》が目立ちやすが、まさしく右手首を傷めたからでございやしょう」

「宗次殿……宗次殿は、そこまで刀の検立《みた》てがお出来になるのですか。十日前の騒動の際も、当たり前な刀の使い方ではありませんでした」

と、峯は驚きの目で宗次の顔をじっと見つめた。

「浮世絵師ってえのは、侍が手にしたり腰に帯びたりする刀を描く時にも、大変気を使いやす。武家屋敷での絵仕事も決して少のうはございませんから、長い年月をかけて自分なりに学んだり手に取って振り回したりしてきやしたから」

「そうでございましたか。それにしても驚きの検立《みた》てですこと」

「あのう、お峯さん……」

「はい」

「お峯さんの話し様《よう》には、殆ど京言葉が窺《うかが》えやせんね」

「私の母が江戸生まれ江戸育ちである事は申し上げたと思いますけれど、この母が未だに京言葉《きょうことば》で喋《しゃべ》ることがないのです。ですから私の喋り様《よう》もつい……」

「あ、なるほど……」

「母はすでに休んでおりますから、明日の朝にでも会ってやって下さいまし」

「いや、私《あつし》は今宵の内に失礼させて戴きやす」

「そのような無茶を申されてはいけませぬ宗次殿。十日前にこの店のそばであれ程の騒ぎがあったばかりではありませぬか。そのような宗次殿を物騒な夜中に外へ追い出したとあっては『浪花屋の非常識』と礼儀に口うるさい京人《みやこびと》から後ろ指を差されかねません。客間にはもう、お休み戴く床の用意も整うておりますゆえ、ともかく『浪花屋』の作法をお受けなさって下さいまし」

「これはどうも……じゃあ厚かましく……へい」

と、宗次はすらすらと峯に言われて、思わず頭の後ろに手をやってしまった。

「ところで宗次殿。吾郎造の日日《にちにち》の暮らし振りは困ってはおらぬようでしたでしょうか」

「鋤鍬《すきくわ》とか庖丁とか樵刀《きこりがたな》なんぞを土間にかなりの数並べておりやしたから、そここ日日の生活は成り立っていたようには見えやした。豊かな暮らし振りには見えやせんでしたがねい。私《あつし》も刀代として一分を手渡しは致しやしたが、帰り際に『おかみさんを脚腰に効く温泉へでも駕籠《かご》に乗せて……』と、少しばかり置いて参りやした」

「大変失礼なことを訊《き》かせて下さいまし。いかほど置いて参られたのでございましょうか」

「宜《よろ》しいじゃあござんせんか、金高《かねだか》なんぞ」

「いえ、どうか、お教え下さいまし」

「うーん」

「どうか宗次殿」

「お峯さん、どうか適当に想像なすって下さいやし」

「お願いですから、宗次殿」

「そうですか、そこまで仰いやすなら……二十両を置いて参りやしたが」

「まあ、二十両も……宗次殿、あなたは一体何者でございますか」

「どういう意味でござんす？」

「二十両と言えば大金です。商家の大番頭といえども右から左へと簡単に動かせる金高ではありません。私は浮世絵に関しては全くの素人《しろうと》で知識らしい知識はありませぬけれど、二十両を気前よく出せるほど、宗次殿は浮世絵で有名な御方なのですか」

「お答えするのが、何とのうむつかしい問いでございやすね。が、まあ、江戸では商家はもとより、大身《たいしん》のお武家や神社仏閣などに出入りを許され、熱心に描かせて戴きやして、此度《こたび》の旅につきやしても、あちらこちらから潤沢《じゅんたく》に餞別《せんべつ》など頂戴いたしやした。ポンと気前よく出せる、なんてえ気分になれるもんじゃあござんせんが、それでも、ま、二十両なら脚腰の悪いお年寄のために、という気持にはなれやす」

「左様でございましたか。でも私は、宗次殿が次第に普通の旅人ではないように見えてきております。とくに、見事なばかりの、あの刀の使い様《よう》……」

「なんの、普通の旅人でござんすよ。ごく、普通の……」

「判りました。では今宵はそういうことにさせて戴くと致しまして……」

峯はそう言うと、穏やかな身動きで立ち上がり、切れ長な二重《ふたえ》のその目に、ふっと妖《あや》しい色を浮かべた。

宗次が一瞬、息をのむ。

中庭で蟋《こおろぎ》が鳴き出した。

九

翌朝早くに、宗次は気持よく目を覚ました。真四角な中庭に面した角柄窓《つのがらまど》の障子《しょうじ》は既に明るくなってはいたが、まだ朝の日は差し込んできていない。

八畳が二間続く奥の間の寝床を丁寧《ていねい》にたたんで押入れへ納めた宗次は、角柄窓の障子を細目にそっと開け秋冷えの朝のすがすがしい空気を座敷へ通し入れた。窓をいきなり開け放つことには用心した。この客間へ昨夜通されて寝床に就《つ》く前に、角柄窓の向こうに見える光景を確かめてある。

先ず右手の斜め方向には峯の居間に間違いないと確信できる大円窓《おおまるまど》の明りが窺《うかが》えたし、中庭を挟んでそれと向かい合う位置には恐らく峯の父親の病室であろうと想像できる部屋の、矢張り大円窓の薄明りがあった。

宗次は夜着を、床の間の手前の衣装籠——竹編みの——に用意されているものに着替えた。峯の配慮であろう。秋冷えを考慮して半襦袢《はんじゆばん》も長着《ながぎ》も肌にやさしく温かな感触のものだった。

無紋の白衣《びやくえ》（着流し）の上から平絎《ひらぐ》け帯をくるりと巻いて片挟みに締めた宗次は、帯の上から平手で軽く叩き鳴らした。整えられていたものはどれも真新しくしかも何故か宗次の身丈《みたけ》に合っていた。夜半に突然訪ねてきた宗次のために、なぜ身丈に合った肌着や着物までを整える事が出来たのか。日頃から「浪花屋」では来客のために幾通りかの着物などが用意されている習慣《ならわし》になっているのか。宗次はそのような事については敢《あ》えて詮索《せんさく》しないようにし、素直に心から感謝して峯の配慮に甘えさせて貰《もら》った。

あとは半袴《はんばかま》と羽織《はおり》が残っていたが、これを着るのは外出の時だ。

床の間の刀架けに横たわっている大小刀は、余呉《よご》村の吾郎造《ごろぞう》作のままである。

宗次は床の間を背にして正座し、目を閉じた。こうして四半刻《しはんとき》（三十分）ばかり無想の境地へと己れを導いてゆくことを、朝の日課としている宗次である。並の者なら、四半刻という短い間に無心にして無想の境地へなど、達せられるものではない。しかし宗次ほど位《くらい》を極めた剣客《けんかく》ともなると、たちまちにして己れを無我の状態へ置くことが出来る。

宗次の「無想の境地」の凄《すご》いところは、その中にあって小鳥の囀《さえず》りを捉《とら》え、木立のざわめきも聞いていることだった。たとえば野に正座しているとするならば、蟷螂《かまきり》が雑草を伝って膝頭《ひざがしら》に近付いてくるチリチリとした小さな音までも聞き逃さない。

それでいて己れの存在を「忘れた中に」いる。

四半刻が過ぎた。

だが宗次は、まだ身じろぎ一つしない。誰も彼の邪魔をする者はなかった。

半刻（一時間）近く経った頃、宗次の目がうっすらと開いた。

優し気な摺《す》り足の音が廊下を次第に近付いてくるのを、彼の耳は捉えていた。

そして、ゆっくりと深呼吸を一つして、宗次の双《ふた》つの眸《め》がはっきりと開く。

宗次は立ち上がって、細目に開けてあった角柄窓を閉じると、奥の間（寝床の間）から廊下側の座敷へと移り、中央に設《しつら》えられている文机《ふづくえ》の前に姿勢正しく正座をした。

この座敷にも角柄窓はあって、奥の寝間のものよりは二まわり近くも大きかったから、部屋は明るかった。しかも障子の上の方に朝の陽《ひ》が当たり出している。

廊下との間を仕切る猫間障子《ねこましょうじ》の向こうで摺り足の音が止まった。

宗次は自分の方から告げた。

「どうぞ……もう起きておりやす」

猫間障子の向こうで「あ……」と微《かす》かな声のあとに、「失礼致します」と峯と判る声が続いた。

因《ちなみ》に猫間障子とは、明障子の中央部分を占めるかたちで、左右に（あるいは上下に）開け閉めできる子障子（小障子とも）を組み込んだ障子のことである。

「峯でございます。お早うございます」

「お早うございます。気持よく目が覚めやした」

猫間障子が開かぬまま、宗次と峯は言葉を交《か》わした。

「いま雨戸を開けますゆえ、暫《しばら》くお待ちになってください」

峯の言葉に宗次は「なるほど……」と頷《うなず》いた。廊下に沿っては何枚もの雨戸と明障子が続いていることを、昨夜《ゆうべ》この客間に通される際、宗次は認めている。

雨戸と明障子の敷居をなめらかに滑《すべ》る音が次次と生じて、客間の猫間障子が明るさを増していった。

その敷居の鳴る音が消えて、猫間障子の直《す》ぐ向こうに人が座る影の動きを宗次は捉えた。

「どうも失礼致しました。入らせて戴《いただ》いて宜《よろ》しゅうございましょうか」

「どうぞ……」

猫間障子が作法を心得たやわらかな速さで開いて、峯がもう一度廊下の位置で「お早うございます」と告げて頭を下げた。三つ指をついたその姿が美しい。

廊下の向こう側には宗次がまだ見知らぬ本庭があるのだが、閉じられた明障子で見えない。

「よく眠れやした。着る物まで御世話になりやして申し訳ござんせん」

にっこりと宗次の言葉に応じた峯の視線が、奥の寝間の床の間へと流れた。

「あの……宗次殿。刀をお持ち致しました。ご覧になって下さいましょうか」

「刀……でござんすか？」

「はい。そこの床の間にございます吾郎造の大小を腰にでは、物騒さを増した近頃の京《みやこ》を歩くのは危のうございます」

「そうですかい、判りやした。お気遣い下さり有り難うござんす。それでは拝見させて戴きやす」

「はい」

峯は猫間障子の陰に横たえてあった大小刀を両手にして部屋に入ってくると、

「無作法ですけれど文机《ふづくえ》の上に置かせて戴きます」と言いつつ、白柄黒鞘《しらつかくろさや》の大小刀を、そっと文机の上に横たえ、また猫間障子まで戻っていった。

「宗次殿。父が拵《こしら》えた自慢の紅葉庭《もみじてい》を、朝餉《あさげ》の後にでも見てやって下さいませ」

峯が廊下の反対側の、閉じられている明障子を指差してみせた。

「自慢の紅葉庭とは……いま見せて戴く訳には参りやせんか」

「今朝は秋冷えが殊《こと》の外《ほか》でございますので、明障子を閉じさせて戴きましたが……」

「お峯さんに異存がなければ、ほんの少し拝見させて下さいやし」

「はい。それでは……」

頷《うなず》いた峯は客間の猫間障子六枚のうち四枚を開けて中央を広げ、廊下の向こう障子を六枚、開け広げた。

「おお……」

宗次は思わず立ち上がって廊下へと出た。客間も白木葺《ふき》の廊下も一瞬の内に朱色《しゅいろ》に染まるほど、それは見事な楓《かえで》の林であった。同じ楓でも一本一本種類が違うのか、それとも養生育成の職人的手際が異なるのか、深紅《しんく》と赤と黄が乱舞する圧巻の錦秋《きんしゅう》庭であった。とりわけ赤の楓が丈も枝ぶりも見事である。

「息をのむ美しさとは、このことでござんすねえ。江戸へ戻ってからのいい土産《みやげ》話になりやす。一体《いってえ》、幾本くらい植えなさいやしたので？」

「全て楓ですけれど、深紅が十本、赤が二十本、黄が数本というところでしょうか」

「それに致しやしても武家屋敷に劣らぬ庭の広さでございやすねえ」

「ふふっ……当たり前な商家屋敷程度にしか見えない『浪花屋』の表構えからは、ちょっと想像できない広さでございましょう」

「まことに……」

「この庭には少し事情がございましてね」

「事情？」

「はい。ちょうど『浪花屋』の裏手の位置になりますこの庭は十二年前までは、さる御公家様の囲い屋敷の一部だったのでございます」

「囲い屋敷？」

「奥方様以外に熱い愛情を注いだ女性《にょしょう》を棲《す》ませまする妾宅《しょうたく》とでも申しましょうか……」

「ああ……」

肩を並べて美しい庭を眺める二人の、小声の静かな会話であった。

「囲われておりましたのは、遊里『島原《しまばら》』で最高遊女の位《くらい》を吉野太夫《よしのだゆう》と張り合《お》うた生駒《いこま》太夫という、それはそれは美しい女性《ひと》でありましてね」

「私《あつし》は京《きょう》の郭《くるわ》『島原』についちゃあ詳しい知識を持ち合わせてはおりやせんが……」

「関心がおありでございますか？」

「へい。但《ただ》し絵師としてでござんすが」

「宗次殿であれば『島原』の遊女はおそらく涙を目に浮かべて尽くしましょう。是非、江戸へお戻りになる迄《まで》にお訪ねなさいまし」

「絵師として考えておきやす」

「うふふっ……」

峯は肩をすぼめてひっそりと笑うと、「体が冷えて参りました。もう閉めましょう」と、明障子を閉め出した。

宗次は頷きを残して、峯のそばから離れ、客間へと戻って文机の前に座った。明障子が閉められていくことで、廊下がほんの僅《わず》かばかり暗くなる。

客間に入ってきた峯が猫間障子を閉じ、宗次と向かい合って座った。

「先程、宗次殿は絵師として『島原』に関心があると仰《おつしや》いましたが、若《も》し訪ねたいお気持がお有りでございましたら、この『浪花屋』から手を回しておきますので、前もって遠慮なく仰って下さいまし」

「へい。その時は宜しくお願い申し上げやす。但し、江戸者《もん》の絵師が訪ねるには『島原』について事前に少しは学んでおきやせんと……」

「はい。この京《きよう》には御所様（天皇）が在《お》わし、御公家様も御武家様も在わしますことから『島原』の遊女たちは大変気位《きぐらい》が高《たこ》うございます。事情あって御武家出の遊女も少なからずいますので人品教養がみすぼらしいと判ると、全く相手にされませぬから」

「なるほど……」

「ご覧戴きました紅葉の美しい庭。実はこの『浪花屋』では『生駒様のお庭』と呼んで大切にしているのですよ」

「ほほう……」

「好きだ好きだと執拗《しつよう》に通い詰めてくれた上流貴族の熱心さに根負けした生駒太夫は、遂にその上流貴族の世話を受けるようになったのですけれど、実は郷里の近江国《おうみのくに》膳所《ぜぜ》藩（六万石・譜代大名）に、年に四両一人扶持《ぶち》の足軽《あしがる》の愛し愛される男《ひと》がいたのです」

「すると生駒太夫の父親も膳所藩の足軽でござんしたか」

「はい。ただ父親の方は年に二十俵二人扶持だったけれども文武に熱心で上役の信頼も厚かったらしいのですが、御役目上の失敗を三度も続けてしまったことで……」

「藩追放？」

「いいえ、斬首だったそうで……」

「それはまた……」

「そういう悲劇が生駒太夫の背景にございましてね。ところが悪いことは重なるもので、上流貴族が生駒太夫を囲い始めて八か月目。近江国から京《みやこ》へと上がってきた四両一人扶持の足軽が囲い屋敷に忍び込むや、生駒太夫と上流貴族を滅多斬りに斬殺し、自身も生駒太夫の骸《むくろ》に縋《すが》り付くようにして割腹自殺を遂げたのです」

「矢張りそのようになりやしたか」

「高貴な血筋の出である上流貴族の奥方様は驚いたことに、囲い屋敷の存在を全く知らなかったようで、騒ぎが生じたあと、この『浪花屋』へ二足三文の値で引き取ってほしいと持ち掛けて参りましてね」

「それで、あの美しい紅葉庭が……」

「はい。思えば『島原』という遊里の名が宜しくございません。私《わたくし》はこの名のために不幸《ふしあわせ》な女性《おんな》が次から次と出て来るような気がしてなりませぬ」

「それはまた、どうしてでござんすか」

「林又一郎《はやしまたいちろう》、原三郎左衛門《はらさぶろうざえもん》という二人の御浪人が、豊臣秀吉《とよとみひでよし》公のお許しを得て二条《にじょう》柳町《やなぎまち》(二条万里小路《までのこうじ》界隈)に遊里を開いたのは天正《てんしょう》十七年(一五八九)のことでございました」

「その当時のことならばほんの多少ですが学んでおりやす。江戸は新吉原《しんよしわら》の総《そう》名主《なぬし》に頼まれ、郭絵《くるわえ》を手がけたこともありやしたから」

「では『島原』という遊里の名の由来についても?」

「いや、江戸者《もん》にはそこまでは判りやせん。なにしろ江戸には天下一の不夜城とまで言われておりやす吉原(新吉原)がございやすから」

「二条柳町の遊里はその後、二条城造営の影響もあって二条柳町から六条《ろくじょう》柳町へと、幕府命令で慶長《けいちょう》七年（一六〇二）に移転させられたのです」

「なるほど。将軍の京館《きょうやかた》（二条城）の傍《そば》に遊里は宜しくない、という訳でござんすね」

「仰る通りでございます。ところがそれより三十八年後の寛永《かんえい》十七年（一六四〇）七月、所司代板倉周防守重宗《いたくらすおうのかみしげむね》様がまさにいきなりと申しますか、突然と申しますか『六条柳町の遊里は可及的速《すみ》やかに朱雀野《しゅじゃかの》へ移転せよ』という命令を発せられたのです」

「いきなり、とはまた……」

「当時の朱雀野は荒涼たる原野と申すしかないような場所でございましたから、六条柳町の遊里が受けた衝撃は余りにも大きく、右往左往《うおうさおう》の移転準備に陥《おちい》ったとか申します」

「そうでしょうねい、察せられます」

「六条柳町のその混乱した激しい狼狽《ろうばい》ぶりが、肥前《ひぜん》（現在の九州西北の長崎・佐賀県にかかる半島部）の国で寛永十四年（一六三七）から十五年にかけて生じました『島原の乱』の様相に余りにも似ていたことから、誰が申したという訳ではないのですけれど『朱雀野の遊里はさながら島原の乱の如《ごと》し』という謂《いわ》れとなって広まり出したのです」

「なるほど……それで遊里・島原と言われるようになりやしたか」

「はい。土堤と濠《ほり》で囲んだ朱雀野の遊里・島原のこの造りは、島原城の造りにも似ているとか申します。けれども『島原の乱』では多くの弱者の尊《たっと》い命が失われましたし、その乱の原因が大きな声では申せませぬけれど島原城主松倉重政《まつくらしげまさ》（?〜寛永《かんえい》七年・一六三〇）や天草《あまくさ》領主寺沢広高《てらざわひろたか》（永禄《えいろく》六年・一五六三〜寛永十年・一六三三）の政治《まつりごと》の横暴さにあったことは今世《いまよ》では既にはっきりと致していることでございます。その『島原の乱』の〝島原〟を遊里の名とするなどはいささか軽はずみではなかったかと……」

「だから遊里・島原の遊女たちの中から、耐え難《がた》き不幸《ふしあわせ》に陥る者が出てくるのだ、と仰りたいのでござんすね」

「はい」

「仰りたいお気持はよう く判りやす。戦国時代と言われたひどい混乱の世が去って、まだ刻《とき》はさほど経ってはおりやせん。豊臣家が滅びた『大坂夏の陣』が終わって、ようやく『元和偃武《げんなえんぶ》』と呼ばれる平穏の世が訪れて、まだ六十数年しか経っておりやせん」

「あっ、改めて言われますと、本当にそうでございますね」

「でありやすから、いまお峯さんが申されやした不条理な事とか、戦国の世が残した酷《ひど》い爪痕《つめあと》なんぞは、この今世で探せば幾百、幾千と出て参りやす。大切なことはその一つ一つに激しい批判を加え叩きのめすことではなく……」

「優しい目で眺めるべき、と仰るのでございましょうか」

「うん、ま、当たらずと雖《いえど》も遠からず、てえ事に致しておきやしょうかねい」

そう言い終えた宗次は口元にチラリと笑みをみせてから、話題を変えようとでも思ったのであろうか、文机の上の大刀に手を伸ばした。

峯は何も言わなかった。宗次の様子を黙って眺めていた。

ちょうど角柄窓のほぼ全体に朝の陽《ひ》が当たって、座敷が眩《まぶ》しいほど明るくなっていた。

宗次は大刀を抜き放って、切っ先（鋒《きっさき》とも）から鎺《はばき》へとゆっくり視線を落としてゆき、次に峰《みね》（棟《むね》とも）に沿って視線を切っ先へと上げていった。

峯は宗次のその眼光に、われ知らぬ内に固唾《かたず》をのんでいた。その大小刀を、むろん宗次の腰に帯びて貰う積もりで持ってきたのだ。

宗次が大刀を鞘に納めて、峯と視線を合わせた。

「宗次伊予掾《そうじいよのじょう》でござんすね。正しくは肥前国伊予掾宗次《ひぜんのくにいよのじょうむねつぐ》。いい刀でございやす。見事なまでに」

峯は目を見張った。衝撃を受けていた。「浪花屋」の中でも、最も銘《めい》の識別が難しいと言われている刀を持参したのである。敢《あ》えて名刀と判るものを持参すれば、宗次が遠慮して手にしないであろうと判断したからだ。

その刀の〝正体〟を、宗次の眼力はたちまちにして見破ったのだ。

(この御人《おひと》は一体……)

峯は思わず背筋を、ぶるっとさせた。

宗次が物静かな口調で言った。

「反《そ》りを抑《おさ》え気味として、身幅広く重ね厚く、がっしりとした実戦用の拵《こしら》えは、さすが伊予掾宗次。地鉄《じがね》は如何《いか》にもと頷《うなず》ける硬い輝きを放って地沸《じにえ》が付き、思わず唸《うな》ってしまいそうな目乱刃《めみだれば》を焼いており、こいつあお峯さん、兜《かぶと》でも容易に割れやす」

「宗次殿、あなた様は一体……」

「お峯さん、将軍家お膝下《ひざもと》で生業《なりわい》をさせて戴いておりやす絵師には、精緻《せいち》な刀を描く場合に備えて、五振や十振のよく出来た刀は備えていなきゃあなりやせん。場合によっちゃあ、御上《おかみ》(奉行所)へ刀の銘や所持する数《かず》を、文書で届け出る必要もありやすが……」

「それに致しましても宗次殿……」

「浮世絵師宗次、この伊予掾宗次が大層気に入りやしてござんす。厚かましいことを申し上げやすが是非ともお売り戴きとうございやす、いかがなもので」

「いえ。名刀この上も無いこの伊予掾宗次はお売り出来ません。『浪花屋』にとっても大事な刀でございます。せめて宗次殿が京《みやこ》に滞在なさる間だけでも、護身のために腰に帯びて戴こうと、お持ちしたのです」

「で、ござんしょうねえ、簡単には手放せねえ名刀であると私《あつし》も思いやす」

「どうか京《みやこ》に滞在なさる間、遠慮なく身にお付けくださ い。昨今の京《きょう》は訳もなく他人様《ひとさま》に斬りかかってくる不逞《ふてい》の輩《やから》が多く物騒でございます。切っ先が直ぐに欠け落ちてしまうような、不充分な鍛《きた》えの吾郎造刀では、かえって御身《おんみ》を危険にさらすことになりかねません」

「ありがとうございやす。それでは、お言葉に甘え、お借りするということにさせて戴きやす」

「よかった……ほっと致しました。若《も》し要《い》らぬ、と仰ったならば、どうしようかと心配致しておりました」

「今日は京のあちらこちらへ出向かねばなりやせん。帰りが余りに遅くなるようでしたら、何処《どこ》ぞの安宿へでも飛び込みやすから、どうぞ心配なきようお願い申し上げやす」

「はい、畏《かしこ》まりました」

と、峯の口元にようやく笑みが覗《のぞ》いた。

十

宗次は着流しの上に羽織を引っ掛けて、「浪花屋」を出た。大小刀を帯びて下さい、と峯に強く勧《すす》められたが「明るい日昼《にっちゅう》は大丈夫でござんすから」と、無腰で「浪花屋」を後にした宗次であった。

朝餉は江戸生まれ江戸育ちという峯の母親円《まどか》と峯と三人の、楽しいひとときだった。峯の母親円《まどか》は老齢だが明るく豁達《かったつ》で、実になめらかに話すその様子は（武家育ちではないか……）と宗次に思わせた。しかし、お互いに固苦しい身性《みじょう》のことには触れず、京《みやこ》の季節季節の美しさや、深い歴史の漂《ただよ》いなどについて話が弾《はず》んだ。

峯は余り話さず、母親が積極的に話すのを傍《かたわ》らで終始にこやかに見守っていた。その母子関係のなんとも言えない温かさが、円《まどか》の言葉と共にまだ宗次の胸の内に残っている。

宗次は堀川通《ほりかわどおり》に出て、澄んだ流れの向こうに建ち並ぶ諸藩の京屋敷を眺め眺めしながら、ゆったりとした足取りで二条城の北側に位置する京都所司代の屋敷（本邸・役宅）を目指した。

京都所司代は、天領（幕府領の意）である京都支配のために置かれた機関というよりは、西国諸藩への睨《にら》みを利《き》かす組織として幕府が置いたものであり、その役割の中には天皇が在《お》わす御所の監視（事実上の支配）という重要な任務が含まれている。

むしろ京都の行政については京都東・西町奉行所に任《まか》されていた。

幕府は軍事上も経済上も輝ける枢要《すうよう》の地である天領大坂に、大坂城の城主は置いていない。城主は幕府（徳川将軍家）であって、したがって大坂城代を置いて政治《まつりごと》を代理させている。城主（長官）を置くということは大坂の**全権**を城主（長官）に預ける（あるいは与える）ことを意味するから、用心深い徳川将軍家は決してそれをしない。

天皇が在わす大切な御所（朝廷）の日常を幕命により監視し、また重要な天領京都の実務を統括する京都所司代についても、大坂の人事と同じことが言える。

所司には「職」の性格と「組織」の性格があって、「職」は長官（支配者）を意味し、また「組織」は役所を指すものである。

したがって幕府（徳川将軍家）には、**京都所司の長官**はあくまで幕府であるという強い認識が当然あって、長官代理（所司代）に京都の事務を執行させている、ということになる。京都所司の地位を自分（幕府）以外の第三者に手渡す筈《はず》も無いのだ。

が、大坂城代も京都所司代も将軍直属であり幕府の重職として疑う余地が無い。したがって老中への登庸《とうよう》が最短距離で用意されていると言ってよい。

宗次は二条城の北東角を折れて、目の先直ぐの所にある所司代屋敷へと近付いていった。今朝の所司代屋敷は、前回に京都東・西町奉行所を訪ねた時の張り詰めた空気とは違って、落ち着いて静かだった。

それでも六尺棒を手にして表門の両側に立っている年輩の門衛二人はうさん臭そうに、じっと宗次の方を見ていた。

宗次は小刀を帯びている門衛の七、八間《けん》手前で一度立ち止まり、二人に向かって丁重《ていちょう》に頭を下げてから、再び表門へと近付いていった。

「何や、お前は……」

自分の方へ向かって来る、と判断した右側の門衛が警戒してか険《けわ》しい目つきとなった。

「へい……」

と、宗次はその門衛の三、四間手前でもう一度足を止めて腰を折った。

「私《あっし》は京《きょう》見物で江戸から訪れやした、神田《かんだ》は鎌倉河岸《かまくらがし》八軒長屋《はっけんながや》の宗次と申す者でございやすが、西条九郎信綱様にお目にかかりたく、こうして訪ねて参りやした。お取り継ぎを何卒《なにとぞ》お願い申し上げやす」

「おお、江戸者《もん》の宗次とは御前《あんた》か。西条様から聞かされてるわ。ちょっと待ってくれへんか」

門衛はにっこりと表情を崩してから身を翻《ひるが》えすようにして、門内へ消えていった。

宗次はわざと、浮世絵師の宗次、とは言わなかった。円と峯との楽しい朝餉を済ませて「浪花屋」を出たあたりから、（この京《みやこ》では、浮世絵師、は封印した方がいいかも知れねえ……）と、思い始めていた。

もう一人の門衛が、笑みを浮かべながら宗次に話しかけた。

「大坂城在番から此処へ異動なされた西条次席様とは、江戸では長い付き合いでしたんか」

「へい。色色と御世話になっておりやした」

「なかなか立派な御人柄の人でんな、西条次席様は……若いに似ず大変部下思いやし」

「あのう、いま、次席と仰いましたが、所司代ではそれはどういう位置づけでござんすか」

「なんや、知らんかったんか」

「大坂城在番から京都所司代へ異動なされたことの詳細につきましては何一つまだ聞かされておりやせんので」

「そんなら、西条次席様からの話を待った方がええな。儂《わし》のような下《した》っ端《ぱ》が勝手にあれこれ言う訳にはいかんよってに」

「左様で……」

「けどな、次席というのは所司代（長官代理）の次の位置づけ、つまり此処で二番目に偉い人である、ということだけは知っといた方がええ」

「二番目……有り難うござんす。確かに知っておいた方が助かりやす」

そこへ先の門衛が駆け戻ってきた。表情が門内へ消えていった時とは変わっていた。硬い真顔《まがお》だった。

門衛は先ず「宗次先生……」と言ってから言葉を休めた。

宗次は（ははあん、九郎信綱様からあれこれ聞かされたな）と思った。

もう一人の門衛が「宗次先生……」と聞いて、怪訝《けげん》な目で宗次を見つめた。

「宗次先生。西条様は今から所司代様との打ち合わせを持っておられますので、四半刻（三十分）ばかり『菫茶房《すみれさぼう》』でお待ち願いたいそうです」

「すみれさぼう？」

すみれは、菫であるまいかと容易《たやす》く見当はついたが、さぼう、はさすがの宗次も持てる知識を当て嵌《は》められなかった。つまり、江戸ではついぞ耳にしたことのない言葉であった。

すると門衛がややたどたどしい指運びで、「こう書くんですわ」と中空に漢字を大きく書いてみせた。

「ほほう、菫茶房、でござんすか。文字の印象も耳あたりも優しく上品でようございますねえ。要するに茶菓を味わえる御店《おたな》のことでござんすね。それもかなり本格的な作法で」

「そうです、そうです」

「承知いたしやした。では、『菫茶房』で西条様をお待ち申し上げやす。で、その『菫茶房』の場所でござんすが……」

「堀川通に出ますと、堀川の向こう岸目の前に、豊後国《ぶんごのくに》（現在の大分県の大部分）杵築藩松平《きつきはんまつだいら》家（三万二〇〇〇石）の大きな京屋敷（実在）がありますねん」

「はい、ございやした。あの大きな屋敷は、杵築藩の京屋敷でござんしたか」

「その裏手へ回りはったら、この界隈の武家屋敷の御用達《ごようたし》店で知られる立派な呉服商

（実在）が目にとまります。その左隣が『菫茶房』ですわ」

「判りやした。では、行って参《めえ》りやす」

「綺麗《きれい》に手入れされた竹林に囲まれた御屋敷ですから迷わんと、すぐに判りますよってに」

「御屋敷？」

「あ、まあ、元御屋敷というか……」

「なるほど。そいじゃあ、これで失礼いたしやす。ご免なさいやして」

宗次は深めに頭を下げると、踵《きびす》を返した。所司代内ではなく茶房とやらで二人だけで話せるとは有り難い、と思った。話題を広げられる。

宗次は堀川通に出て足を止め、堀川の北と南へ目をやった。凡《およ》そ一町（約一〇九メートル）ばかり北には堀川で東西に切れている丸太町通《まるたまちどおり》を一本に結ぶかたちで、また凡そ五町ばかり南には御池通《おいけどおり》へと入ってゆく橋が架かっていた（歴史的事実）。

宗次は目の前、川向こうにある杵築藩の壮大な京屋敷にチラリと冷やかな目を向けると、北に向けて歩き出した。

この京《みやこ》には、伊勢国《いせのくに》・津《つ》藩藤堂《とうどう》氏（三二万四〇〇〇石）、丹波国《たんばのくに》・福知山《ふくちやま》藩朽木《くつき》氏（三二万石）、若狭国《わかさのくに》・小浜《おばま》藩酒井《さかい》氏（一〇万四〇〇〇石）、近江国《おうみのくに》・彦根《ひこね》藩井伊《いい》氏（三五万石）ほか、

諸藩の巨大と表現して差支えない京屋敷が二条城の間近に多数存在している。

これらのうち、二条城から最も遠い位置に在るのは、南方向では真宗本廟《ほんびょう》・東本願寺《ひがしほんがんじ》近く横諏訪町通《よこすわちょうどおり》（現、楊梅通《やまももどおり》）の丹波国《たんばのくに》・綾部《あやべ》藩九鬼《くき》氏（二万石）、北方向にあっては一条通御所近くの石見国《いわみのくに》・津和野《つわの》藩亀井《かめい》氏（四万三〇〇〇石）、東方向にあっては鴨川《かもがわ》の向こう祇園《ぎおん》社（八坂《やさか》神社）そばに近江国・膳所藩本多《ほんだ》氏（六万石）の巨邸一《ひとつ》が在るのみである。

京屋敷の多くは将軍家の居館である二条城の正門と向き合う位置に、御所に対してではなく将軍家に忠誠を誓うようにして存在していた。

二条城の周囲《まわり》には、京で最大の武家屋敷である所司代「下屋敷」および「中屋敷」「役宅（本邸）」「堀川屋敷」そして東・西町奉行所の役宅や組屋敷群が隙間《すきま》なくびっしりと建ち並んで城を護《まも》っている。

この建ち並び様《よう》は見事という他なく、それこそ鼠《ねずみ》一匹通れないほど隙間が無い。それら〝防禦線《ぼうぎょせん》〟の更に西側朱雀地区は未だ田畑や原野の広がりが濃く、その荒れた中を七、八町も行けばやがて御土居《おどい》が立ち塞《ふさ》がる。

宗次は堀川に架かった橋を渡って杵築藩京屋敷の東側（裏手側）へと回って、呉服商隣の「菫茶房」を迷うことなく直ぐに見つけた。よく手入れされた青竹の林に囲まれるかたちで六尺高の赤土の土塀があって、その竹林の中を石畳の小道が十間《けん》ばかり続いて両袖に潜《くぐ》り戸を持つ小体《こてい》な腕木門《うでぎもん》に突き当たっている。品よくかぶさっている屋根は檜皮葺《ひわだぶき》だ。

敷地は三百坪くらいか、と見当がつく。

「ほほう……」

と、宗次はその腕木門を暫《しばら》く眺めていた。明らかに武家屋敷の門としては小体に過ぎた。武家屋敷の門にとかく見られる「どうだ……」という、猛猛《たけだけ》しい意気軒昂《けんこう》な印象を抑《おさ》えた造りだ。

宗次は石畳の小道へと入っていきながら、「菫茶房ねえ」と呟《つぶや》いた。

「菫茶房」に似合った表門である、と思った。不快感などは全く無い。

そして茶房という耳あたりのよい表現は京の今世にすっかり溶け込んで、次第次第に大坂や江戸へと広がってゆくだろう、と予感した。

腕木門の右側の潜り戸が開いており、「どうぞお入りくださいませ」という達筆な字の木札が掛かっていたので、宗次は案内を乞《こ》うこともなく門を潜った。

「これはよい……」

咄嗟《とっさ》に、べらんめえ調を抑えた言葉が、宗次の口から漏れた。

宗次の目の前にいきなり現われたのは、式台《しきだい》玄関でもなければ豪壮な造りの屋敷でもなかった。敷地のほぼいっぱい――石畳の散策路を残して――に広がっている鯉《こい》の遊泳する池である。芸術的細工のない素直な円《まる》い池であった。そして池の中央には、これも芸術的細工のない素直な円い陸地――島――が浮かんでいる。また池をひと回りしている散策路の四か所の位置からは、島に向けて朱塗りの木橋が等間隔で架かっていた。

島には四棟の茶室がそれぞれ趣《おもむき》を変えて建っている。東向きには入母屋《いりもや》造《づくり》茅葺《かやぶき》で、銅板葺の庇《ひさし》を付け下ろした茶室が。また西向きと南向きには、一重・入母屋造桟瓦葺《さんかわらぶき》で、軒と妻回りを檜皮葺《ひわだぶき》とした茶室を置き、北向きに建つのは寄棟《よせむね》造茅葺で庄屋の離れ小座敷風なものだった。この四棟の茶室がいま、宗次の目の前に味わい深い格式を漂わせる〝絵〟を浮かび上がらせていた。

四輪の花弁《はなびら》が開いたようにして建っているその四軒の茶室に囲まれるかたちで、つまり花弁《はなびら》の花芯《かしん》の位置に「居宅であろうか？」と宗次が想像した、一重・入母屋造茅葺で軒先を桟瓦で葺《ふ》いた中位（中堅）旗本の隠居宅を思わせる質素な建物が在った。

四軒の茶室があってそれを茶道作法に則《のっと》って用いるには、その準備を細細《こまごま》と整える場所が当然必要となってくる。

宗次は朱塗りの木橋の一つ――東の位置の――に、ゆっくりとした足取りで近付いていった。

と、中位旗本の隠居宅風な入母屋造の玄関口から、身形《みなり》整った若い女性《おんな》が現われて宗次を見、微笑《ほほえ》みながらしとやかに腰を折った。

宗次は歩みを少し速めて木橋を渡った。相手も橋の傍《そば》までやって来た。

「ようこそ御出《おいで》なされませ」

「この刻限、いささか早過ぎましたか?」

宗次は、べらんめえ調を喉元《のどもと》で抑えた。目の前の若い女性《おんな》の名状し難いほど奥ゆかしい印象が宗次にそれをさせた。加えて、上方者《かみがたもん》にとって、べらんめえ調にトゲを感じることが多い現実を、宗次は充分以上に承知してもいる。

「いいえ、もう五ツ半（午前九時）を過ぎておりまするから、御遠慮なくどうぞ御休み下さりませ」

京訛《みやこなまり》の無い、清水が流れるように澄んだ声であり言葉であった。

「お、すでに五ツ半を過ぎておりましたか」

宗次は明るい真っ青な秋の空を仰いで、眩しそうに目を細めた。

「朝餉はお済ませになられましたのでしょうか。粗飯でございますが御用意できまするけれど」

「あ、いえ。済ませて参りました。此処で所司代の西条九郎信綱様と落ち合うことになっております」

「西条次席様とでございますね。では、お部屋にご案内させて戴きまする」

大坂から赴任《ふにん》して日の浅い西条九郎信綱をすでに知っている相手の表情の拵《こしら》え様《よう》であった。

背中を向けて歩みかけた身形美しい女性《おんな》の背に「失礼だが……」と、宗次はやんわりと声を掛けた。

「これは無作法でございました。私《わたくし》はこの『菫茶房』の女主人宮上《あるじみやの》と申しまする」

「みやの……殿《どの》ですか」

宗次は敢えて〝殿〟を付けた。そうさせる印象が相手にはあった。

「はい。宮家《みやけ》の宮《みや》に上下《うえした》の上《うえ》と書きまする」

宗次は思わず、口から出かけた次の言葉を飲み下した。

相手が何ら躊躇《ちゆうちよ》することなく〝宮家《みやけ》〟をさらりと口から出したのである。

宮家とは「宮号《みやごう》」を持つ皇族を指すのが普通で、たとえば武家の奥方であっても自分の姓名の字綴《じつづ》りを教えるのに〝宮家《みやけ》〟と口から出すことなど十中八九《じつちゆうはつく》無い。宮大工、宮相撲、宮芝居、宮仕え、と代わりの言葉は幾らでもある。

「私は宗次と申します。西条様がお見えになりましたなら、宜しくお願いします」

ふた呼吸ばかり間を置いて、宗次は言った。客として訪れた者であるから宗次の字綴《つづ》りを相手に伝える〝返礼〟は不必要である。

「承《うけたまわ》りましてございまする」

宮上《みやの》はなんとも雅《みやび》な感じで、そっと腰を折った。深過ぎもせず浅過ぎもせず絶妙の案配である。

宗次は女主人《あるじ》宮上《みやの》の後に従った。従いながら、小さなとまどいを抱えていた。宮上《みやの》が余りにも名字《みようじ》（姓）としての耳あたりなものだから、はたして名字なのか名《な》なのか、はっきりしないことだった。それに、このような屋敷に住む上流階級の女性《によしよう》で気位の高い者なら、凛《りん》として「名」よりも「名字（姓）」を名乗る場合があるからだ。名字（姓）ならば宮上《みやの》の下（次）に志乃《しの》だの春香《はるか》だの小冬《こふゆ》などと女性《によしよう》を思わせる名が付かねばならないのが普通である、若《も》し宮上《みやの》が「名」ならばその上にくる名字（姓）の選択がいささか難しい。

が、まあ、信綱様と会うには差し支《さわ》りの無い事だ、と宗次は気を取り直した。

ところが、二度目のとまどいが宗次を見舞って、その歩みが遅れ出した。茶房屋敷とでも称したくなる此処《ここ》へ一歩入った時から、宗次の気持は目の前の四棟の茶室の内のいずれかで、西条信綱と会う積もりになっていた。

ところが女主人《あるじ》の宮上《みやの》の足は中位旗本の隠居《いんきょ》宅に見えなくもない一重・入母屋造茅葺の玄関口方向へと進んでいるではないか。

だが宗次は、女主人《あるじ》の背に声を掛けて呼び止めることはしなかった。見たところ田舎《いなか》のやさしい香りを漂わせている隠居宅風な造りのその居宅は四棟の茶室の、わび、さび、をこわさぬ質素な造りではあったが、四室や五室はありそうに窺《うかが》えるゆったりとした造り構えである。

その田舎家とも称したくなる居宅の中にも、茶室が設《しつら》えられているとも考えられる。

「さ、どうぞ御越しになって下さりませ」

宮上《みやの》は玄関の手前で歩みを止めて振り向き、歩みを遅らせている宗次にひっそりと微笑んで促《うなが》した。

黙って頷いた宗次の脳裏《のうり》にはこのとき、「奇麗寂び《きれいさび》」という言葉が控えめにだが思い浮かんでいた。歩みは遅らせたままだ。

大帝（後水尾上皇・法皇）に大層気に入られた茶人に、金森宗和《かなもりそうわ》（天正十二年・一五八四〜明暦《めいれき》二年・一六五六）がいる。「茶家」としても高名であった飛驒国高山《ひだのくにたかやま》城の城主金森可重《よししげ》の後継者（嫡男）としての地位にあったが、ある日のこと突然、父可重に勘当《かんどう》（廃嫡《はいちゃく》）を突きつけられ、生みの母（美濃国八幡藩主遠藤慶隆《みののくにはちまんえんどうよしたか》二万七〇〇〇石の姫君）と共に京《きょう》へ移り住んだ。

勘当の原因は諸説、噂入り乱れるようにしてあって、今世《いまよ》においても未だ判然としていないと宗次も承知している。

けれども勘当され生みの母と共に京へ移り住んだことが、「茶家」で育った金森宗和の内に潜《ひそ》んでいた「茶人としての才能」を花開かせたのだ、と宗次は考えてきた。江戸の高名な浮世絵師として、さまざまな立場にある家屋敷《いえやしき》に出入りしてきた宗次は茶道史についての造詣《ぞうけい》が極めて深い。したがって、金森宗和が、「奇麗寂び」の極みに達していた茶人小堀遠州《こぼりえんしゅう》を師と仰いで、その雅なる、わび、さび、を己れの体《み》の内《うち》に吸収し、次第に宗和独自の繊細で上質で気高い「姫宗和《ひめそうわ》」と称される境地へと昇華《しょうか》させることに成功したのは、この京《きょう》が確《しっか》りと背景に在ったからだと、宗次は確信的に思っている。

その貴族の香り高い「奇麗寂び」あるいは「姫宗和」といった名状し難いかたちの印象を、いま宗次は目の前に近付きつつある中位旗本の隠居宅風な入母屋造茅葺の建物に感じていた。

「さ、どうぞお入りになって下さりませ」

玄関口で宗次が間近に近付いてくるのを待っていた宮上《みやの》が、今度は笑みを全く見せることなく真顔《まがお》で言った。

宗次は促されるまま玄関に入って、静かに息をのみ、（矢張り……）と胸の内で呟いた。思った通りであった。訪れる客の目を楽しませようとする思いでもあるのかどうか、部屋の襖《ふすま》は開け放たれて、向こう奥までが見えるように、いや、見分けられるようになっている。やはり宗次が想像した通りであった。

状況把握に優れた宗次の眼力が確りと捉えた座敷の数は五室。それ以外にもまだ二、三の座敷がありそうな造り構えである。

つまり七室か八室はありそうという訳だから、「姫宗和」を漂わせる質素な入母屋造茅葺とは言え、矢張り中位旗本の隠居宅風という印象は、当たっている。

宗次は直ぐ後ろに控えている宮上《みやの》を顧《かえりみ》て言った。

「よい入母屋造であり、やさしく工夫された『雅寂び《みやびさ》』とでも申したくなるような工夫の座敷でありますねえ」

「まあ、この玄関に立っただけで、そうとお判りでございますか」

「私は江戸の人間ですが、さる旗本家を訪ねた折に、此処とよく似た造りの茶室付き隠居邸を見たことがあります。その旗本家ではその隠居用住居《すまい》を『宗和流数奇屋《すきや》』とか呼んでおりました」

数奇屋（数寄屋）とは、茶の湯のために建てられた小座敷（小居）を指し、室町《むろまち》期の茶道の祖である村田珠光《むらたじゅこう》の庵《いおり》の扁額《へんがく》（茶室の内外《うちそと》などにかかげる額）に「数奇」の二字があったことからきている。

「お江戸は徳川家康様が築きなされました歴史の浅い都市《まち》でございまするのに、『宗和流数奇屋』のような『雅寂び《みやびさ》』の香り高い庵《いおり》が見られるのでございますか。私には驚きでございまする」

なんという強烈な皮肉、と宗次は捉えて相手に気付かれぬよう微かに苦笑するしかなかった。「京人《みやこびと》の家康公嫌い」は今に始まったことではない、と理解してはいる宗次である。だが目の前の上品な美しい女性《にょしょう》の口から今のような皮肉を聞かされると、「京人《みやこびと》の家康公嫌い」病は相当に深刻であると改めて思い知らされた。

「では西条次席様がお気に入りのお座敷へご案内申し上げましょう」

宮上《みやの》はそう言って「どうぞ……」と宗次を促し、板の間へと上がっていった。

「西条様は京《みやこ》へ着任なされてまだそれほど日が経《た》っておりませぬが、お役目上の打ち合わせなどでこの『菫茶房』を好んでお使いなのですか」

「お客様のことについては軽軽しく申し上げられませぬ。お許し下さいますよう。ただ、西条次席様はご着任のかなり前から、たびたび京《みやこ》へお見えになられまして、この茶房で所司代戸田越前守忠昌《とだえちぜんのかみただまさ》様（実在・任期延宝《えんぽう》四年・一六七六〜天和《てんな》元年・一六八一）と、お打ち合わせなどをなされておられました」

「なるほど、左様《さよう》でございましたか」

頷いた宗次はそのあと、黙って宮上《みやの》のあとに従った。宮上《みやの》は『宗和流数奇屋』という言葉を口にした宗次に全ての座敷を観て貰いたいのであろうか、部屋から部屋へと順次経て回るような案内の仕方をした。

（ほほう……）

と、宗次は胸の内で静かに感心した。この数奇屋は大小三つの茶室から成っていると判ったからだ。

「このお座敷で西条次席様をお待ち下さりませ」

六畳の部屋を抜けて一番最後に案内した座敷で、宮上《みやの》は冷ややかにさえ見える真顔で言った。

言われて座敷を天井から襖、障子、床の間とゆっくりと見まわす宗次に、宮上《みやの》は美しい真顔を少しも和《やわ》らげることなく、すうっと体を寄せ肩を並べた。

「ご覧なされましたように、天井は野根板《のねいた》（椹《さわら》、杉などの薄片板）の網代編《あじろ》み（斜め編みや縦横編み）でございます。竿縁《さおぶち》は白竹でも大和竹《やまと》でもなく皮付《かわつき》の小丸太を用いております」

「うむ……実に見事」

「主室でございますお足元の長《なが》四畳は、この通りの一畳が点前座《てまえざ》（亭主が茶を点《た》てるために座る場所）で炉《ろ》が台目切《だいめぎり》（茶室の炉の切り方の一つ）にされてございます」

「床の間の窓は墨蹟窓《ぼくせきまど》（床の間の側壁の窓。掛軸の明り窓）ですね。草庵茶室（利休《りきゅう》時代の藁葺《わらぶき》や草葺の粗末な茶室）ですと下地窓《したじまど》（壁を塗り残して下地の竹組をわざと露出させた窓）に限られておりますが」

「左様でございますね」

「これはまさしく、宮上《みやの》殿……」

「はい」

「宗和流の中の宗和流。疑いようもなく『宗和流数奇屋』でございますね」

「よく御覧になって下されまして嬉しく思いまする」

宮上《みやの》がようやく目を細めて表情を美しく綻《ほころ》ばせた。嬉しそうであった。

「すでに御覧下さいましたように、この建物には大小三つの数奇屋がございまして、いずれも金森宗和好みとされておりますけれども、その中でもこの数奇屋は隅《すみ》から隅まで宗和流そのものとなっておりまする。亡き父が心血を注いで拵えたものだけに、遠い江戸よりお越しの宗次様に見抜いて戴き思わず気持が弾《はず》みましてございます」

「いやなに……」

と、宗次は少し照れ気味に頭の後ろに手をやったあと、視線を床の間の掛け軸へ向けたまま訊《たず》ねた。

「いま、亡き父、と申されましたが……」

「亡くなって一年半になりまする。ここは父の気に入りの別荘でございました。清い池の水は枯れることなく常に滾滾《こんこん》と湧き出て豊かでございましたから、深手を負ってから亡くなるまでの凡そ一年間を、父はこの庵で過ごしたのでございます」

「深手……と仰いますと？」

「今よりちょうど二年半前の夜ふけ、父は五条大橋《ごじょうおおはし》の上で弁慶《べんけい》を名乗る者に襲われ、腰に帯びておりました家宝の脇差《わきざし》『夢扇《ゆめおうぎ》』を奪われたのでございまする」

「なんと……左様な大事が御父上殿の身にございましたか。『夢扇』と申さば確か、名刀鍛冶《かじ》で知られた粟田口《あわたぐち》一門の中で最も気位高い名匠として知られた、粟田口国友《くにとも》が手がけた脇差ではございませぬか」

「その名刀を歌会の帰りに奪われたのでございます。父は公家剣法の達人として知られておりましたゆえ、弁慶とやらに果敢に立ち向かったのでございまするけれど……」

「して、体のどこを斬られなさいました」

「袈裟斬《けさぎり》に裂かれた背中と真一文字に払われた左腰でございます。しかし父も弁慶の左腕に手傷を負わせたと申しておりましたが、それを確かめる術《すべ》はなく……案外、剣士としての最後の虚勢であったやも」

「うむ。背中を袈裟斬に裂かれると睡眠《すいみん》に支障が生じ、これが案外に辛《つら》く体力気力に影響いたします」

「仰る通りでございました。加えて『夢扇』は、父が正五位下近衛少将《しょうごいのげこのえのしょうしょう》から従四位下近衛中将《じゅしいのげこのえのちゅうじょう》に昇進致しましたる際、仙洞御所様（後水尾上皇・法皇）より頂戴した記念の脇差ですから、責任の上に気落ちが重なり、心身の衰え様《よう》はとても見てはおれませんでした」

「それはそうでしょう。大帝から下賜《かし》の脇差ともなれば本人の苦痛以上に、一つ屋根の下にいる家族も苦しみましょうから」

「うっかりと、真《まこと》にうっかりと私事《わたくしごと》を申し上げるなど、見苦しいところをお見せ致してしまいました。お許し下されませ」

「いや、いいのです。よくお話し下さいました。差し支えなければ、お父上殿の御名《おんな》を聞かせては下さいませぬか」

「いいえ、どうぞここまでとして下さりませ。西条次席様がお見えになりましたら茶《さ》菓《か》をお運び申し上げまする」

「そうですか」

頷いて宗次は宮上《みやの》とのそれ以上の会話を控えた。宮上《みやの》が名字（姓）なのか名なのか、相変わらず判らない。しかし、大帝から名脇差「夢扇」を下賜された従四位下近衛中将というからには、これはもう貴族（公家）に相違ないと確信した。

けれども残念なことに宗次は、一年半前に亡くなったとかいう宮上《みやの》の父、従四位下近衛中将という人物について、さすがに知らなかった。

博学なる宗次をしても、貴族社会の「事」の多くは、雲の中のことでしかなかった。とりわけ上流貴族のことになればなるほど、その現状の真《まこと》を知ったり見極めたりすることは相当に難しい。なかでも朝廷と上流貴族とのかかわり合いの詳細については、やわらかなやさしい手ざわりの、だが丈夫で曇った皮膜《ひまく》に確りと覆《おお》われて、その真実は尚のこと武家・町民にとっては判り難い。

漏れ伝わってくるのは、根拠に乏しい〝噂〟でしかない。その意味では宮上《みやの》が宗次に対して「うっかりと、真《まこと》にうっかりと……」父、従四位下近衛中将について打ち明けたことは、当たり前ならば考えられない〝うっかり〟であると言えた。宮上《みやの》は初対面の宗次に対して余程のこと気を許す、何かを覚えたとでも言うのであろうか。たとえば宗次を「この方《かた》はとてもただの御人《おひと》とは思えない……」と直観的に感じたとか。

宗次は主室である長《なが》四畳の炉の前で正座をし、じっと中空の一点を見続けた。幾刻《いくとき》であろうと身じろぎひとつせず正座をし続けることが出来る宗次である。

正座によって双眼《そうがん》を見開いたまま「無眼無念の境地」へと己れを導いてゆけることが、揚真流《ようしんりゅう》を極めた剣客の基本の業《わざ》の一つだった。

十一

小半刻ばかりが経って襖障子の向こうから、静かな足音が伝わってきた。

(武芸者の足音だ……)と、宗次は閉じていた目を見開いた。

「西条信綱でございまする。開けて宜しゅうございますか、宗次先生」

「どうぞ、お入りなすっておくんなさい、信綱様」と、江戸調子を戻した宗次だった。

「失礼いたしまする」

襖障子を開けて入ってきた西条信綱の表情は険しかった。いや、硬かった、と言い改めるべきかも知れない。

炉から三尺ばかり退《さ》がった位置に着座した信綱は、畳に両手をつき、頭を下げた。ひれ伏した、と言ってもよい程の下げようだった。

「所司代戸田越前守忠昌様との打ち合わせが予定されていたとは申せ、斯様《かよう》にお待たせする結果となりましたる事を深くおわび申し上げます。何卒ご容赦《ようしゃ》下さりませ」

「ちょ、ちょっと、信綱様、面《おもて》を上げておくんなさいやし。私《あつし》の方から何の前触れも無しにお訪ね致しやした。端《はな》っから待たせて戴く積もりでおりやした私《あつし》でござんすから」

「とは申せ旗本家の青二才に過ぎぬ私に、宗次先生をお待たせする資格などはございませぬ。真にもって言語道断《ごんごどうだん》なる無作法」

宗次は予想だにしていなかった西条九郎信綱の態度に、驚くよりも天井を仰いで

「ふう……」と小さな溜息を漏らした。（こいつあ、ひょっとして……）という思いが、胸の内側に湧き上がっていた。

宗次の溜息を捉えて、ようやく信綱が面を上げた。

「ごめんなすって」と、宗次はいきなり胡坐《あぐら》を組んだ。間もなく宮上《みやの》が茶菓を運んでくるだろうことは承知の上だった。

宗次は信綱に物静かな声で訊ねた。

「信綱様。若《も》しかして私《あつし》のあれこれについて何《なん》ぞを契機としてお知りなさいやしたか」

「はい。おそれながら……」

「大坂城在番から京都所司代へ赴任なさる前に、その報告もあって江戸は『建国神社《けんこくじんじゃ》』そば、旗本八万通《みち》の西条家へお戻りなされやしたね」

「仰せの通りです。そして妹の美雪《みゆき》から浮世絵師宗次先生について色色と聞かされましてございまする」

「念のためでござんす。美雪様から打ち明けられやした私《あつし》のことに関し、一つ一つお聞かせ下さいやし」

「その前にお話し申し上げておかねばなりませぬ。美雪は宗次先生の身性《みじょう》につきまして自分ひとりの胸深くに秘め、父にさえ打ち明けてはおりませぬ。実に久し振りに西条家へ戻った兄の私に対してのみ、ひっそりと話してくれたのでございまする。それも迷い迷い……」

　宗次は頷き、信綱の話は続いた。

「美雪は、こう打ち明けてくれましてございまする。宗次先生は揚真流剣法の位を極めておられまするること。その剣法を今は亡き御父上様（養父）から学ばれたこと。御父上様の御名《おんな》を世の剣客たちから大剣聖と敬《うやま》われた従五位下対馬守《つしまのかみ》梁伊《やない》隆房《たかふさ》様と申さるること。その御父上様の御兄上様として大和国《やまとのくに》の古刹《こさつ》海竜善寺《かいりゅうぜんじ》ご住職百了禅師《びゃくりょうぜんじ》様が御出《おいで》なされまするること……」

　宗次は頷いたあと、穏《おだ》やかにこう言った。

「信綱様は、それらをお知りになりやして、どう思われやした？」

「はい。美雪にはこれまで通り胸の内に秘めておくように、と強く申しておきました。また私も、そのように心掛けることをお約束いたしまする」

「恩に着やす」

「美雪が特に驚いたのは梁伊《やない》家が、徳川御三家の筆頭として知られる尾張《おわり》徳川家六十一万九千五百石に仕《つか》える総目付の御家柄だった、という点でございましょうか」

やす」

「気立ての優しい美雪様をすっかり驚かせてしまったようで、申し訳なく思っており
「美雪は宗次先生のことを、揚真流剣法の位を極めた天才的な浮世絵師……以上の御《お》人《ひと》ではあるまいかと疑念を抱きつつ眺めているような気が致します」

そう言うと、信綱は視線を自分の膝の上に、落とした。

そこへ宮上《みやの》が茶菓を運んできた。

宮上《みやの》がそれを二人の前に黙ってそっと置き、退がってゆく。

「信綱様」

「は……」

信綱は膝の上に落としていた視線を上げはしたが、その目に翳《かげ》りがあるのを宗次は見逃していなかった。

「信綱様は美雪様の抱く疑念について、若《も》しや自分で明らかにしておきたいと思われたんじゃあございませんか？」

「…………」

「どうやら図星《ずぼし》でござんすね。江戸から大坂、あるいは京《きょう》へお戻りになる際、信綱様は大和国《やまとのくに》へ立ち寄り、私の伯父《おじ》（義理の）である海竜善寺の住職である百了禅師《びゃくりょうぜんじ》に

お会いなされましたな」

「も、申し訳ございませぬ」

信綱は座をずらして、侍らしく静かに平伏した。

「幕閣三臣の一《ひとつ》と言われておりやす筆頭大番頭《おおばんがしら》七千石西条山城守貞頼《さだより》様の御嫡男《ちやくなん》で美雪様の兄上であられる信綱様がお相手ならば、伯父も安心して私《あつし》の身性を迷いながらも打ち明けたことでございやしょう」

「尾張藩の現、二代藩主徳川光友《みつとも》様のお血筋直系であられまするこの信綱、わが独《ひと》りの胸に秘め一切漏らさぬことをお誓い致しまする」

「判りやした。さ、面《おもて》を上げておくんなさいやし。今の話は此処までと致しておきやしょう。宜しゅうござんすね。これで終りに致しやしょう」

「私が宗次先生に黙って海竜善寺の御住職殿をお訪ね致しましたること、お許し下されましょうか」

「ははは。許さぬなどと言いやしたら、小野《おの》派一刀流を極めていなさる信綱様のこった、腹を真一文字に切りなさいやしょう。本当に、もう、よござんすよ。さ、面を上げておくんなさいやし。この私《あつし》もこれまで通り。ですから所司代の西条九郎信綱様に、きっちりと戻っておくんなさいやし」

「は、はい。それではそのように……」

信綱はそう言いつつ面を上げると、目を細めて微笑んでいる宗次と顔を合わせ、

「それに致しましても宗次先生、私が小野派一刀流を学びましたることを、どうして御存知なのですか」

「四条通でのあの騒動でござんすよ。不意打《ふいうち》で襲い掛かってきた凄腕《すごうで》の刺客二人を、あっという間に、小野派一刀流二段返しで倒されたではありませんか」

あ、なるほどと頷いた信綱の表情が、ようやくのこと緩《ゆる》んだ。

「驚きでございまする宗次先生、あの一瞬の内に小野派一刀流二段返しと看破《かんぱ》なされるなど……いや、本当に驚きです」

「で、襲いかかって来た連中の身元、判りやしたので？」

「いや、残念ながら、まだ判ってはおりませぬ。これという、身元につながる物は何一つ持ってはおりませんでした。一応、所司代出入りの確りとした絵師に依頼して、顔を精緻《せいち》に描いて貰いは致しましたが」

「此度《こたび》、信綱様が大坂城在番から京都所司代入りなされたのは、特別なご事情があってのことでございやすか。私《あっし》にはいささか唐突な人事に思えてなりやせん」

「確かに唐突な人事と思われても仕方がありませぬ。前前《まえまえ》から計画されていた人事で

なかったことは確かで、その意味では周囲の同僚たちに不審がられたりは致しました」

「でしょうねい」

「急遽《きゆうきよ》私の所司代入りが決定を見ましたのは、所司代戸田越前守忠昌様に直属しておりました筆頭与力仲橋幸兵衛《なかはしゆきべえ》三十三歳が凡そ二か月前の夜、独りで見回り中に五条大橋で斬殺されたことによります」

「なんと……」

またしても五条大橋であったから、宗次の目が光った。

信綱が言葉を続けた。

「それも当たり前の斬られ方ではなかったのです。私は大坂城在番でしたから現場を直接見た訳ではありませぬが、利き手の右腕は肘から下を切断され、首から上は胴から切り離されて河原に落ちていたと言います」

「投げ捨てられやしたか？」

「いいえ。どうやら斬られたときの凄まじい衝撃で、河原までふっ飛んでいったらしいとのこと……」

「それはまた確かに凄まじい。相当な凄腕でござんすね。で、仲橋幸兵衛様は剣術の方は？」

「それが、小野派一刀流の免許皆伝《かいでん》でございまして……」

「ほう……信綱様と同流でしたか」

「お役目が休みの日、私は大坂城下すぐの所にある小野派一刀流守口修太郎《もりぐちしゅうたろう》道場で、汗を流しておりまするが、亡くなった仲橋幸兵衛は大坂生まれの大坂育ちで、老師守口修太郎先生は仲橋の恩師に当たります」

「では、信綱様とも極めて身近な存在だった訳でござんすね、仲橋殿は」

「はい。仲橋がお役目で大坂へ出向いて来た時など、幾度か老師の求めで道場で木刀を手に立ち合《お》うたことがありまする」

「そうでござんしたか」

「仲橋幸兵衛のみならず司直を担《にな》う京《みやこ》の有能な役人が次次と暗殺される事態に危機感を強めた所司代戸田越前守様が中央（幕府）の許可を得た上で、所司代の全与力同心、京都町奉行所（東・西）の全与力同心を統括する『所司代次席』の地位を私に任ぜられたのです」

「なぜ所司代戸田越前守様は信綱様に白羽の矢を？　常日頃から戸田様とは交流がお有りなされやしたか」

「いや、私との交流はありません。大坂の老師の道場で幾度《いくたび》か私と立ち合うた仲橋が一度たりとも勝てず、その事を京《みやこ》へ戻った際に正直に所司代戸田越前守様へ報告していたようです。大坂に凄いのがいる。あのようなのを所司代に是非とも欲しい、とかなんとか」

「なるほど……」

宗次は口元を少し綻《ほころ》ばせ、頷いてみせた。所司代筆頭与力であった仲橋幸兵衛とやらの剣術の腕前を知らぬ宗次ではあったが、四条通で不意の刺客相手に見せた信綱の「小野派一刀流二段返し」は、はっきりと見届けているのだ。あの閃光《せんこう》のような凄《すご》業《わざ》は余程高位を極めた一流の剣客ではない限り防ぎ切れるものではない、と思っている。

「しかし信綱様。所司代の全与力同心を統括することは所司代次席の立場にある者として当然でござんすが、京都町奉行所には東西それぞれに御奉行がおりやす。この二人の御奉行を越えて東西両町奉行所の全与力同心を統括することはいささか難しくはございやせんか。京都町奉行は二、三千石の大身《たいしん》旗本が任命される地位であり、遠国《おんごく》奉行（地方の天領に配置した奉行）の中では最も重職の筈でございやすが」

「宗次先生の御心配はよく判ります。だが幕府職制上は老中支配下にありまする京都町奉行（所）ではありますが、実務上の指揮命令権は将軍直属である京都所司代が握っておりまするから」

「うむ。将軍直属の組織に勝《まさ》るものなんざあ、ござんせんからね。なるほど判りやした」

「それに東西両御奉行も、二条城そばに位置する奉行所より与力同心が二里も三里も離れて散開し不逞《ふてい》集団を追及するとなりますと、何とのう心細いのですよ」

「だろうと思いやす。芝居のように、いよう名奉行、なんてえ具合にはとてもとても参りやせんからねえ。それでなくとも、江戸にしろ京都にしろ奉行所の人の数は充分じゃあござんせんから」

「宗次先生の仰います通りです。先生も御存知とは思いまするが、所司代と共に西国へ睨みを利かせる立場の大坂城の物見態勢（警備態勢）は非常に厳しく、また日常的訓練の容赦《ようしゃ》なさでも知られております。そのような環境の中で培《つちか》われた物見の眼力を所司代にて大いに生かしてくれ、と戸田越前守様より申し渡されましたのでございます」

「信綱様なら出来やすよ、大丈夫。所司代戸田越前守様も信綱様の父君が四代様（徳川家綱《いえつな》）の信頼殊《こと》の外《ほか》厚い筆頭大番頭七千石西条山城守貞頼様ですから安心も大きいことでございやしょう」

「恐れ入ります。因《ちなみ》に父貞頼は、この月の三日の日に千石を加増《かぞう》され八千石になりましてございます」

「おお、それは真《まこと》におめでたいことで……それにしても八千石とは凄い。それに三日と申しやすと確か四代様がお生まれなされた日ではござんせんか」

「その通りでございまする。寛永十八年八月三日のお生まれです」

「わざわざその日を選んでの御加増とは、若《も》しや四代様のご体調、あまり宜しくはないのでは？」

「ご推察の通りのようです。父貞頼の話では、このところは終日床に臥《ふ》したままでおありだとか」

「左様ですかい。四代様ご自身の意思による後継の者はまだ決まってはおりやせんでしたね」

「そこですが宗次先生。尾張藩が後継の者を決めるについて、水面下で動きはじめたらしい、という噂が幕臣の間で広まり出しているとか」

「なんですってい」

「宗次先生。私はこの際、従二位権大納言《ごんのだいなごん》尾張徳川家の直系である宗次先生が表舞台にお立ちになられて……」

「おっと、信綱様。その話はなさっちゃあいけやせん。尾張徳川家には現藩主の御嫡男、御次男ほか立派な方方がおられやす。今の私《あっし》は町人絵師以外の何者でもありやせん。生臭《なまぐさ》いごたごたに巻き込まないでおくんなさいやし。これ、本心から申し上げておりやす」

「は、はあ……」

「それに私《あっし》の父は、野《や》に在《あ》って大勢の剣客たちから大剣聖と崇《あが》められやした揚真流兵法の開祖、梁伊対馬守隆房でござんす。将軍の後継問題なんぞに私《あっし》が巻き込まれやすと、亡くなった父が天上で悲しみやす。お判りになって下さいやし信綱様」

「判りましてございまする。申し訳ありませぬ」

「四代様を取り囲んでおりやす現在《いま》の幕府閣僚は、大老に酒井雅楽頭忠清《さかいうたのかみただきよ》様、そして老中に任期お古い順から申し上げやすと確か、稲葉美濃守正則《いなばみののかみまさのり》様、大久保加賀守忠則《おおくぼかがのかみただのり》様、土井能登守利房《どいのとのかみとしふさ》様、そして堀田備中守正俊《ほったびっちゅうのかみまさとし》様でござんすね」

「はい。その通りです。そしていま四代様ご存命中でありますのに大老酒井雅楽頭忠清様は、何が何でも宮《みや》将軍を擁立《ようりつ》(自分側の君主としてその人物を位《くらい》に就《つ》かせる意)せんとして、ここ京《きょう》の有栖川宮幸仁親王《ありすがわのみやゆきひとしんのう》様宛て度度《たびたび》の密使を遣《つか》わしている事が明らかとなっております」

「有栖川宮幸仁親王様と申さば仙洞御所様（後水尾上皇・法皇）のお血筋。武家の政争に巻き込むような事は絶対にあってはなりやせん」

「ええ。幸仁親王様は後西《ごさい》天皇（在位一六五五〜一六六三）の第二皇子。その後西天皇は仙洞御所様の第八皇子であられました」

西条九郎信綱がそう言った時、鋭く短い悲鳴が数奇屋《すきや》の外と覚《おぼ》しき方角から聞こえてきた。

十二

その悲鳴を耳にした西条九郎信綱は脱兎《だっと》の如《ごと》く数奇屋から飛び出して行ったが、宗次は動かなかった。短く鋭い悲鳴であったことから、何かちょっとしたもの、例《たと》えば木の枝から糸を引いてぶら下がっている蓑虫《みのむし》に顔が触れた程度のこと、と読めていた。

このあたりが信綱と宗次との、力量の差と言えば力量の差であった。

信綱が戻ってきた。少し息を弾《はず》ませている。

「ここの若い女将《おかみ》がうっかり蝸牛《かたつむり》（学術用語はマイマイ）でも踏みつけやしたか」

宗次は敢《あ》えて、宮上《みやの》、とは言わず女将と表現した。

「ええ、ま、そんなところです」

信綱は唇の端に微《かす》かな苦笑《にがわら》いを見せて、再び宗次と向き合った。

「話が宮将軍から少し逸《そ》れやすが、此処《ここ》の茶房はなかなかの雰囲気でござんすね。どなたか高貴な御方の御屋敷跡《あと》でもございやしたかねい」

さして関心ありそうには無い、宗次の口ぶりであったが、信綱は「ええ」と頷《うなず》いて言葉を続けた。

「宗次先生は公家社会のことには、お詳しいのでしょうか」

「いや、殆《ほとん》ど知識なし、と言ってよございやす。ただ、何か余程に大きな特徴とかがあれば、ああ、と思い出す事もありやしょうが」

「ならばひょっとして宗次先生なら御存知かも知れませぬ。此処は、朝廷歌人としても八坂小路《やさかのこうじ》流《りゆう》茶道の祖としても知られた今は亡き従四位下《じゆしいのげ》近衛中将《このえのちゆうじよう》八坂小路《やさかのこうじ》冬彦《ふゆひこ》様が茶屋敷別荘として大事に使《つこ》うてこられたところなのですよ。早くに夫人を病で失われた八坂小路冬彦様は、空閨《くうけい》の寂しさを忘れるためか、ここで頻繁《ひんぱん》に茶会や歌会を催《もよお》され、美しい上流婦人たちの訪れで華《はな》やかに賑《にぎ》わったと聞いております」

「朝廷歌人の八坂小路冬彦様と申さば確か路風《ろふう》の名で歌集『戀《おも》う日日』を編《あ》まれやした……」

「ええ、そうです。さすが先生。やはり御存知でいらっしゃいましたか。**汝戀《きみおも》う桔梗《ききょう》のいろ深し庭に月仰《あお》ぎ涙ひとつ**、で有名な歌集でございまする」

「宮上《みやの》様と申しまして、八坂小路冬彦様のたった一人の忘れ形見《がたみ》でいらっしゃいます」

「と、なると、どことのう奥ゆかしい印象の若い女将は、ひょっとすると……」

「やはりそうでござんしたか。道理で上品な御方《おかた》でした。血は争えないものでございやすねえ」

「間もなく通いの町娘四人がやって参りましょうが、合わせて五人でこの茶房を切りまわしておりまするようで」

「これだけの広さの茶屋敷を女ばかりで切りまわすとは、いささか心細うございやすね。何かあった時のことを考えやすと」

「町娘たちの家が皆この近くに在《あ》って、名の知れた大店《おおだな》ですので、なにくれとなく面倒見の手を差しのべていると聞いておりまする。通いの町娘たち四人も八坂小路流茶道を幼い頃から学んでいたと申しますから」

「なるほど。それならばいささか心強うございやすかねい」

「とは申せ、宗次先生。八坂小路冬彦様の亡くなり方が普通ではありませんで、それがため宮上様《みやの》は精神《こころ》に大きな傷を負うておられますする」

「ほう……」

とだけ、宗次は答えた。念のため信綱の口からも従四位下近衛中将殿の死因を聞いてみたいと思ったのだ。

「実は先生、今から二年半ほど前の夜、八坂小路冬彦様は五条大橋の上で弁慶を名乗る辻斬りに襲われ、その傷がもとで加療の甲斐《かい》なく一年後に亡くなっているのです……この弁慶に所司代《しょしだい》や奉行所の役人も次次と殺《や》られております」

「弁慶と名乗る辻斬り……」

「はい、八坂小路冬彦様は雅《みやび》な御人《おひと》であったと言われている反面、香取神道流《かとりしんとうりゅう》剣術の達者としても知られていたようです。そのため激しく反撃して相手にも手傷を負わせたらしい、と聞いてはいるのですが……」

「その弁慶と名乗る辻斬りですが信綱様、一体何者であるのか所司代や奉行所では見当もついていないのでござんすか」

「残念ながら……」

「信綱様ご自身が出会《お》うたことは？」

「まだ一度としてありませぬ。所司代、奉行所の与力同心、皆力を合わせて必死で京《みやこ》の治安維持に当たっておりまするが、弁慶はもとより浪人など不逞《ふてい》の輩《やから》の蛮行《ばんこう》は打ち続いておりまする」

「蛮行を繰り返しているのは、つまり京《みやこ》の治安を揺るがしておりやすのは、弁慶とか不逞の浪人どもだけでござんすか？」

「え？……」

「京の治安を根本から揺るがしかねない組織的集団てえのは、他におりやせんですかい」

「それは先生、弁慶とか不逞の浪人ども以外に、という意味で申されているのですか」

「左様《さよう》でござんす。いや、なに、信綱様。所司代次席という高い立場におられるご身分では、迂闊《うかつ》に話せない事もございやしょうが……只今の問いは取り消しやしょう。気にしないでおくんなさいまし」

「…………」

信綱は返事をするかわりに、目の前に置かれている茶碗を手に取って口元へと運んだ。眉間《みけん》に迷いの皺《しわ》を刻んでいる。

茶を飲み終えて信綱は茶碗を手にしたまま、じっとそれを眺めた。〝目の表情〟に迷いを見せている。茶碗を鑑賞している目でないことは、明らかであった。宗次は、そう見抜いた。

「素人目《しろうとめ》にはまるで幼子《おさなご》がいたずら描《が》きしたかのようにも見えやす器《うつわ》の文様《もんよう》は、疑いもなく黒織部《くろおりべ》茶碗でござんすね信綱様。それも恐らく古田《ふるた》織部の花押《かおう》が器の底裏に残っておりやす唯一の茶碗。大変な逸品《いっぴん》でありやして、織部芸術の極《きわ》みが輝いておりやす正《まさ》に天下一の茶碗《もの》」

ハッと我を取り戻した信綱に、宗次は穏《おだ》やかに言葉を続けた。

「器の外側に散らされておりやす⊙《まる》や⊡《しかく》の抽象文様は、鉄絵具《てつえのぐ》を使《つこ》うて**絵志野**《えしの》の手法で描かれ、その上から透明な志野釉《しのぐすり》がかけられておりやす。その志野釉《しのぐすり》の澄明さも真《まこと》に美しく、これも正に天下一だと思いやす」

「まことに……」

信綱は、我を取り戻した表情で頷《うなず》いて、花押のある器の底裏を眺めた。

「武断派」で知られる江戸の西条家八千石では、名家であるがゆえに石秀流《せきしゅうりゅう》茶道の造詣《ぞうけい》が深い。そのことを知っている宗次であったから、信綱の頷きに笑《え》みを返した。

暫《しば》し、やわらかく静かな沈黙が二人を包んだ。

古田織部（天文《てんぶん》十三年・一五四四～元和《げんな》元年・一六一五）は、その名を古田重然《しげなり》として、初めは美濃《みの》の守護大名土岐《とき》氏に仕《つか》える武将で、その後は時《とき》の流れに沿って織田信長、豊臣秀吉と仕えた。秀吉が天下取りの固まった天正《てんしょう》十三年（一五八五）に関白《かんぱく》に任ぜられると、諸戦において知的・戦略的外交手腕で戦功《せんこう》あった古田重然《しげなり》も従五位下織部正《おりべのしょう》に叙任され、山城国西ヶ岡《やましろのくににしおか》（京都西岡）に三万五千石の領地を与えられ、古田織部と称するようになった。

因《ちなみ》に秀吉が任ぜられた関白は、天皇を補佐して政務を執行する最高位の職で、仁《にん》和三年（八八七）に第五十九代宇多《うだ》天皇（貞観《じょうがん》九年・八六七～承平《じょうへい》元年・九三一）が太政《だじょう》大臣藤《ふじ》原基経《わらのもとつね》（承和《じょうわ》三年・八三六～寛平《かんぴょう》三年・八九一）を関白に任じたのが最初であるから、その歴史は古い。

秀吉の没後、古田織部は隠居して伏見《ふしみ》の屋敷で、早くから千利休《せんのりきゅう》を師と仰《あお》ぐ茶道に一層のこと打ち込んだ。そして、やがて織部流茶道の開祖へと昇華《しょうか》してゆくのである。

西条九郎信綱が手にしていた黒織部茶碗は、織部焼の一種である志野焼で焼成《しょうせい》されており、**絵志野**、無地志野、赤志野、紅《べに》志野といった種類が見られる。

宗次が低めの穏《おだ》やかな調子で二人を包んでいた沈黙を解いた。

「ところで……」

「はい」と、信綱も表情を改める。

「信綱様は、京《みやこ》へ来ているであろう私《あつし》を、手の者を使《つこ》うてまで探して古宿『東山《ひがしやま》』でようやく見つけなされやした訳ですが、私《あつし》が京《みやこ》へ来ているであろうことは、一体誰から聞かれなさいやしたので？」

「いや、誰からも聞いてはおりませぬ」

「え？」

「昨年の秋、妹の美雪は四代様（将軍徳川家綱《とくがわいえつな》）の御名代《ごみょうだい》として重大なお役目を背負い大和国《やまとのくに》を訪れ、宗次先生の強力なお助けもございまして、無事に責任を果たすことが出来ましてございまする。この場で改めて宗次先生に御礼を申し上げねばなりませぬ」

「いや、ま、それは横に置いておきやしょう。で、誰からも聞いてはいないと仰《おつしゃ》いやしたが……」

「西条家が千石の加増《かぞう》を賜《たまわ》りましたことは先程申し上げましたが、その内示があったことを父貞頼《さだより》より聞いた美雪は、直《す》ぐにも宗次先生に御礼を申し上げねばならないと、鎌倉河岸《かまくらがし》の八軒長屋《はっけんながや》へ幾度か訪ねたらしくございまする」

「幾度か訪ねた、と申しやすと、私は恐らく既に京《みやこ》に向けて江戸《えど》を発《た》ち、八軒長屋を留守にしておりやしたんでしょうねい」

「ええ、多分そうではないかと思いまする」

「それに致しやしても大身《たいしん》旗本家のご息女である、あの大人しい美雪様が八軒長屋までよくお一人で外出できやしたもので……」

「あ、一人の外出はさすがに父貞頼が許しませぬゆえ、奥向取締《おくむきとりしまり》の菊乃《きくの》というしっかり者に加え、腕利《き》きの家臣二人が警護で同行したようにございます」

「なるほど、それなら安心でございやしょう」

　と宗次は微笑《ほほえ》んだ。

「私が人事の報告で江戸へ帰宅致しました際、美雪がなんとのう塞《ふさ》いでおりましたので事情を聞きますと、宗次先生の姿がもう幾日も八軒長屋に見当たらず、長屋の人達も知らなくて心配しているようだ、と申しましてね」

「気立てのお優しい美雪様には、ひと声かけておくべきでござんしたかね。申し訳ありやせん」

「美雪と話を交《か》わしているうち、宗次先生は京《みやこ》の御所様（天皇）からお声が掛かる程の天才的浮世絵師、という言葉が美雪の口から二、三度出たのでございますよ」

「それを聞くうち、信綱様は『もしや……』となった？」

「はい。これはひょっとして、と思いました。それに宗次先生、先生だから率直に申し上げますが実は私は此度《こたび》の人事異動に絡みまして幕閣《ばっかく》から別命の遂行《すいこう》を命ぜられておりまして……」

「別命の遂行……幕閣からと申しやしたね。若《も》しかして有栖川宮幸仁親王《ありすがわのみやゆきひと》様つまり宮将軍絡みじゃあござんせんか」

「否定は致しませぬ。宮将軍の擁立《ようりつ》に関しましては、強硬に推《お》し進めようとする大老酒井忠清《さかいただきよ》様の主義主張に、老中の稲葉美濃守《いなばみののかみ》様、大久保加賀守《おおくぼかがのかみ》様、土井能登守《どいのとのかみ》様いずれも右向け右でございまする」

「老中には、もうお一人おられやすね、堀田備中守正俊《ほったびっちゅうのかみまさとし》様」

「この御方だけが、勇気を振り絞って、大老酒井様の主義主張に真正面から、頑として反対なさっておられるのです。そのため身辺に、刺客らしい人影がちらつき出しているとか申します」

「うむ、何としても宮将軍を実現させる積もりですか、御大老様は」

「そのため大老酒井様は、『堀田備中守は宮将軍問題を根底から切り崩さんとして、力量のある密使をあらゆる分野から密《ひそ》かに徴募《ちょうぼ》し京《みやこ》の上流公卿《くぎょう》宛てに次次と遣《つか》わしているのでは』と疑い始めています」

「上流公卿と申しやすと、朝廷に仕える三位《さんみ》以上の大身貴族で、大臣や大納言、中納言、参議などでございましたね」

「その通りでございます」

「すると、信綱様への幕閣からの別命と申しやすのは、判りやすく言やあ大老命令ではございませんか。江戸から老中堀田派の『力量ある密使』と疑われる人物が出入りしていないかどうか徹底的に探索《たんさく》せよ、と」

「否定は致しませぬ」

「そして、その探索の線上に、ひとりの浮世絵師が浮上しやしたね。美雪様が口にした、『京の御所様（天皇）からお声が掛かる程の浮世絵師』が……」

「はい、否定は致しませぬ」

「が、少し妙《みょう》ではございやせんか」

「は？」

「江戸にその名を轟《とどろ》かせる武断派の筆頭大番頭八千石西条貞頼様と申さば、徳川将軍家の護《まも》り人《びと》として盤石不動《ばんじゃくふどう》なる御方《おかた》。この貞頼様が差配の旗をひと振りすれば、大番、書院番、小姓《こしょう》組番、小十人組および新番の『番方五番勢力』二千数百名が手駒のように動く、と言われているじゃあござんせんか。その徳川派とも言うべき西条家の御嫡男《ちゃくなん》でいらっしゃる信綱様に、宮将軍を擁立せんとする御大老が老中堀田派の密使の探索を命じるなど、不自然じゃあございやせんか。下手《へた》をすりゃあ、西条貞頼様の怒りを買って立ち上がらせることになりやす」

「大老酒井様は、まさにその反応を見極めようとなされておられるのだと思います。父貞頼がどのような反応を見せ、どのような動きを取るか、と」

「やはり……そう思いやすかねい、信綱様は」

「ええ。そして、父貞頼のその反応や動きをなるべく軽く抑《おさ》える必要があると考えて、大坂城在番から京都所司代の第二位の地位、次席へ私を就《つ》かせたのだと考えます。表向きは所司代戸田越前守《とだえちぜんのかみ》様の強い要望による人事、となってはおりまするが、私は裏に大老酒井様の計算が息を殺して潜《ひそ》んでいる、と睨《にら》んでおりまする」

「所司代第二位の地位への異動というのは……」

「私のような若い者にとっては破格の大出世と言わねばなりませぬ。いえ、有り得ない大出世、と表現を変えた方が正しいかも知れませぬ」

「これは信綱様……大変なことになるかも知れませんぞ」

「私もそう覚悟は致しておりまする」

「うむ……」

「ところで宗次先生。先生の此度《こたび》の京入《みやこい》りの目的は一体何でございまするか」

信綱の目が急に険《けわ》しくなり、口調が冷ややかとなった。

「自由旅でござんすよ」

「もう少し具体的にお聞かせ下され。恐れながら、これはお役目として訊《たず》ねておりまする」

「このところ絵の奥行き、奥行きと申しやすのは、ま、工夫の幅あるいは想像の広がり、とでも判断しておくんなさい。近頃その絵の奥行きに手詰りを感じて、いささか焦《あせ》っておりやす」

「宗次先生のような御方《おかた》でも、そのような不調に陥《おちい》ることがおありでございますか」

「絶えず四苦八苦の繰り返しでござんすよ。一つの満足を手にしてもそれが己《おの》れにとって当たり前のような錯覚に陥って傲岸不遜《ごうがんふそん》になっちゃあ、能力に頼る絵師の仕事ってえのは終りが見えてきやす。『俺《おれ》は偉《えら》い病《びょう》』なんてえのは、ちょっとやそこいらの薬では完治《かんち》しやせんからねい」

「つまり、その絵の奥行きを広げるために、京《みやこ》を訪れたと？」

「そうご判断下さいやし。それにね信綱様。この足で天下の台所と言われておりやす大坂をも是非訪ねてみたいと思っておりやしてねい」

「左様ですか。で、いかがでございましたか、この京《みやこ》は」

「いい薬になりやした。眼から鱗《うろこ》が落ちやしたよ。将軍のお膝元《ひざもと》である江戸ってえのは馬鹿でかい町だが反面、小さな町だとも思いやした。町の香りが、まるで違いやす。町人たちの生活の香りも、芸術の香りも、神社仏閣の香りも、そして事件の香りも……江戸とは、がらりと違いやす」

「大坂へは、いつ発たれるお積もりですか」

「判りやせん。もう暫《しばら》く、この京《みやこ》に浸《つか》らせておくんない」

「大坂へ発つ時は四、五日前にでも声を掛けて下さい。宗次先生が向こうでお困りになることが無いよう、手を打つ事ぐらいはさせて戴《いただ》きます」

「恐れいりやす。が、たぶん、そっと発たせて貰うことになると思いやす」

「ま、それでも構いませぬが……」

「信綱様。それじゃあ私《あつし》は、これで失礼させて戴きやしょう。お会い出来、お話しさせて戴いて、よござんした。どうかこれからのお役目、色色と大変でございやしょうが充分にご身辺、お気を付けなされやして」

「有り難うございまする。私はもう暫《しばら》く、この数奇屋であれこれ考え事をさせて戴きまする」

「判りやした。それじゃあ、これで……」

宗次が立ち上がると、信綱はうやうやしく頭を下げた。

宗次は襖《ふすま》障子《しょうじ》のところまで行って細目に開けてから、手の動きを止めて振り返った。表情の拵《こしら》えが変わっていた。

「信綱様……」

「はい」

と、西条九郎信綱は姿勢を正した。その面《おもて》に緊張が走っている。

「余程に困った事があらば遠慮のう声を掛けて下され。力になりまする。私《あっし》は古宿『東山』か二条《にじょう》城《じょう》そばの刀剣商『浪花屋』のいずれかに腰を落ち着けていましょうから」

穏やかであったが、重い響きをともなった宗次の言葉だった。

「有り難き幸せにございまする。そのお言葉を戴けましただけでこの信綱、勇気百倍を覚えました」

そう言い終えて信綱は、畳にひれ伏した。

宗次は黙って頷くと、主室の長《なが》四畳の外に出て、ひとり残した信綱を気遣うかのように静かに襖障子を閉めた。

信綱の平伏はまだ続いている。

「美雪の兄にふさわしい、真《まこと》によい人物じゃ」

宗次は呟《つぶや》いて玄関の方へとゆっくりと足を運んだ。考え事をしているかのように足元を見つめながら。

(それにしても、大老酒井忠清の驕《おご》りとやらは危ないのう。当人は驕《おご》りとは思うていないのかも知れぬが、信綱の話に誇張は感じられぬ。徳川幕府の大老たる最高権力者でありながら、**驕る平家は久しからず**、を忘れたか……)

そう胸の内で漏らしつつ玄関から出た宗次を、宮上《みやの》が待っていた。

十三

「あの、次席様は?」

宮上《みやの》は怪訝《けげん》な眼差《まなざ》しを、続く者の姿が無い宗次の背後へ、ちらりと流した。端整な顔立ちに似合っている、切れ長な二重《ふたえ》の涼し気な目であった。化粧をしていない面《おもて》の肌が、抜けるように白い。雪肌だ。

「もう暫く数奇屋の雰囲気に浸っていたい、と申しておられました」

宗次は、宮上《みやの》へのべらんめえ調を抑えた。母親を病で、父親を事件で失って天涯孤独の身となっている宮上《みやの》を、哀れと思う宗次であった。

「また寄せて戴きましょう。茶菓もなかなかの味でございましたよ。満足しました」

「有り難うございます。あの、不躾《ぶしつけ》な事をお訊ねして申し訳ございませぬ。あの、宗次様は今、どちらの宿にお泊まりでございましょうか」

迷い迷い訊ねている、どこか心細気な様子の宮上《みやの》であった。

「宿？……とくに決めずに気の向くまま、あちらこちらに泊まっておりますが」

「あちらこちら？……では、あの、旅のお荷物などは何処へお預けでございますか」

「あ、ま、京《みやこ》入りして泊まった最初の宿にそのまま……」

宗次はバツが悪そうに苦笑《にがわら》いをしつつ一応、用心をした。宮上は準上流貴族と称してもよい従四位下近衛中将の家柄の忘れ形見である。賀茂御祖神社《かもみおやじんじや》（下鴨神社《しもがも》）そばの粗末な宿での昨夜、素姓知れぬ公家の身形《みなり》の集団に、襲われたばかりの宗次である。

一応とは言え、用心せざるを得なかった。

「突然に大変失礼な事を申し上げまするけれど宗次様。どうぞ我が屋敷をお宿として下さりませ。幾日お泊まり下されましても結構でございます。何のおもてなしも出来ませぬが」

「我が屋敷?……この菫《すみれ》茶房を宿に、でございますか」

「いいえ、此処は我が八坂小路の茶屋敷でございます。本邸は別にございまして……」

宮上《みやの》が遂に自分の口から家名、八坂小路を口にした。今にも泣き出しそうな幼い表情だった。

「その本邸とかには、宮上《みやの》様の他にどなたか同居なされておられますか」

まさか若く美しい宮上《みやの》が一人住まいの屋敷に泊めて貰《もら》う訳にはいかない、と思いつつ、取り敢えず訊き返してみた宗次であった。このときの宗次は、すでに断わる気持を固めていた。

「同居という言葉には当て嵌《は》まりませぬけれど、古くからの下働きの老夫婦の他、奥向や台所仕事に仕《つか》えてくれている者など、私を含め男一人女四人が一つ屋根の下で生活致しております」

「では宮上《みやの》様が菫《すみれ》茶房へ出向かれている間は、その奉公の者たちによって留守が守られているのですな」

「はい。守るほどの屋敷ではありませぬけれども……私《わたくし》は昼七ツ頃（午後四時頃）まではこの茶房に居るように致しておりまする」

力なく言い終えて、寂し気に視線を落とす宮上《みやの》であった。

その、いかにも救いを求めているとも取れる印象が、宗次の気持を揺さぶった。

「それに致しましても、初めて会うたばかりの私に、大胆な申し出で少しばかり驚いておりまする。ご返事はこの場で直ぐには出来ませぬが一応、本邸の場所をお教え下されませ。京の絵図（地図）を持っておりまするゆえ、大凡《おおよそ》を言うて下されただけで判りまする」

「丸太町通《まるたまちどおり》を東方向へ進みまするとやがて建ち並ぶ寺院（寺町通《てらまちどおり》）に立ち塞がれまする。その一町《ちょう》ばかり手前右側に敷地三百坪ばかりの、公家屋敷と一目で判る大屋根の流れが古いけれども、ひときわ美しい建物が目にとまり、御門の柱に亡き父の筆跡にて『路風』の表札が掛かっておりまする」

「おお、亡きお父上の歌人としての御名でございますな。承《うけたまわ》りました。胸の内に入れておきましょう」

「お待ち申し上げまする」

宮上《みやの》に丁寧《ていねい》に頭を下げられた宗次は困惑気味に黙って頷き、静かに離れていった。

菫《すみれ》茶房を出た宗次は宮上《みやの》の寂しそうな視線を背中で捉《とら》えていたから、振り返らずに青竹の林に沿うかたちで少し歩いた所で立ち止まり改めて茶房の土塀を眺めた。

「あの若さ、あの美しさで両親《ふたおや》に死なれ、たったひとり取り残されたか……可哀想《かわいそう》に」

宗次は、女のそれも未婚の立場で家屋敷の相続は順調に認められたのであろうか、と気になった。

公家社会に関して、案外に知識が充分でない自分に気付いて、宗次は反省していた。江戸を発つ前に、もっと集中的に学んでおくべきであった、と。

資産の少ない町人の場合は、相続の〝相〟さえも問題にならぬ世の中である。しかし、公家や武家の場合は違ってくる。彼等の資産とは言っても大抵《たいてい》の場合はその土地の（その国の）支配者の〝物〟である。もう少し噛み砕いて言えば、支配者が割《かつ》譲《じょう》した〝物〟を主従関係の中で有り難く頂戴しているのだ。幕臣ならば幕府の（徳川将軍家の）資産の中から、藩臣ならば藩主（大名）の資産の中から「支配し服従する関係の中で」戴いている。

幕府の監視下に置かれて事実上の支配下にある朝廷と朝廷人《ちょうていびと》（公卿、公家）も、主従関係という表現には当て嵌《は》まらなくとも、支配・被支配という関係の中で幕府から資産を一方的評価で与えられている。たとえば今世における有力公卿の九条家《くじょうけ》が二千余石、実力家で知られる近衛家《このえけ》にしても凡《およ》そ千八百石でしかない。最貧公家の調子家《ちょうしけ》は七十石に過ぎない（歴史的事実）。

権力者の地位にある与える側の者はしたがって常にというか、何かあらば「取り戻したい」という狭隘《きょうあい》な心理状態（欲求）を台頭《たいとう》させる。

幕府による幕臣に対する「改易」、同じく藩主による藩臣に対する「改易」がそれであり、最も厳しいものが多数の浪人を生む幕府による（この場合は徳川将軍家による、と表現を改めるべきかも）大名の「領地召上」である。

そういった封建的主従関係という絶対的な枠組の中で、八坂小路宮上《みやの》は女の身で如何《い か》にして亡き父の財産を相続したのであろうか、と気になってきている宗次であった。

宗次の足は、ひとまず刀剣商「浪花屋」へと向かった。

いよいよ今日にでも仙洞御所様（後水尾上皇・法皇）にお目にかからねば、と気持を固めつつあった。と同時に、腰に大小を帯びてか、それとも丸腰でか、という迷いも膨《ふく》らみ出していた。浮世絵師である自分を、どのようなかたちで仙洞御所様が受け入れて下さるのか、さすがの宗次も予測できていなかった。一介《いっかい》の絵師の立場であるなら、仙洞《せんとう》御所様（後水尾上皇・法皇）の御面前へ大小刀を帯びて現れるなど許されることではない。言語道断だ。

（さあて……明るい内がよいのか……それとも夜にすべきか）

宗次は腕組をしつつ、「浪花屋」へと足を急がせた。

院（上皇・法皇の敬称。またその御所の意も）が在《お》わす仙洞御所に如何にして入るか、入ることによって自分の身辺で生じた騒乱を同時に招き入れてしまうことにならないか、そういった心配も頭を擡《もた》げていた。

後水尾院と会うことが出来た後のことも考えねばならなかった。泊まる宿次第では、賀茂御祖神社（下鴨神社）そばで生じた騒乱にまたしても見舞われて、宿に迷惑を掛ける危険がある。

（それにしても、この私が何故《なぜ》、度度この京《みやこ》で襲われねばならないのか……）

考えても考えても、納得がいかない宗次であった。今のところ、宮将軍問題にしたところで、自分とは全く無縁であると思っているから、これが原因とは考え難《にく》い。

堀川通から「浪花屋」の通りへと折れる角で、宗次は何気無い振りを装《よそお》って振り返った。素早く三方へ視線を走らせたが、こちらを窺《うかが》っている様子の者は見つけられなかった。と、言うよりは、通りは既に人の往《い》き来《き》がかなり激しくなっていて、見つけるのが難しかった。

宗次は堀川通を右に折れると、金打《かねうち》の音をまだ発していない「浪花屋」の前を通り過ぎ、半町ばかり行ったところで引き返した。

「浪花屋」から出てきた二人の小僧が竹箒《たけぼうき》で店前《たなまえ》を掃き始めている。名刀匠になるのを夢見て、厳しい修業に耐えている、まだ十二、三の子供だ。

宗次は辺りに注意を払いながら、小僧たちに近付いていった。

「あ、お帰りなさいませ」

宗次に気付き、竹箒を持つ手を休めて微笑みかける二人の小僧であった。

「よっ」

宗次は小僧のひとりの頭に手を軽くのせてやってから、手前の小路を左へと入っていった。数間《けん》と行かぬ右側に「浪花屋」の勝手口がある。

その勝手口からは、魚屋《さかなや》、八百屋《やおや》、豆腐屋《とうふや》、猪雉肉屋《ししきじにくや》、米屋《こめや》なんぞが日常的に出入りしているらしく、「表の商《あきな》い口《ぐち》から出入りなさるのが億劫《おっくう》なら勝手口をお使い下さいまし。朝の五ツ頃（午前八時頃）から昼八ツ頃（午後二時頃）までなら閂《かんぬき》はされておりませぬから」と宗次も峯《みね》に言われている。

宗次は勝手口の頑丈《がんじょう》そうな格子組板張りの扉に手をやりかけて止め、小路の奥へ視線をやった。

凡そ七尺高の真新しい板塀で行き止まりとなっている。その板塀の向こうが遊女・生駒太夫《いこまだゆう》の囲い屋敷跡の一部であろうことは、容易に想像のつく宗次であった。一部は「浪花屋」の紅葉美しい錦秋庭《きんしゅうてい》（『生駒様のお庭』）であり、残った部分は誰が買い取ったのであろうか。尤《もっと》もそれは、宗次には関心のないことだ。峯の話を聞く限りでは売買に特別な面倒はなかったようであるから、御上《おかみ》からの拝領屋敷ではどうやらなかったらしい、とは見当がつく。

宗次は勝手口を入った。直ぐ目の前は研《と》ぎ師の職場であった。四人の職人が切っ先に顔を近付けたり、格子窓から入ってくる秋の日差しを刃に当て片目を閉じて眺めたり、ひと研ぎしては指先でそっと刃を撫《な》でたりを繰り返している。職人のどの表情も険しく目つきは鋭い。勝手口を入ってきたのが宗次と判ってもジロリと一瞥《いちべつ》をくれるだけで、笑み一つ浮かべない。

まさに真剣勝負な仕事の真《ま》っ最中《さいちゅう》だった。

（これじゃあ勝手口から、こそ泥《どろ》一匹入れねえな……）

腹の中で苦笑した宗次は、雪駄《せった》を脱いで板の間に上がり、自分に用意されている部屋へと廊下を進んだ。

　金打の音がようやくやかましく響き出して、いかにも「浪花屋」らしくなった。

　宗次は自分を、陰になり日向《ひなた》になり十歳の頃からよく可愛がってくれた、江戸は三味《しゃみ》線《せんぼり》堀の堀川《ほりかわ》に面して建つ刀商百貨の老舗《しにせ》「対馬屋」を創立した今は亡き柿坂作造の顔を思い浮かべた。その日の弟子の金打の音を聞いただけで、「あれでは駄目だ。切っ先が欠け易《やす》いのが出来てしまう」と、弟子が今刀身のどの部分を鍛《きた》えようとしているか、居間にいて立ち所に見抜いてしまう程の名刀匠として知られていた。

　宗次も「爺《じい》、爺……」と呼んでよく懐《なつ》いたものであった。

「爺にもう一度会いたいものだ……」

　金打の音を聞きながら、宗次はぽつりと漏らした。

　宗次が自分に与えられた座敷に入って行くと、襷《たすき》掛《が》けの峯がこちらに背を向け床の間の拭《ふ》き掃除をしているところだった。座敷に入って右手、板床に置かれている深桶の水が、既に少し濁っている。

　宗次の気配に気付いて振り向いた峯が、「あ、お帰りなさいまし」と微笑んだ。

「これはどうも。恐れ入りやす。私《あっし》もお手伝い致しやしょう」

「滅相《めっそう》もございません。男の方《かた》にそのような事をして戴きますと、母に知れたら大層《たいそう》叱られまする」

「なあに。江戸へ帰れば掃除洗濯を毎日当たり前のようにしておりやす」

「早く働き者の奥方様をお貰いになれば宜《よろ》しいのに……」

「いやいや、独り身は気楽でよござんすよ。埃《ほこり》まみれの床の上に、ごろりと寝転んでも誰にも小言を言われることはありやせんし、朝昼晩何を食べようが自由でございやすから」

「まあ……強がりを言いなされて」

くすりと笑った峯に、宗次もハハッと短く笑いを返した。返しながら宗次は視野の端で、床の間の刀架けに横たわっている肥前国伊予掾宗次《ひぜんのくにいよのじようむねつぐ》を捉えていた。

「それでは桶の水を入れ替えて下さいます？」

「承知しやした。で、井戸は？」

「はい。『生駒様のお庭』の奥の方にございます」

「判りやした。そいじゃあ……」

「あ、宗次殿……」

深桶を手にした宗次に、白手拭を持たぬ方の手をやや慌《あわ》て気味に上げた。

宗次が「ん？」という目つきで、峯を見る。

「あの、すみませぬが、井戸水を汲《く》み上げなさる前に、合掌《がつしよう》して下さるか頭《こうべ》を下げて下さりませぬか」

「井戸に向かって？」

「左様でございます」

「何ぞございやしたね。『生駒様のお庭』のその井戸に」

「実は、あの……」

「構いやせん。どうぞお聞かせ下さいやし。桶の水を入れ替えるのは嫌だ、なんてえ事は決して申しやせんから」

「宗次殿には島原《しまばら》の高級遊女『生駒太夫』の悲劇について、事実とは少し違う打ち明け方を致してしまいました。申し訳ございません」

「そうでしたかい。が、べつに気には致しやせん。先《せん》のお話じゃあ、上流貴族の囲い者となった生駒太夫の囲い屋敷、つまり廊下の向こう外《そと》の美しい錦秋庭《きんしゅうてい》もその囲い屋敷の一部でござんしたそうですが、その囲い屋敷へ太夫の戀《おも》い人《びと》が斬り込んで、太夫と上流貴族を滅多《めった》斬りにし、己《おの》れも割腹して果てた。そういう話でございやした」

「はい。確かにそのように申しました。しかし……実は太夫を囲ったお公家様は現在《いま》も御存命、いいえ御健在でおられます」

「なんですっていい……」

聞いてさすがに宗次の顔色が少し変わった。

「太夫を囲っておられましたお公家様の名は、御仙院忠直《みせんいんただなお》様。従三位中納言の地位にあられます。正三位大納言へのご昇進が間近いという噂《うわさ》を聞いております」

「正三位大納言……へご昇進でござんすか」

「はい。太夫事件が生じましたのは、すでに宗次殿に申し上げましたように十二年前のこと。当時の御仙院《みせんいん》忠直様はまだ二十二歳の若さでございました」

「なんと、二十二歳の若さで、遊女囲いですかい」

「御仙院《みせんいん》忠直様は当時、すでに御仙院《みせんいん》家の当主であられました」

「するてえと、先代様てえのは……」

「先代ご当主、忠宏《ただひろ》様（忠直の父）は太夫事件の三年前の冬、雪激しく降った日にお亡くなりになられたとか」

「病で？」

「ええ、そのようです。以来、忠直様が御仙院《みせんいん》家を継いでおられます」

「御仙院家の石高は、ご存知ですかえ」

「凡《およ》そ千六百石。石高だけを見れば凡そ千八百石の京《みやこ》きっての名門近衛家に迫ります。尤《もっと》も関白藤原忠通《ただみち》様のご嫡男基実《ちゃくなんもとざね》様を祖と致します名門近衛家は、五摂家《ごせっけ》の頂点にあって天皇家とのつながり深く学門芸術にも擢《ぬき》ん出《で》て秀《ひい》でたお家柄。それに引《ひ》き換《か》え……」

「それに引き換え？」

「御仙院家は石高にふさわしい内容が窺《うかが》えないと京《みやこ》の人人は囁《ささや》いております。現《い》在《ま》もなお……」

「若くして父（当主）を失《な》くした後継者の好き勝手が罷《まか》り通った、あるいは現《い》在《ま》も罷り通っているという事ですねい」

「単に好き勝手ではなく、周囲の人は皆、怖《こわ》がっているのだと思います」

「怖がっている？」

「はい。忠直様のことが……」

「その理由《わけ》を聞かせておくんなさいやし」

「公家に似合わず気性が大変荒荒しい上に、天真正自顕流《てんしんしょうじけんりゅう》剣法とかの皆伝《かいでん》者であり、身の丈《たけ》六尺近い大男なのでございます。私の両親《ふたおや》との間で幾度か交わされた囲い屋敷売買の打ち合わせの際、一度だけ奥方様とご一緒にこの『浪花屋』へ御出下された忠直様を、当時まだ十歳でありました私は間近に見ましたが、それはもう天を突きまするような大男でございました。以来、一度も出会《お》うてはおりませぬけれども……」

「天真正自顕流剣法の皆伝者というのは確かで？」

「はい。間違いございませぬ。その天真正自顕流剣法とかによって、囲い屋敷に侵入いたしました太夫の戀い人《おもびと》は滅多斬りにされたのです。太夫は血まみれの戀い人《おもびと》を『死なせるものか』と助け助け井戸端まで逃げのび、追い迫った忠直様が可愛さ余って憎《にく》さ百倍と化し太夫に刃を振り上げたとき、血まみれの戀い人が太夫をひしと抱《いだ》いて井戸に身を投じたとか申します」

「なんとまあ……」

「その井戸のところを右へ行き、この店屋敷《たなやしき》をぐるっとまわり込みますと表通りに出られます通用口がございます」

悲恋芝居のような話を聞かされて宗次は、天井を仰ぎ「ふうっ」と一つ息を吐いた。

「ともかく桶の水を替えて参《めえ》りやしょう」

「暗い話をお聞かせして申し訳ございません」

「なあに。べつに暗い話なんぞとは思っちゃあおりやせん」

言い残して宗次は桶を手に座敷から廊下へと出た。

錦秋庭には秋の日が燦燦《さんさん》と降り注いで、明るくまぶしい程であった。峯の話のような暗さは微塵《みじん》も漂《ただよ》っていない。

宗次は雪駄を履いて庭に出、全身を茜《あかね》色に染め、紅葉の中を峯が言う庭の奥の方へと浮かぬ表情で歩いて行った。何事か考えている様子に見える。

囲い屋敷の一部を買い取って錦秋庭としたその広さは、二百余坪といったところであろうか。その程度の広さであったから、なるほど紅葉の木立の奥に、柿葺《こけらぶき》屋根付の釣瓶《つるべ》井戸がすでにチラチラ見えている。

このとき、老人のものと判る咳払《せきばら》いが聞こえてきたので宗次は歩みを緩《ゆる》めた。

宗次は左手方向の高い土塀を見た。決して古くはない、よく手入れの行き届いた瓦葺《かわらぶき》白壁の塀であることが、区分け売買された囲い屋敷の仕切り塀であることを物語っていた。

「今年も大振りに綺麗《きれい》に咲いたなあ、婆《ばあ》さんや」

「ほんに見事に綺麗に咲きましたねえ。白菊が大好きだった太夫（生駒太夫）も天上で微笑んでいますでしょう」

「本当《ほんま》やなあ。悲劇のあった所やから、はじめのうちは隠居所にはどうかいなと少し不安やったけど、太夫の好きやった白菊を育てるようになってから、ええ事続きや」

「婿《むこ》に任せた商売は、とんとん拍子ですしねえ。大坂、名古屋、江戸と出店も出せましたし真に有り難いことです」

また老人が咳をした。

「お爺さん、体が冷えたんとちがいますか。京《きょう》の秋冷えは体の芯《しん》に届きますから、もう家に入りましょ」

「そやな、そうしょうか」

声の調子を抑えた穏やかな老夫婦の会話に、宗次の心は和《なご》んだ。

宗次は歩みを速めて、赤い小さな実《み》が鈴なりの丈《たけ》七、八尺高の南天《なんてん》に囲まれた井戸端に立った。

汲み上げて下さる前に合掌を、と言った峯の言葉が脳裏《のうり》を過《よ》ぎる。

宗次は合掌し、終わって井戸を覗《のぞ》き込んでから、もう一度合掌した。

豊かに水をたたえた井戸であった。この井戸の底に沈んだ太夫と戀《おも》い人《びと》との亡骸《なきがら》は恐らく直ぐ様、引き上げられたことであろう。

井戸の内外《うちそと》どこにも不穏の様子などはなかった。紅葉の木立の中では何という名の野鳥たちであろうか、すずやかな美しい声でかわるがわる囀《さえず》っている。

桶に水を満たして、宗次は井戸端を離れた。

僅かに五、六歩ばかり行ったところで、不意に聞こえてきた女の弱弱しい囁きが宗次の足を止めた。

「お気を付けなされて……」

え……と宗次は振り向いた。紅葉の木立の中に、赤南天《あかなんてん》に囲まれるようにして釣瓶井戸があるだけだった。人の姿は見当たらない。

が、宗次は聞き誤りではない、と思った。確かに弱弱しい女の囁きだった。

もう一度井戸端まで戻って、宗次は井戸を覗き込んだ。柿葺屋根《こけらぶき》が付いている井戸ではあったが、井戸の内腔《ないこう》は決して真っ暗ではない。水面《みなも》に映っている自分の顔を確かめられる。

（弱弱しかったが、綺麗に澄んだ声だった。……が、それにしても）

宗次はちょっと首を傾げ、再び合掌してから井戸端を離れた。

お気を付けなされて、とは一体何を意味するのであろうか、と宗次は考えた。

太夫の霊魂が囁いたのか、それとも隣家から聞こえたのか。

どちらであっても、現在《いま》の自分には当て嵌《は》まっている、と言えなくもない〝囁き〟だった。言われなくとも身辺には用心を払っている積もりであったが、更に気を付けるか、と己れに言い聞かせる宗次だった。

「どうも申し訳ございませぬ」

宗次が廊下に桶を置くと、座敷から峯がいそいそと笑顔で廊下の上がり端まで出てきた。

「宗次殿。拭き掃除を済ませるのにもう暫く刻《とき》を要しまする。小半刻ばかり近辺をご散歩なさいませぬか」

「判りやした。そう致しやしょう。恐れいりやすが床の間の肥前国伊予掾宗次を拝借できやせんか。腰に慣《な》れさせとうござんすので」

「あ、それが宜しゅうございましょうね。はい」

峯は座敷へ引き返し、伊予掾宗次の大小刀を手に廊下の上がり端まで戻ってきた。

それを腰に通した宗次は「じゃあ……」と峯に軽く頭を下げ、また釣瓶井戸の方へ歩いていった。井戸の所で右に折れて店屋敷《たなやしき》をぐるっと回り込むと、表通りに出られる通用口がある。

離れてゆく宗次の後ろ姿を見送った峯が「とても町人の二本差しには見えませぬ……」と呟いて、首を小さく横に振った。

十四

宗次は考え考えしながら、そして時時町絵図を懐《ふところ》から取り出して眺めつつ堀川に沿って通りを南方向へと散策した。考え考えしながらと言うのは、御所への〝侵入〟を如何《いか》にして成功させるか、についてであった。幾通りも頭の中にありはしたが、どれも〝無事〟を保証できるものではなかった。強行突入は院（後水尾上皇・法皇）の立場を悪くさせるどころか、幕府を動かす大事になりかねない。

「ところで宗次先生。先生の此度《こたび》の京入《みやこい》りの目的は一体何でございまするか」

目つき険しく冷ややかな口調で訊ねた西条九郎信綱の声が、脳裏に甦《よみがえ》った。

（私の動き方次第では、上様の信任が厚い西条家にまで迷惑が及びかねない……）

宗次はそう思って、思わず溜息を吐いてしまった。実のところ、院（後水尾上皇・法皇）にお会いすることが、これほど難しいとは思っていなかった宗次である。江戸者《もん》の考えの浅さを、嫌というほど味わっていた。

それはつまり、徳川将軍家のお膝元である江戸と、御所様（天皇）のお膝元である京《きょう》との「権力の落差」の大きさを改めて認識させられるものであった。

日本誕生という古《いにしえ》の時代より国の頂点に在《お》わした筈《はず》の御所様が、支配し支配される枠《わく》の中で忍従を強《し》いられているという現実が、この京《みやこ》にはいま歴然として存在する。

（京《みやこ》より遠く離れた江戸の者《もん》には、その「歴然として存在」する落差の濃さが殆ど判っちゃあいねえ。この京《きょう》には、御所様と公家と町人《まちびと》たちの「無念」と「苦悩」が満ち満ちている。これが改善されない限り、「京人《みやこびと》の徳川嫌い」は永遠に続くだろうねい。いや、その前に徳川時代の崩壊《ほうかい》する日が訪れるかも知れねえ）

あれこれと思いながら、腕組をして歩き続ける宗次であった。

往き来する町の人人が、二本差しの宗次を眺め眺めしていることに、宗次は全く気付いていない。京《きょう》の人人の嗅覚は鋭い。地《じ》の人《ひと》でないことは沈黙で言葉を封印していても直感的に見破ってしまう。

「どいた、どいた。邪魔やぁ、邪魔やぁ」

不意に背後で銅鑼声《どらごえ》が鳴り響いたので、宗次は腕組を解くや道の端へ体を寄せた。

はじめに、長脇差《ながどす》を帯びた大男が、宗次の脇を走り過ぎた。

続いて、激しいと言ってもいい程の速さで、前後左右を長脇差《ながどす》を腰にした若い兄《あに》さんたち四人に囲まれた四《よ》つ路《じ》駕籠（江戸では四手《よつで》駕籠）が、宗次の体すれすれに走り過ぎた。町民の帯刀は禁じられている筈《はず》だ。

（危ないっ）

と、宗次が胸の内で叫んだのは次の瞬間だった。幼子と手をつないで前を歩いていた若い母と子の背に向かって、駕籠の前を走る大男の兄《あに》さんは、まっしぐらだ。いや、その大男の兄《あに》さんは母子を避けられるだろうが、その直後に続く四つ路駕籠は駕籠の右端で間違いなく幼子の左半身《はんみ》を一撃しそうだった。

宗次の右手が駛《はし》った。ヒョッと鋭く裂かれたようにして鳴く空気。

とたん、四つ路駕籠の先導の舁《か》き手《て》が「痛《いて》っ」と悲鳴を上げて前のめりになった。

駕籠がその舁き手の背中を越えるかたちで横転し、駕籠の中でも「うわっ」と野太い叫びが生じた。

「あ、だ旦那様……」

駕籠の前後左右にいた長脇差《ながどす》の兄《あに》さんたちが顔色を変えて慌てた。

横転した駕籠を起こし、「だ、大丈夫ですか」と兄《あに》さんたちが助け出した――少し大袈裟だが――のは、六十の半ばを越えて見える白髪の老人だった。

背丈は高くも低くもなく、鼻すじの通った老舗呉服商の隠居、といった印象の老人である。

「お怪我《けが》、ありませんか旦那様」

兄《あに》さんのひとりで、目つきの鋭い如何にも屈強そうなのが、老人の着物に付いているか付いていないか程度の土埃《つちぼこり》を、手で恐る恐るそっと払った。

「私は大丈夫や。一体どうしたんや」

「うわっ」と叫んで駕籠から放り出されそうになった割には、落ち着いている老人の表情であり口ぶりだった。

目の前で右手首を左手で押さえた駕籠舁きが、「痛うっ《つ》」と顔をしかめてしゃがみ込んでいるのに気付くと、老人は「どうしたんや……」と近寄ってゆき、腰を下ろした。

駕籠舁きの右手首に、小柄《こづか》が突き刺さって、血玉が滲《にじ》み出していた。

「誰じゃい、これは……」

老人は立ち上がるや、ギラリとした老人らしくない凄《すご》みある目つきで集まり出した野次馬を見まわした。

老舗呉服商の隠居といった穏やかな印象が、吹き飛んでいた。鼻すじの通ったやさし気だった面《おもて》に、目つきの豹変《ひょうへん》だけで気性の荒さが広がっている。

「誰なんやこれは……儂《わし》の前へ出てこんかい」

兄《あに》さんのひとりが、駕籠舁きの右手に突き立っている小柄を指差して、大声を張りあげた。不精髭《ぶしょうひげ》の大男である。駕籠の前方を走っていた大男だ。

「誰や、はよ出てこんかい」と大男の声が一段と大きくなる。

「梅《うめ》、お前が荒声《あらごえ》出したら町の人が怖がる。黙っとり」

老人がビシッとした口調でたしなめると、不精髭の大男は「へい……」と肩を小さくすぼめた。

「猪《いのしし》」とか「熊《くま》」とかの名でも合いそうな不精髭の大男が、どうやら「梅」らしいと判ってちょっと苦笑しかけた宗次であったが、真顔を拵えて野次馬の中から進み出た。

「小柄を投げたのは私《あっし》でござんす」

老人が右足をやや引いて体の向きを、宗次の方へ改めた。

「ご浪人さんが投げはりましたんか。間違いおまへんか」

「へい。間違いなく私《あっし》が……」

若い兄《あに》さんたち四人が、雪駄の裏でザザッと地面を擦《こす》り鳴らして宗次を取り囲み、長脇差《ながどす》の柄《つか》に手をかけた。

「さがっとり。大勢の町の衆の前で慌てるんやない。あほ」

老人がきつい目で、若い兄《あに》さんたち四人を睨みつけた。

兄《あに》さんたちの手が、長脇差の柄から離れた。

「恐れいりやすが、先に手当をさせておくんなさいやし」

宗次は白髪の目つきの鋭い老人に対し丁重《ていちょう》に頭を下げると、しゃがみ込んで顔をしかめている駕籠舁きに、つかつかと近寄っていった。それはつまり、老人に対し近付いていったということにもなる。

駕籠の前方を走っていた梅とかいう不精髭の大男が、抜刀しかけて宗次に迫ろうとするのを、老人が軽く手を上げて制した。

宗次は駕籠舁きと向き合う位置に腰を下ろした。

「痛むかえ」

訊ねる宗次を、駕籠舁きは黙って睨みつけた。

「心配はいらねえよ。たいして血は出ねえから」

言うなり宗次は相手の右手首に突き刺さっている小柄を、爪楊枝《つまようじ》でも摘《つま》み取るような他愛無《たあいな》さで抜き取った。抜き取った、という表現が当て嵌まりそうにない程の、他愛無さであった。

それでも相手は「痛《つ》っ」と顔を歪《ゆが》めた。

傍《そば》で見つめていた老人が、「ほう……」という表情を拵えた。宗次が言った通り僅かに血が滲み出しただけであった。

宗次は懐紙で小柄を素早く清めると、鞘《さや》の差裏《さしうら》（鞘の裏側）へそれを戻した。鞘の差表《さしおもて》（鞘の外〈表〉側）に見られる小柄と覚しき物は、実は小柄ではなく笄《こうがい》である。笄とは髪の乱れなどを整える、櫛《くし》がわりの「身だしなみ小道具」と思えばよい。

懐から薄手の手拭を取り出した宗次は、それを縦に二つに裂いて、駕籠舁きの手首にくるくると巻いて縛《しば》ると、相手の顔を覗き込んだ。

「お前《めえ》さん、この仕事をどれくらいしてなさる」

やわらかに囁くような、宗次の言葉だった。相手の顔を潰さぬための配慮であった。

「八年や。それがどうしたっちゅうんや」

「八年といやあ、一角《ひとかど》の駕籠職人じゃござんせんかい。お前《めえ》さん、あの母子《おやこ》の姿を目に入《い》れていやせんでしたね」

小声の宗次が指差した方に、こちらを不安そうに眺めている手をつないだ母子の姿があった。

言われて怪訝《けげん》な眼差しで母子の方へ視線をやった駕籠舁きであったが、直ぐにハッとなって、宗次に視線を戻した。

「判ってくれたようでござんすね。さすが八年の経験。たいしたものでござんす」

「あ、い、いや……」

「あのままの勢いで直進していたなら、間違《めちげ》えなく駕籠の右端で前を歩いていたあの幼子の左半身《はんみ》を激しく打っておりやした」

「め、面目《めんぼく》ない。すんまへん」と案外に素直な相手だった。

「いや、なに、駕籠の前を走っていた大柄な兄《あに》さんの背中で、前方がよく見えなかったのでござんしょ。そのような場合は、前を走る者との間をもう少し空《あ》けることが大事でござんす。前を走る者と重なり合うようにして急いでいちゃあ、病人や子供など身のこなしの劣る者は避け切れやせん」

「仰る通りや、これから用心しますよって……面目ありまへん」

宗次は目立たぬよう袂《たもと》から一分金一枚（四枚で一両）を取り出すと、駕籠舁きの手にそれを握らせ、肩をそっと叩いてから立ち上がった。すでに五人の兄《あに》さんたちの顔つきも、幾分であったが和らいでいる。

宗次は老人に対し、深深と頭を下げた。

「お急ぎのところを止めてしまいやしたようで申し訳ございやせん。私《あつし》は江戸……」

「いや、もうよろし……」

老人は無表情に首を横に振ってから、四つ路駕籠の中へ腰を下ろした。

「お前さんは、つんつん角《かど》のある話し振りからみて、江戸者《もん》でんな。そうでっしゃろ」

「へい。挨拶させて下さいやし。私《あっし》は江戸は神田鎌倉河岸の貧乏長屋に住んでおりやす遊び人の宗次と申しやす」

「遊び人？……それが浪人の真似《まね》をして二本差しとはこれいかに」

言ってから老人は目をやさしく細めた。それまでの表情とは、豹変《ひょうへん》であった。

「ま、浪人の真似もええやろ。留吉《とめきち》、担《かつ》げそうにないか？」

老人が、まだしゃがみ込んで顰《しか》めっ面《つら》の駕籠舁きの方へ視線を移すと、

「なあに旦那様、これくらいは……」と相手は、飛び跳《は》ね人形のように、勢いよく立ち上がった。

「そうか。そんなら、やっておくれ。ちょっと遅《おく》れてしもた」

「へいっ」

老人が宗次へ視線を戻した。

「宗次さんと言いはりましたな。私は六波羅《ろくはら》の次郎右衛門《じろうえもん》と言います。気が向いたら

遊びに来とくなはれ」

言い終えて自分の顔の前に人差し指で次郎右衛門と書いてみせた老人は、宗次の返事を待たずに駕籠の簾《すだれ》をサッと下ろした。

無駄を嫌う直情的な気性《きしょう》のようだ。

「ええか、相棒」

「よっしゃ、留兄《とめあに》い」

舁き手二人が、気合を合わせた。

担がれた駕籠が宗次の前を離れて、たちまち勢いを増していく。それまで前後左右に付いていた若い兄《あに》さん達四人が、前二人、後ろ二人と配置を変えていた。

「どいてんか、どいてんか。急ぎ駕籠や、急ぎ駕籠やぁ……」

駕籠の前を走る、不精髭の大男の銅鑼《どら》声だった。

宗次は、こちらを見て軽く腰を折った幼子と手をつないでいる若い母親の方へ、ゆっくりと近付いていった。母親が宗次に向かって、今度ははっきりと丁寧に頭を下げた。たった今の、騒ぎの事情は飲み込めているようだった。

老若男女の野次馬たちが、三三五五《さんさんごご》散ってゆく。

商家の嫁に見えなくもない身形の若い母親の前で足を止めた宗次が、幼子の頭をそろりと三度さすってやる。

だが、視線は母親に向けられていた。

「この京《みやこ》はあのように、俠客《きょうかく》を従えた突っ張り駕籠が多うござんすか」

「いいえ、そうでもありまへんけれども……あの四つ路駕籠が私共に当たりかけてたんどすか」

ゆったりとした調子で話す人柄の善《よ》さそうな若い母親であった。事情は飲み込めているが、一応確認のために、という口調であり表情であった。

「はい。間違いなく」

と、宗次はそれだけ答えてから、次のことを訊ねた。

「駕籠に乗っておられた御老人を御存知ですかい。六波羅の次郎右衛門《じろうえもん》と仰っておられやしたが、六波羅ときたからには〝地《じ》の人《ひと》〟でござんしょね」

「この京《きょう》では、六波羅の次郎長《じろちょう》親分はんを知らん御人《おひと》は恐らくひとりもおまへん。有名な御方《おかた》ですよってに」

「次郎長《じろちょう》……親分？」

「へえ。次郎長村《じろおさむら》のお生まれやさかい、いつの頃から誰いうとなく、次郎長《じろちょう》はんで通っております。次郎右衛門《じろうえもん》さんという名がちょっと長くて呼び難《にく》いからやと思いますけれど」

「ふうん。なるほど、文字面《づら》の長さが次郎長とは確かに違いやすねい。それに耳あたりと言いやすか耳触《ざわ》りと言いやすか、耳で受けた感じが次郎長の方がさらりと通りがよござんすね。で、次郎長さんの御仕事ってえのは、何をなすっておられやすので？」

「いろいろでおます」

「いろいろ？」

「へえ。六波羅組という京《みやこ》の香具師《やし》の大親分ですし、その他西新屋敷《にししんやしき》とか賭場《とば》とか町火消組とかを仕切ったり、裏街道を抑える仕事とか、奉行所の御仕事に協力したりもしてはるようです」

「ほほう……で、町人《まちびと》の評判は？」

「悪うはおへん。手下に気が荒い人が多いみたいですけど、弱い者苛《いじ》めなんかは余《あん》まし聞きまへん」

「そうですか。よくお話し下さいやした。有り難うござんす」

「いいえぇ」

「京《みやこ》の往来は駕籠だけじゃあござんせん。牛車《ぎっしゃ》、馬車、大八車《だいはちぐるま》の往き来も少なくないと思いやす。所司代が置かれておりやすことから、恐らく江戸、大坂、名古屋などとの早馬の往き来も頻繁にありやしょう。往来でのお子様には、特にお気を付けなさいやして」

「はい。心得ております。今日は油断いたしました。本当に有り難うございます」

「そいじゃあ、これで……」

行きかけた宗次の足が何かを思い出したように止まって、向きを戻した。その通りであった。若い母親が言った**西新屋敷**ははじめて耳にする言葉であったし、それについて訊ねていない事に気付いたのだ。

「あと一つ、教えて下さいやせんか」

「はい。どうぞ……」

「先程、次郎長親分さんが仕切っていなさる中に西新屋敷があるとか仰いやしたが、これはどのような御屋敷でござんすか」

「あ、それは……」

と、若い母親は間近に人がいないかを確かめるように、思わず周囲《まわり》を見まわした。

その端整な面《おもて》に小さな困惑がある。

そうと読んで宗次は声を落とした。

「お答え難《にく》いようでござんしたら結構です。あるいは小声で教えて下さいやすと嬉しく思いやす。私《あっし》は江戸から京《みやこ》見物が目的で参りやした者で、あれもこれも識《し》っておきたいと思っておりやすもので」

「へえ。六波羅の次郎長親分はんとのお話は、私の耳にも届いておりましたよってに、宗次はんというお名前も覚えさせて貰いました」

「そうですかい。西新屋敷と申しやすのは？」

「島原のことでおます」

「島……あ、遊廓の」

「ま、島原が遊廓だという事だけは、もう御存知でおすか」

「い、いや、名前だけは」

と、宗次は真っ直ぐに涼しい眼差しでじっと見つめられ、珍しく狼狽《うろた》えた。

若い母親が「ふふっ」と含み笑いを漏らして小声で言った。

「朱雀野《しゅじゃかの》の荒野に、周囲《まわり》を濠《ほり》で囲まれて在《お》す遊廓のことを、京《みやこ》の人々は西新屋敷と呼んでおりましてねえ（歴史的事実）」

「そうでしたかい。勉強になりやした」

「今いるこの位置からは、東へ向こうておいやすと、天使突抜通《てんしつきぬけどおり》（実在）を経て五条《ごじょう》大橋へ、西へ向こうておいやすと、西新屋敷へ着きますよってに」

「ほお、天使突抜ってえ通名《とおりな》がございやすか」

「へえ。釜座突抜通《かまんざつきぬけどおり》（実在）とか面白い通名がいっぱいございますよって、この機会に覚えて帰りなはったら宜しいのと違いますか」

「そうですねい。そう致しやしょう。お足を止めてしまいやした。そいじゃあ、これで失礼いたしやす」

宗次は、くるりと踵《きびす》を返すと東（五条大橋方向）へ向けて、母子から足早に離れていった。天使突抜通にしろ釜座突抜通にしろ京《みやこ》というのは、真《まこと》に江戸の歴史とは「かたち」も「かおり」も違うなあ、という気がする宗次だった。

市中は荷物を山積みにした牛車や大八車が目立ち始めていた。とくに大八車はかなり勢いをつけて動いていた。これは牛馬の力を借りずに、人力に頼って引いて押して動かすため、一度止まってしまうと再び動かすのが大変だからだった。

消費物資の輸送にしろ、人の出入にしろ、京《きょう》には七口《ななくち》と称されるものがあった。東寺口《とうじぐち》（山陽道《さんようどう》）、五条橋口（東海道《とうかいどう》）、四条大宮口（西海道《さいかいどう》）、竹田口《たけだぐち》（南海道《なんかいどう》）、三条橋口（東《とう》山道《さんどう》）、大原口《おおはらぐち》（北陸道《ほくりくどう》）、そして清蔵口《せいぞうぐち》（山陰道《さんいんどう》）の七口である。だが現実にはこの七口の他に粟田口《あわたぐち》、荒神口《こうじんぐち》、伏見口《ふしみぐち》、鳥羽口《とばぐち》、丹波口《たんばぐち》、若狭口《わかさぐち》、八瀬口《やせぐち》など、市街地の拡大にしたがって数多くの「口」があって、京《きょう》の「交通」の発達を促《うなが》してきた。たとえば米の積載移動で〝交通力〟というものを推《お》し測《はか》ってみると、牛車一台で米凡そ九俵から十俵、牛または馬一頭で二俵から三俵、そして人力背負（男）だと一俵である。

京《きょう》には古くから「車方」というのがあって、その主力は「伏見車方」と呼ばれ、元和以前から、御所、貴族、二条城、役所御用米などの運搬移動を一手に担ってきた。

因《ちなみ》に今世における交通手段としての京《みやこ》の牛の頭数は凡そ二百六十頭、業者数は百十七軒（歴史的事実）である。その中で大手の「車方」は聚楽《じゅらく》組、京橋《きょうばし》組、六地蔵《ろくじぞう》組の三組（歴史的事実）で、さすがの六波羅の次郎長親分もこの業界へは足を踏み入れていないようだ。

「ここか……弁慶橋は」

宗次は、夜な夜な弁慶が現われるとかの噂がある五条大橋の上で立ち止まった。明るい秋の日差しが降り注ぐ中、五条大橋を往き来する人人の足取りは暗さも恐れもなく活発に見えた。しかし日が落ちて暗い闇が訪れると様相が一変するのであろう。

宗次は欄干《らんかん》にもたれて鴨川の流れを眺めた。澄んだ清い流れであった。群れなす魚影が見える。

鴨川が長雨によって暴れ川と化しても容易には倒壊しない橋。五条大橋をそのような頑丈な大橋とするために動き出したのは、応永《おうえい》十五年（一四〇八）秋のことであった。「京都の住人の慈恩《じおん》」（実在）という人物が立ち上がって「設計の才人・沙門慈鉄《さもんのじてつ》」（実在）に協力を仰ぎ、京《きょう》の富者庶民多数から浄財を集めて巨木を集めることに成功。翌応永十六年（一四〇九）に長さ八十六丈余、幅二十四尺余という宏壮な五条大橋が出来上がったのである（歴史的事実）。

「さあて……」

宗次は、五条大橋を向こう岸へとゆっくりと渡り出した。

間もなく渡り終えようとしたところで、宗次の足は止まった。橋床の二か所に黒っぽい広がりがあって、宗次には血糊《ちのり》の乾き切った跡《あと》であると直ぐに判った。橋床は石材敷ではなく厚い板床であったから、血の海は吸収され易《やす》く黒黒とした血痕として残り易い。

宗次はそれとはなしの様子で欄干とか親柱（欄干の一番端の柱）を眺めた。それにも明らかに、血玉が飛び散った跡と判る黒っぽい痕跡があった。

（この辺りで一番最近の、弁慶による惨劇があったな……）

宗次は胸の内で舌を打ち鳴らして、そう思った。黒っぽい痕跡の飛び散り様《よう》から見て、（おそらくは助かっていまい……）と宗次は読んだ。

しかし、とにもかくにも「弁慶事件」は、宗次には関係のないことであった。

宗次は再び歩き出した。行く当てがある訳ではなかった。如何《いか》にして御所に〝侵入〟して院（後水尾上皇・法皇）にお目にかかるべきかという思案に対する、「これこそ……」という答えを急がねばならなかった。けれども、宗次をしても、よい答えが見つからない。

両手を懐に、口を真一文字に引きしめて歩く宗次であったが、とくだん表情が険しい訳ではない。

五条大橋を渡って、ほんの一町ばかり行った左手に、大暖簾《のれん》を下げた間口の広い菓子舗があった。古い町屋敷風な造りからみて、老舗の菓子舗であろうと江戸者《もん》の宗次にも見当がついた。

その店の前を通り過ぎようとした宗次に「あ、先生。宗次先生……」と黄色い澄んだ声が掛かった。

宗次が声のした方を見ると、辻乃屋《つじのや》と染め抜いた藍《あい》色の大きな四枚暖簾《のれん》の右から二番目の切れ目から、若い町娘が顔を覗かせていた。

なんと古宿「東山」の娘・悠《ゆう》十三歳ではないか。宗次と視線が合うと、さも嬉しそうに目を細めて、くすくすと笑い出した。

「これは驚いた。『東山』の悠ではないかえ」

是非にも悠と呼んでほしいと本人から強く乞《こ》われ、悠の母親節《せつ》もまた承知していることから、笑顔で悠と呼び捨てにした宗次だった。

「お待ちどおさん、お悠ちゃん」

大暖簾の奥で若い男の声があって、悠のにこにこ顔が思い出したように引っ込んだ。

宗次は両手を懐にしたまま待った。

悠が店から出てきた。恐らく菓子折であろう、青風呂敷に包んだものを胸に抱くようにして、いそいそと宗次のそばにやって来た。

「ふふっ。宗次先生、二本差し素敵です。似合っておられます」

「ま、これは、ちょいと訳があってこのような姿でね。で、悠はこの『辻乃屋』で菓子でも？」

「はい。今日は石州《せきしゅう》流茶道の寂庵《せきあん》先生がいらっしゃいますので、『辻乃屋』さんで侘《わび》助《すけ》と黒文字《くろもじ》（茶道楊枝）を求めて参りました」

と、にこにことした表情で、自分の顔の前に、寂庵、としっかりと書いてみせる十三歳の悠であった。

悠の言った侘助とは、ぎゅうひ（糯米《うるちまい》の寒ざらし粉）でつくられた茶席の菓子（饅頭《まんじゆう》）のことである。茶席に出されるのを特に白侘助《しろわびすけ》というが、単に侘助で通っている。白侘助はその名の通り椿《つばき》の一種で、晩秋の頃から早春にかけて真っ白な上品な花を咲かせる。この白い花の形をした目にもやさしい綺麗な菓子が侘助（白侘助）であった。

「母が宗次先生のことを随分《ずいぶん》と心配しておりました。旅のお荷物を殆ど『東山《うち》』へ置きっ放しで一体何処《どこ》へ消えてしまわれたのだろうか、お荷物を忘れて江戸へお戻りになってしまわれたのだろうか、と」

「真《まこと》にすまねえ。京《みやこ》の神社仏閣を見物に来た積もりが、思いがけない仕事が出来ちまってねい。それよりも黒文字ってえのは外《そと》で買い求めなくとも、悠のお母さんが手作りできるんじゃあなかったのかえ」

「寂庵先生には、さすがに手作りは出せないと、いつも『辻乃屋』さんで求めています。菓子の美味《おい》しさだけでなく、黒文字づくりでも有名なお店ですから」

「ふうん。で、寂庵先生ってえのは、どのような御人《おひと》なのかねい。なかなかよいお名《な》前《めえ》だが、歩きながら聞かせておくれ。菓子は私《あつし》が持ってあげようかい」

宗次は悠から風呂敷包みを受け取ると、「手をつなぐかい、悠」と誘ってみた。左手はすでに、悠の右手に近付いている。

「はい」という明るい返事と頷きがあって、悠はたちまち宗次の左手を力一杯にぎりしめた。二人は歩き出し、辻乃屋の少し先を、どちらからともなく左へ——北方向へ——折れた。

「寂庵先生のこのお名前は、石州流茶道師範として認められたお名前だそうです。実の名を倉小路《くらのこうじ》幸麿《ゆきまろ》と仰います。やさしくて、とても知識や教養のある立派な御人《おひと》です」

「倉小路《くらのこうじ》……ひょっとして、お公家さん？」

「はい。石高は低いらしいのですけれども、間違いなくお公家さんであると母から聞いております。もう、六十半ばくらいのお年寄りですけれども」

「ほう……で、悠はその寂庵先生が好きかえ」

「大好き。でも宗次先生の次くらいに……」

そう言って、ふふふっと首をすくめる悠であった。

六十半ばくらいで悠が大好きと知って、宗次は何となく安堵《あんど》した。謎の公家集団に襲われた宗次にしてみれば、公家と聞いただけで警戒心が逆立《さかだ》つのは已《や》むを得ない。

それも単なる集団ではなく、剣法をかなりの位まで極めていた一人一人であったから余計だ。宗次は、ゆったりとした口調で訊ねてみた。

「寂庵先生とお母さんとの付き合いは長いのかえ」

「はい。母は私が十歳の頃まで、石州流茶道を習っておりましたから」

「うん。それについちゃあ悠から一度聞かされていらぁな。お母さんが指導を受けていなすったお茶の先生てえのがつまりその寂庵先生てえ訳だな」

「そうです。ですから現在《いま》でも寂庵先生は何処かへ外出された帰りに必ずぶらりと『東山《うち》』へお立ち寄りになります」

「今日、見えられると判っていて、『辻乃屋』へ菓子と黒文字を買いに出かけたという訳だな、悠は」

「はい。母が、寂庵先生が今日お見えになられるから、と申しておりましたから。母へはいつも事前に寂庵先生から連絡が入っているのだと思います」

「事前に……か」

宗次は声低く呟いた。こつん、と小さな何かが胸の端あたりに引っかかったような気がした。公家倉小路幸麿であり、石州流茶道師範寂庵であって、古宿「東山」の女主人《おんなあるじ》節のかつての師匠である。それになかなかの人格者であると思われた。その人が月に一度か二度、節に会いに必ずぶらりと訪れるというのだ。しかも事前に連絡があってから、訪れるという。

悠がつないでいる宗次の手を、さも楽し気に振り振り訊ねた。

「宗次先生のお宿はいま、何処《どちら》ですか？」

「うーん。今日の宿は実のところ、まだ決めていねえのさ」

「じゃあ『東山《うち》』に泊まって下さい。ね、宜しいでしょう。先生の江戸からの旅のお荷物、殆ど『東山《うち》』へ置きっ放しですから」

悠自身も全く気付いていないのであろう。知らず知らずのうちに、すっかり宗次に甘えた様子になり出している。

「あ、そうか。そうだったな、うん。よし、じゃあ部屋が空いているならよ、また世話になろうかねい」

「わ、嬉しい」

つないでいる宗次の手を、悠が大きく振った。「……悠が生まれました時は、父親はすでに急な病で亡くなっておりまして、それ以降、心淋しい思いをさせてきたことは母親として充分に承知いたしております……」、物悲し気にそう言った悠の母親節の言葉が宗次の脳裏に甦る。

「ね、宗次先生……」

「ん？」

「悠の部屋《うち》の隣に、八畳の床の間付きの座敷があります。そこを使って下さい」

「それは泊まり客の部屋ではなくて、家族の……」

「でも使っておりません。空いているのです」

宗次に皆まで言わせず、悠が駄駄《だだ》を捏《こ》ねるようにつないでいる手を大きく振った。

「悠よ、商売で公私《こうし》を混《ま》ぜこぜにしちゃあならねえ。この浮世絵師の宗次は、『東山』にとっちゃあ、江戸から訪れた、ただの泊まり客なんでい。どのような人間かを悠にまだ見せ切っちゃあいねえ、ただの客なんだぞ。それを忘れちゃあならねえ」

「公私？」

「そう、公私」

宗次はつないでいた左手を離して立ち止まり悠の右掌《てのひら》にゆっくりと二度、公私、と書いて商売道を喩《たと》えとしてその意味の大切さを教えた。すると、驚くような返事が、悠から返ってきた。

「それは、お互いの間で、信頼、というものが全く見えていない場合、あるいは、信頼、という段階にまでまだ進んでいない場合は、凄《すご》く大事なことだと思います」

宗次は思わず「お……」となって悠の表情を見直した。

悠は目を光らせていた。宗次がはじめて見る悠の目の輝きであった。

宗次は再び手をつないでやり、ゆっくりと歩き出した。

「でも……」と、悠の言葉が続いた。

「宿《やど》という商《あきな》いに精を出して泊まり客に接している母とか奉公人たちを見ていますと宗次先生、悠は『私《し》』の部分が『公《こう》』を助けたり、『公《こう》』の部分が『私《し》』に深く絡《から》まったり、またその逆もあったりして宿という商《あきな》いが成り立っているなあ、とつくづく思うのです。お金の管理に関しては先生の仰るように、混《ま》ぜこぜにまでなってしまっては絶対にいけないけれども、世の中というのはむしろ、制限を持つやさし気な公私混同がタテ・ヨコ・ナナメに編《あ》み合ってこそ成り立っているような気がしてなりません。あくまで制限を持つ……」

宗次は、なんとまあ、という驚きの眼差しを拵えて、手をつないでいる悠の横顔に見とれた。そして、江戸から訪ねて来た客である絵師の自分と、宿の娘がこうして手をつないで往来を歩いている現実も、なるほど「制限を持つやさし気な公私混同」かも知れない、と思ったりした。

それにしても十三歳の娘の思いがけない、いや、恐るべき「知の一面」を見た宗次であった。

(毎日目にしている宿という商いから、この子は一人前の大人たちが驚くようなことを一つ一つ確実に学んでいる……)

宗次はそう思って、心を温かくさせるのだった。

「判ったよ。それじゃあ私《あっし》の泊まり部屋は、悠に任せようかい」

「ふふっ……」

と、悠が目を細めた。あどけない少女への、回帰であった。

「でも宗次先生に迷惑が及ばないよう、母にはきちんと話を致しますから」

「うん、いい子だ。そうしておくれ」

「ねえ、先生……」

「はい、何でしょうか」と、宗次は顔を綻《ほころ》ばせた。

「江戸へ戻らずに、ずっと京《きょう》に居て下さい。絵は江戸でなくとも京《きょう》でも描けるのでしょう。お寺だって、神社だって一杯あります。山だって川だって綺麗です」

「江戸にはやりかけの仕事をたくさん残してきている。このまま京《みやこ》に腰を落ち着けてしまうという訳にはいかねえよ」

「では、そのお仕事を片付けたら、京《きょう》へ戻ってきて下さい。それなら出来るでしょう」

「一体《いってえ》どうしたと言うんだい」

「お正月が来たら、悠は十四歳になります。だから十七や十八には直ぐになれます。私、宗次先生のお嫁さんになりたい。絶対になります。いいでしょう」

母親譲《ゆず》りの端整な面《おもて》いっぱいに楽しそうな笑みを広げる悠であった。子供からちょっと大人の世界へ足を踏み入れたかに見えなくもない、切れ長な二重《ふたえ》の目が、どことなく妖《あや》しく見えて思わず宗次は苦笑いをこぼした。

「私《あっし》はたぶん女房は貰わねえよ。一年中絵描き旅に出て家を留守にするんでね。女房が可哀そうだい」

「絵描き旅？」

「今だってこうして、江戸から京《きょう》へ訪れているじゃねえかい。絵師なんてえのは、いつも何を描くかで苦しめられているんでい。その苦しみと闘いながら、一年の殆どを旅から旅へとねい」

「ふうん、一年の殆どを……」

「そうよ。一年の殆どをよ」

悠がしょんぼりと足元へ視線を落とした。

十五

結局、宗次は「東山」での最初の客間――窓から祇園《ぎおん》社の紅葉の森が見える二階の――を宛てがわれた。それが悠の母親節の判断であった。母親のこの判断で悠はまた一つ学んだのかどうか宗次には判らなかったが、二階へ姿を見せることはなかった。若いふてくされが、矢張り勝《まさ》ったのかどうか。

宗次がしたことは、宿の下働きの男に、「浪花屋」へ使いに行って貰ったことであった。暫く「東山」を宿として滞在する、と峯に告げて貰うために。

宗次は外がまだ明るい内に早目の夕餉《ゆうげ》を軽く済ませた。酒は一滴も呑まずに。院（後水尾上皇・法皇）にお目にかからせて戴く決意を固めていた。いよいよ今夜。

次第に暗くなってゆく祇園社の森を窓から眺めながら宗次は、戸外が墨色にすっかり覆われるのを待った。できれば、月は出てほしくない。

地理不案内な京《みやこ》ではあったが、月の無い闇の中ではあっても迷うことはない、という確信をすでに抱けていた。絵図を懐にあちらこちらかなり歩き回った御蔭で何処に何があるか大凡《おおよそ》把握できている。このあたりの動物的と言えなくもない嗅覚は、並はずれた優れた剣客の本能とも言えるものであった。

階段を上がってくる足音があった。節であろうと宗次には直ぐに判ったから窓障子を閉めて窓辺から離れ、脇台《わきだい》付きの高脚膳の前へ体を移した。宗次のその動きで高脚膳の上の皿行灯《さらあんどん》の炎《あか》りが、ぽっぽっぽっぽっと伸び立った。

「失礼致します宗次先生」

襖障子《ふすましょうじ》の向こうで澄んだ声があった。矢張り節の声だった。

「どうぞ……」

「急須《きゅうす》を替えさせて戴きます」

そう言いながら襖障子を開けて、笑顔を覗かせた節であった。

宗次にとって、今日はじめて見る節の顔であった。この座敷へ入るまでのあれこれは全て、髪結や髭剃《ひげそ》りなどの職人業《わざ》を持つ手代《てだい》の三吉《さんきち》が取り仕切ってくれた。

「ようこそお戻り下されました宗次先生」

高脚膳を挟んで宗次と向き合った節は漆塗《うるしぬ》りの小筒を横に置き、先《ま》ずそう言って美しい作法で頭を下げてみせた。ほんのりと頬が薄紅色《うすべにいろ》に染まっているのは、寂庵先生と向き合って呑んだ酒が残っているせいなのか？

「いきなりの飛び込み客で、迷惑を掛けております。申し訳ありやせん」

「とんでもございませぬ。なんですか、悠が宗次先生のお侍姿がとても素敵と、番頭の与助《よすけ》や手代の三吉、女中頭の春江《はるえ》などをつかまえては下で騒いでございました」

「ははは っ。若いというのは、よございやすね。五条大橋を渡って直ぐの老舗『辻乃屋』の前《めえ》で悠とばったり出会って、此処まで帰ってくる途中で、私《あっし》の女房になりたい、とせがまれやした」

「まあ、悠がそのようなことを……」

さすがに節は驚いたらしく、目を大きく見開いた。

「そう言えば秋が終わって師走《しわす》が訪れ、新しい年を迎えますと悠は十四でございます。嫁入りを考えてもおかしくはない十六、七、八は目の先でございました。母親としての私は考えも致してはおりませんでしたけれども……」

ちょっと遠い目をした節であったが、思い出したように傍《かたわ》らの漆塗りの小筒を手に取った。大原竹《おおはらたけ》を用いて京細工の職人が丹念に作り上げた葉茶入れだった。

石州流茶道を心得ている節である。高脚膳についている脇台から替えの急須と湯呑みを取り出した節は、然《さ》り気《げ》ない口ぶりを装《よそお》うかのようにして、

「宗次先生は、まだお独《ひと》りで……いらっしゃるのでございましょうか」

と訊ねた。宗次のために新しい茶を淹《い》れようとする無駄のない動きは休めない。宗

次は「その気がねえもので……」と言葉短く答えた。この種の話には用心する宗次だった。話が長びくと、とんでもない方向へゆきかねない。

節はチラリと微笑むと、小火鉢の上で白い湯気を立てている湯沸《ゆわ》かし（鉄瓶）の湯を急須《きゅうす》に注いだ。新鮮な葉茶のいい香りが、座敷に広がっていく。

宗次は話題を変える積もりで、薄紅色に染まっている節の頬を見つめながら静かに切り出した。

「石州流茶道のご師匠は、もうお帰りなさいやしたので？」

「はい、先程……」

さらりと答えたあと、「どうぞ……」と新しい茶を淹れた湯呑みを、そっと宗次の前へと置いた節の動きにも表情にも、たじろぎや狼狽《うろた》えは全く無い。落ち着き払っているというよりは、体の芯《しん》に何か一本しっかりとしたものが通っている、という印象を受けた宗次であった。

宗次はひと口、茶を飲んだ。

「実に美味しい。味も香りもすばらしい」

「宗次先生……あの」

節がそれ迄とは違って縋るような眼差しを宗次に向けたのは、この時だった。

宗次は黙ったまま節の次の言葉を待った。相手が話し易いように表情は和らげた積もりである。

「先生は二条城そばの刀剣商『浪花屋』さんとは古くからのお知り合いでございますか。『東山《うち》』の下働きの男《もの》を使いに出されましたけれど……」

「その事ですかい。じゃあ簡略にお話しさせて戴きやしょう。日刻《にちじ》はともかくと致しやして実は、その『浪花屋』さんの前で素姓知れねえ浪人にいきなり襲われたのでござんすよ」

「ええっ」

聞いて節は驚きの声をあげた。

「その時に無腰の私《あっし》に対し、『これを……』と刀を投げ寄こして下さいやしたのが、『浪花屋』さんだったのでござんす」

宗次は敢えて、峯の名は出さなかった。その方がよい、という判断が働いていた。

宗次は言葉を続けた。長びかせる話ではない、と思った。

「その事が縁で、ちょいとばかしでござんすが、お泊め戴く機会ができやしたし、刀をお借りすることにもなったという訳でござんす。ええ、それだけのことでございやすよ」

言い終えて「この刀でござんす」と、自分の背に目立たぬよう横たえてあった名刀伊予掾宗次の大小刀を節に見せた。

「宗次先生は、これからこの京《きょう》に滞在なさるについて、刀がご入り用な事でもございますのでしょうか。見たところ大変立派な刀のようでございますけれども」

「せっかく遠い江戸から訪れた京《みやこ》でございやすから、この際京《みやこ》の隅隅《すみずみ》、華《はな》やかな所、賑《にぎ》やかな場所、辺鄙《へんぴ》で寂しい地域など全て観て回りたい、と『浪花屋』さんで申しやしたら、これを腰に帯びた方がよい、と刀をお貸し下さいやした。町人の帯刀が禁じられていることは承知いたしておりやす。ただ、将軍のお膝元である江戸ほどは厳しくはないようで……」

「そうですねえ。京の隅隅を観て回られるのなら、刀は腰にあった方が宜しいかも知れませぬ。とくに京《みやこ》の夜は近頃、非常に物騒となってきておりまするゆえ」

「ご心配を、お掛け致しやす」

「夕餉を早くお済ませになられましたが、すっかり日が落ちてから花町へでもお出かけの御予定でございましょうか」

「いやいや、全く何も決めておりやせん。全く何も……へい」

「左様でございますか。どうも出過ぎたことをお訊ね致してしまいました。お許し下さりませ。悠から、先生が大変立派に見える刀をお持ちだと聞きまして、妙に心配になったものでございますから」

そのあと、ちょっとした雑談をした節は、宗次が先《せん》に使った急須と湯呑みを手に部屋から下《さ》がっていった。

「はて？」

と、宗次は首をひねった。不快感は全く無かったとは言え、妙に纏《まと》い付いてくる節の問いかけであった、と思った。

（ま、考え過ぎぬようにするかえ……）

そう思って宗次は暫く腕組みをし小火鉢の上で白い湯気を立てている湯沸かしを熟《じ》っと見つめていたが、「よし……」という呟きを静かに漏らし懐から京《みやこ》の町絵図（地図）を取り出した。

それを開いて身じろぎもせず見つめる絵図上に、御所《ごしょ》があった。今世における絵図上の御所は、宗次をして思わず生唾《なまつば》を飲み込ませるものであった。いや、恐怖に近い著《いちじる》しい緊張感、と表現した方が当て嵌まっているかも知れない。

絵図上の御所は、五つの御殿《ごてん》の区域があることをあらわしており、このこと自体は宗次も江戸を発つ前に学んで承知はしていた。ただ江戸にとって京《みやこ》（朝廷）は非常に遠い所、いや、遠い存在であったから、宗次が事前に学んだ「朝廷の城」（御所）に関しては未知の部分や、学び難《にく》い部分が少なからずあって、その点は慎重にならなければいけなかった。つまり「……である」あるいは「……だ」と断定的に解釈・理解するのではなく、「おそらく……の筈《はず》」と慎重にならねば、という事であった。

「はたして……仙洞御所内へ入れたとしても間違いなく院（後水尾上皇・法皇）にお目にかかることが出来るのかどうか」

宗次は呻《うめ》くようにして漏らした。

絵図上で示されている広大な御所内の御殿を、北の位置から南の位置へと順に述べていくと、本院御所、禁裏《きんり》、新院御所、女院御所、そして仙洞《せんとう》御所、という具合になる。

要するに本院御所は禁裏の北隣に位置し、宗次が訪ねるべき御殿としてみている仙洞御所は女院御所の南隣に位置していた。

卓袱台の上で皿行灯の炎《あか》りが、ジジジと小さく鳴って、宗次は考え込んでいた己れから解き放された。

窓障子へ目をやると、うっすらと明るかった窓障子の向こうが、いつの間にかその薄明るさを消していた。

宗次は立ち上がって窓のそばに行き、障子を開けてみた。

濃い闇が落ちていた。空を仰いでみたが見渡せる範囲の夜空に月は無い。

それよりも何よりも、右手斜めの方角に望めた祇園《ぎおん》社の森も、闇色に染まってそれとは全く判らなくなっていた。

つまり、月は出ていない、ということになる。半月でも出ておれば、目のよい宗次にはそれと識別できる筈であった。

「行くか……」と声低く呟いた宗次が窓障子を閉じ、座敷を出て階段までゆくと、ちょうど手代の三吉が上がってくるところであった。

二人は小声で話し合った。

「あ、宗次先生。いまから有明行灯《ありあけあんどん》を点《とも》させて戴こうかと思《おも》てまして……」

「いや、勿体《もったい》ねえから、よござんすよ。私は暗い方がよく眠れやす」

「じゃあ、御酒《ごしゅ》でも一、二本お持ちしまひょか」

「今夜は酒無しと致しやす。それよりも、悠に伝えておくんなさいやし」

「はあ……」

「明日の昼餉《ひるげ》を済ませたなら祇園でも案内しておくんない、と」

「判りました。お悠はん喜びまっしゃろ。直ぐに伝えときます。有明行灯、本当《ほんま》に宜しいんでっか」

「うん、結構だい」

「ほんじゃあ今夜は、これで失礼させて貰いますよって……」

「ありがとよ」

「おやすみなさい」

宗次は軽く手を上げて応え、三吉が背中を向けるのを待って部屋へ戻った。これでもう、部屋へ訪ねてくる者はいない筈だった。

三吉が言った有明行灯とは、夜が明けるまで夜通し点《とも》す、旅籠《はたご》用のいわゆる点《とも》し行《あん》灯《どん》のことであった。枕《まくら》行灯とも言って、現在《いま》で言う常《じよう》夜《や》灯《とう》である。

但《ただ》し、蠟《ろう》明《あか》りの有明行灯は真四角な小作りの箱で側面の四か所に丸や三角や四角の意匠窓を設けて和紙で塞《ふさ》いである小洒落《こしやれ》の利《き》いたものだが、枕行灯は四角窓を一つ開けてあるだけの小作りな四角い箱の中に鰯《いわし》油を入れた小皿がちょこんと入っているだけのものだ。

宗次は、部屋の小さな押入《おしいれ》を開けた。上下二段の押入は、上段には布団があり、下段は物入《ものいれ》となっていた。その下段に、宗次が江戸から背負うようにして持ってきた小荷物が入っている。

宗次はその小荷物の、きつい括《くく》りを解《ほど》いた。中から出てきたのは真新しい小袖《こそで》、背割羽織《わりばおり》（道中羽織、旅羽織とも）、裁着袴《たつつけばかま》（乗馬、全力疾走、撃剣など活動的仕様の袴）、脚絆《きやはん》（すね巻）、厚手の藁草履《わら》、そして頭巾《ずきん》（覆面）などであった。しかも全てが濃紺色である。黒ではなく濃紺であるところに宗次特有の計算があった。今世における月の出ない夜というのは場所によっては確かに漆黒《しっこく》の闇ではある。しかし、市街の何処に大型の通行灯《とおりあんどん》が設《もう》けられているか判らない上、いきなり月が出ることもあり、大店の二階の窓明りが遅くまで漏れていることもある。そういった〝僅《わず》かな明り〟が漂った中では、むしろ〝黒〟は人体の輪郭《りんかく》を浮き上がらせてしまうのではないか、と読んだ宗次であった。そして江戸を発つまでに実際に様様な〝夜の条件下〟で何色かの衣裳を試み、濃紺色に落ち着いたのだ。仙洞御所に在《お》わす――筈の――院（後水尾上星・法皇）には、何としても安全に静かにお目にかからねばならないという、宗次の必死の思いがあった。油断と驕《おご》りがあってはならぬ、如何なる事があろうと油断と驕《おご》りがあってはならぬ、と。まかり間違っても「騒乱」を仙洞御所の中へ導き入れてしまうような手抜《てぬ》かりがあってはならないのだ。

宗次はてきぱきと、濃紺の装束に着替えを済ませると、濃紺染《ぞ》めの藁《わら》草履をはいて確《しつか》りと紐締めした。それは宗次がはじめて見せる自尽《じじん》（自決《じけつ》の意）覚悟のような全身が引き締まった身形であった。頭巾から覗いているのは双つの目だけで、険しさを見せている。一見すると忍びの者の身形に見えなくもないが、しかし、矢張り随所が違っていた。明らかに武者《むしや》の厳しさを放っている戦闘衣、と称した方が妥当《だとう》と思われた（僅か二十年ほど後の赤穂《あこう》浪士の吉良《きら》邸討ち入りの戦闘衣の形）。

宗次は白柄黒鞘《しらつかくろさや》の大小刀を帯に通すと、白柄をひと撫でしてから湯沸かしがのっている小火鉢へ視線をやった。若《も》しや、白柄を目立たぬようにするため、炭で塗り潰そうとでもいうのであろうか。

だが、名刀伊予掾宗次は「浪花屋」からの借り物である。宗次は買い取ってもよいという意思を持っているのだが、峯は承知しなかった。この伊予掾宗次は「浪花屋」にとっても大事な刀であるから、と。

その刀の白柄にまさか炭を塗る訳にはいかない、と宗次は諦めたのであろう、黙って小さく頷いてみせると腰をかがめ、高脚膳の上にのっている皿行灯の明りをそっと吹き消した。

闇が宗次を包んだ。明りを消された皿行灯から、芯の焦《こ》げる臭いが僅かに漂い広がった。

宗次は表通りに面した窓——祇園社の森を望める——を前に置いて左手の——路地

を見おろせる――小窓に近寄っていった。

そして小窓の障子を先ず細目に開けて、路地の様子を窺《うかが》った。誰もいる筈がない静まり返った路地であった。毎夜のように陰惨な事件が起こっているのだ。それらの事件を抑え込み解決する立場の司法官（役人）までが襲われているという。

宗次は音立てぬように注意して小窓から屋根の上に出ると、まるで猫のようにふわりと路地に飛び下りた。足音を立てぬよう厚手の濃紺染め藁草履をはいてはいるが、この程度の高さであるなら、宗次は鍛《きた》えあげた柔軟な脚腰の筋肉で着地の衝撃を吸収してしまい、全くと言ってよいほど音を立てない。

宗次は路地を西――鴨川方向――に向かって走り出した。

宿前の表通りを走ることの危険については、明るい内に界隈《かいわい》を検《み》て歩きし、すでに把握していた。表通りを走ると幾らも行かぬ内に近江国《おうみのくに》・膳所《ぜぜ》藩本多《ほんだ》氏（六万石）の宏大な京都屋敷の前に出るからだ。その門前の左右には大きな「用心行灯」（外灯）が設けられているのを宗次は確認している。

夜目に優れる宗次は、全神経を四方へ飛ばしながら姿勢低く風のように疾走した。まさに風のようにであった。「走法」は揚真流《ようしんりゅう》兵法の重要な基本業の一つである。

宗次は鴨川の流れで途切られている四条通の東口と西口を結んでいる四条大橋を一

気に渡ると、通りの左右に在《あ》る京菓子の店（実在）の黒黒とした大屋根の輪郭を見つつ、凄まじいと表現すべき速さで直ぐ先の御土居《おどい》（実在）に駆け上がった。法面《のりめん》に竹か笹《ささ》の植込が目立つこの御土居は、隙間なく左手に建ち並ぶ金蓮寺《こんれんじ》、誓願寺《せいがんじ》、本能寺《ほんのうじ》、妙満寺《みようまんじ》（いずれも実在）など四十幾つもの大小寺院と、川原町通《かわらまちどおり》に挟まれるかたちで南北に走っている。

その川原町通の右手に沿っては諸藩の京屋敷が二条城の方角へ表門を向けて「忠誠」を絵に描いたようにして建ち並んでいる。

宗次は真っ暗な御土居の上を北の方向へと姿勢を低めて矢のように走った。夜目が利くためその速さはまるで、伊賀《いが》・甲賀《こうか》の忍びの者どころではなかった。

どの道を、どの方向へ、どう走るべきか、全て宗次の計算通りに運んでいた。

御土居は途中の何か所かで、東西を結ぶ生活道を通すために切れている。つまりその部分では宗次は御土居から駆け下りねばならなかったが、その切れ幅は三条通さえ除けば、通り一本分の幅などたかが知れたものであった。宗次の足なら月さえ出なければ、それこそ一瞬のうちに野良の犬猫にさえ気付かれることなく駆け渡れる。

宗次は、四条通の御土居の駆け上がり口から数えて、「東西を結ぶ何本目の生活道」の左手に「何何寺《なになにでら》が在《あ》る」と、町絵図上で確りと把握し頭に入れていた。

「そろそろ妙満寺の筈だが……」

走りを次第に緩めつつ宗次は呟いた。全力疾走を続けてきたのであったが、呼吸は殆ど乱れていない。

このとき、御土居の向こうから不意に、明りがすうっと宗次の方へと流れてきた。宗次は咄嗟《とっさ》に法面に下り、笹藪《ささやぶ》に伏せて舌打ちをした。

だが夜空を仰いでみると、幸いなことに細い雲の切れ目から月が覗いただけで、それはたちまち雲が流れることによって塞がれてしまった。

御土居の上に戻った宗次は、走らずに歩き出した。

間もなく御土居は、「東西に走る生活道」によって切れているだろう、という推測が働いていた。

その通りであった。御土居は竹が密生する法面の所で切れていた。左手の黒黒とした森の輪郭は、妙満寺（現在は左京区岩倉《いわくら》へ移転）の境内《けいだい》なのであろう、その黒黒とした輪郭の広がりを見ただけで歴史豊かな壮大な寺院であることが窺える。

となると、織田信長が明智光秀《あけちみつひで》に討たれた本能寺は、一つ手前に過ぎてきたことになる。

「さて……と」

このとき実は漆黒の闇の中で、宗次の目は多少の迷いを見せていた。そして脳裏には菫《すみれ》茶房の八坂小路宮上《みやの》の顔が思い浮かんでいたのである。従四位下近衛中将八坂小路冬彦の忘れ形見だ。

敷地三百坪ほどの八坂小路家の本邸が、丸太町通が寺町通《てらまちどおり》にぶつかる少し手前に在ることを、宗次はすでに宮上《みやの》から聞かされている。しかも懇願《こんがん》するかのように「どうぞ我が屋敷をお宿として下さりませ……」と、告げられて。

公家剣法を熟《こな》す只ならぬ集団に襲われた宗次にしてみれば、初対面である宮上《みやの》の懇願を、受け入れられる筈もなかった。むしろ、初対面の自分に対して何故？　という疑問と用心が強く胸の内からこみ上げてくる。

その八坂小路家の本邸がある丸太町通は、いま宗次が佇《たたず》んでいる位置からは、さほど遠くはない。いや、宗次の足にしてみれば、至近であると言ってよかった。

「ふう……」

宗次は夜空を仰いで溜息を一つ漏らし、竹が密生する法面をゆっくりと下り出した。八坂小路邸をひと目、立ち寄って見てみるかという迷いは、この時すでに消えていた。万全を期して、失礼の無いように仙洞御所に在《お》わす院にお目に掛からねばならないのだ。それこそ命を賭するほどの覚悟で。

御土居から寺町通へと下りた宗次は、今度は建ち並ぶ寺院を通りの右側に置いて再び走り出した。そろそろ、「更なる細心の注意を要する地区」へと入ってゆく筈だった。

御所に近付けば近付くほど、界隈《かいわい》を警戒する禁裏付与力同心と、いつ出会うことになるか知れない。京《みやこ》の治安がいま決して落ち着いている訳ではないので、普段は要所要所をかためるだけの任務が多い禁裏付与力同心も、このところは二人または三人一組となって御所の外周を巡回していることも充分に考えられる。

走っていた宗次がいきなり、通りの右手に在る寺院の「三門」の下へふわりと飛び込んだ。またしても前方から月明りが滑《すべ》るように迫ってきたのだ。「三門」とは三解脱門《さんげだつもん》を意味しており（呼び方を省略しており）、苦しみや迷いの原因となる三毒《さんどく》、すなわち欲望（貪欲《とんよく》）、愚かさ（愚知《ぐち》）、怒り（瞋恚《しんい》）などから解き放たれることを意味している。

今度は皓皓《こうこう》たる月明りであった。地上の何もかもが鮮明に見えるほどだ。

宗次は三門の屋根が通りに落としている影から出ないように用心しながら、通りの様子を窺った。誰ひとり見当たらず、森閑《しんかん》たる付近である。通りの凡そ三分の一幅まで暗くしている三門の屋根の影は、彼方にまで続いていた。

通りは真っ直ぐであったから、まぶしい程の月明りの下に御門の大屋根はすでに見えていた。

それだけに一層のこと、三門の屋根の影が黒黒と不気味に見える。

「仕方なし……」

夜空を仰いで呟いた宗次は、三門と塀の影伝いに走り出した。三門は高さがあるため影は通りの三分の一幅あたりまで伸びているが、六尺そこその土塀の影の広がりは僅《わず》かだった。ただその土塀の影は切れることなく続いている。

宗次は塀に張り付くようにして、姿勢低くかなりの速さで走った。

やがて通りにはそれ迄の大寺院に替わって、福勝寺《ふくしょうじ》、下御霊《しもごりょう》神社、正行寺《しょうぎょうじ》、大恩寺《だいおんじ》など小体《こたい》な寺社が連なり出した（歴史的事実）。

丸太町通界隈に達したな、と宗次には判ったが、目前に迫った月下の御所から視線をそらさず、走るのをやめて土塀の影の中に小さくしゃがんで考え込んだ。頭の中に叩き込んである町絵図では、寺町通に頼ってこのまま進めばやがて、中御門通《なかみかどどおり》へと折れる左手角の役人番所にぶつかる。しかもそれは仙洞御所の役人番所だ。

宗次は思い出していた。賀茂御祖神社（下鴨神社）の森そばの貧しい小さな宿へ泊まろうとしたところを、全員が褐衣《かちえ》姿という異様な三十余名の集団に奇襲されたときの緊張を。そう、あのとき自分は確かに恐怖に近い緊張を覚えていた、と宗次は振り返るのだった。

その闘いのあと、貧しい小宿を後にした宗次は、今宵とはちょうど逆の方角から走ってきて丸太町通へと入り、刃毀《こぼ》れした吾郎造《ごろぞう》刀を腰に「浪花屋」を訪ねたのだった。

その丸太町通――八坂小路家が在《あ》る――への折れ口は、目と鼻の先である。

宗次は「月よ隠れてくれ」と祈りながら、立ち上がった。隠れてくれ、どころか月明りはいよいよ冴《さ》えて降り続いている。

宗次は寺院と向き合って建ち並んでいる町家の方へと、寺町通を慌てずゆったりと横切った。

町家の軒下に潜んでいた野良猫二匹が驚いて、月明りの中へと飛び出し、そのままの勢いで寺院の土塀――緩い弓形《ゆみなり》な立ち上がりの――を軽軽と引っ掻きのぼって、消えていった。

「真似るしかないな……あれを」

月明りの下で苦笑した宗次は、表を閉ざしひっそりと静まり返っている町家と町家の間――路地――へと入っていった。

さしもの宗次もかなり南方向へ曲がり気味なこの路地が何処へ行き着くかは承知し

ていなかった。が、方角を見失うようなことは決してない。大事なのは方角だ。やがて南北に走る二本目の路地と鋭角の十文字に交差した先に、高い黒板塀が見え出した。商家の塀であろうと想像できるそれを八尺はあろうと読みつつ、宗次はその高い黒板塀に近付いて行き、直ぐ手前の細い細い路地を右へと折れた。

体を斜めにしてその細い細い路地を、「大商家じゃねえか……」と呟きつつ、高い黒板塀に沿って半町《はんちょう》（五十メートル余）ばかり進むと明るい表通りにぶつかった。

東西に走る丸太町通であった。御所の御殿の大屋根が、いっそうよく見える。むろん、そうと計算して町家と町家の間の路地へと踏み入った宗次であった。

宗次は路地口から用心深く慎重に月明り降り注ぐ通りの東方向、西方向へそっと目をやってから、姿勢低く通りを横切ろうとし、「おっと……」と踏み止《とど》まった。

痩せた野良犬三匹が、向こうからやってくる。痩せた空腹の野良犬は気性激しく攻撃的に吼《ほ》える場合があるので、取り敢えず宗次はその三匹をやり過ごした。

宗次は通りを横切って、町家の軒下の暗がりに身を潜め界隈を見まわした。

高い黒塀の家は矢張り老舗と判る大商家であった。間口はさして広くはないが、高い黒塀は細い路地の奥へ奥へと伸びている。

かたく閉ざしている如何にも頑丈そうな三枚の表戸には端から端まで、茶・駿河《するが》屋《や》、と白い大きな文字で記されており、軒屋根《のきやね》には、御用達・駿河屋八郎右衛門《はちろうえもん》、の大看板がのっていた。おそらく御所とか二条城の葉茶は、この駿河屋八郎右衛門が納めているのかも知れない。

が、宗次が注目したのは、その駿河屋の斜め向こう、右隣に見るからにうらぶれた感じの荒屋敷《あれやしき》であった。土塀は外側の白塗り（漆喰塗り）があちらこちら削《そ》げ落ちて、下地の赤土がむき出しとなっている。土塀の上にのった瓦《かわら》屋根も崩れて見るかげもない。

宗次は何となく胸に触れるものを感じて、その屋根を真正面から眺めるため、軒下の暗がり伝いに移動した。

はたして真正面から眺めた屋根瓦が落ち雑草の生えた表門の柱には、八坂小路宮上《みやの》が宗次に明かした「路風」の表札が掛かっていた。決して大きくはない表札ではあったが、夜目が利く宗次には表門まで近寄らなくともはっきりと読み取れた。

宗次は左隣の、勢いこの上もないのように窺える駿河屋と見比べて、貴族が落ちぶれてゆく今世の非情を肌でしっかりと味わった。

（次は武士だ……間違いなく侍が貴族の後を追うようにして落ちぶれてゆく時代が来る）

そう思って、町人《まちびと》が次の時代を動かす力となってゆこう、と確信するのだった。

（絵師も生き残れるように頑張らねば……）

自分にそう言い聞かせ、宗次は御所の方角へと歩き出した。もう走らなかった。

十六

宗次は南北に走っている通りを、民家の濃い影に隠れるようにして御所に向けゆっくりと進んだ。御所を目と鼻の先としている所為《せい》か、この界隈《かいわい》の民家は、その造りが町家《まちや》にしては整っており、しかも小造りではない。つまり比較的裕福な階級と見られる町家が、月明りの下《もと》大屋根の美しい流れを見せている御所方向に向け、整然と建ち並んでいる。したがって通りを黒く染めている家家の影は、宗次を充分に隠すだけの幅を持っていた。

「それにしてもこの整った家並は……」

暫《しばら》く行った辺りで宗次は振り返り、（何となく不自然な……）と首を傾《かし》げた。南方向の突き当たりに荒れ放題と判る八坂小路《やさかのこうじ》家が、哀れな〝姿〟を月明りの中に浮かべている。

（今、宮上殿《みやのとの》はあの荒れ屋敷で何をしているというのであろうか……）

宗次は没落した貴族の耐え難き苦難《くなん》を思いつつ、しかしそれを振り切るようにして歩き出した。

通りの真正面に、さほど大きくはない公家屋敷が迫ってきた。そこにその公家屋敷が在《あ》ることについては無論、町絵図で二度三度と念入りに確かめて頭の中に叩き込んではいる宗次だった。その左隣直《す》ぐが禁裏《きんり》付与力同心番所であり、また右手直ぐの空地を挟むかたちで同じく禁裏付与力同心番所があることについても承知している。ただ、この刻限、それらの番所が機能しているかどうかについては、宗次といえども把握できていない。

宗次は遂に、公家屋敷を目の前とする位置にまで来て、地に片膝をつき、注意深く辺《あた》りを見まわした。

そして（有り難い……）と思った。目が届く範囲にある番所はいずれも出入口の板戸四枚の内の三枚半を閉ざしていた。その内側の腰高障子は全て閉じられ、その障子の向こうで、ボウッとした明りの揺れているのが確かめられた。おそらくその腰高障子の内側には「禁裏付」の部下である宿直《とのい》の役人がいるのだろう。見えているその出入口が、番所の「表口」に当たるのかそれとも「裏口」に当たるのか、宗次は把握できていない。

京都所司代は、御所（朝廷）の外側から厳しく目を光らせる立場であったが、老中ご支配下の「禁裏付」は実質的には京都所司代の指揮のもと朝廷の内側から統制する機能を発揮している。

この「禁裏付」は石高千石、御役目料千五百俵を与えられ、大身《たいしん》旗本二名がこれに就《つ》き、月番交代であった。

「禁裏付」の差配下にある与力同心について言えば、その俸禄は決して恵まれてはおらず、与力で六十石程度、同心になると下は十五俵二人扶持《ぶち》から上は三十俵三人扶持くらい迄《まで》であった。

宗次は界隈に目が届く範囲の月明りの中に人の気配も人影も無いのを確かめると、地を這《は》うような低い姿勢で東西に走る通り（中御門通《なかみかどどおり》）を横切って雑草や薄《すすき》が生い茂る空地の中へと入って体を沈めた。

そのまま息を殺すようにして辺りの様子を窺《うかが》ったが、どうやら役人たちがざわめき出す心配はなさそうだ。

宗次は三、四百坪見当かと思われる空地の中を腰高の雑草や薄《すすき》を音立てぬように搔《か》き分けて進んだ。これは宗次にとって誠に有り難い空地であり雑草と薄《すすき》であった。

空地の北の端まで進んで、宗次は薄《すすき》の中にしゃがんだ。

目の前に手入れの行き届いた広い通りが東から西に向かって伸びていた。その広い通りの向こう方に沿うかたちで公家屋敷が切れ目なく続いている。まるで盾《たて》となって御所を護《まも》るかのように。

宗次は小さく舌を打ち鳴らした。実は建ち並ぶ公家屋敷の大屋根を、どうやら御所の大屋根と宗次は見誤っていたようだった。さすがの宗次も、この京《みやこ》では「大江戸八百八町のことごとくを知る宗次」という訳にはいかない。

宗次は懐《ふところ》から町絵図を取り出して、月明りにかざして、もう一度小さく舌を打ち鳴らした。公家屋敷が横に長く建ち並んでいる区画は、町絵図では何故か濃い緑色一色に塗り潰《つぶ》されている。理由は判らないが、現実には「林か……」と思いかねないその濃く緑色一色に塗り潰されている位置に、公家屋敷が東西に長く建っていたのだ。

それとも林であった所に近年になって、慌《あわ》ただしく公家屋敷が建てられたのであろうか？　ただ月明りの中に浮かぶそれらの屋敷は、いずれも相当に古く見える。

(若《も》しや、朝廷を護る公家侍の住居《すまい》ではないか？……)

宗次は、そう疑った。もしその疑いが当たっているなら、誰彼《だれかれ》の目にとまる町絵図には、用心して載せないことも考えられる。あるいは、賀茂御祖神社（下鴨神社）そばの安宿に襲いかかってきたあの公家集団の住居《すまい》が目の前の屋敷だとすれば、宗次にとっては非常に厄介《やっかい》である。

いや、厄介どころでは済まない。

町絵図を懐にしまった宗次は、ともかく目の前の横に長く立ち塞《ふさ》がっている公家屋敷を乗り越えねば、と腰を上げかけた。

が、反射的に宗次は全身を縮《ちぢ》めた。左手直ぐの公家屋敷の向こう隣——宗次からは見え難い位置——にある役人番所から二人の役人が通りに現われて、両手を夜空に向かって突き上げ背伸びをしたのだ。そして、低い声で何やら話し合って、一人がもう一人の肩を叩いて頷《うなず》き合っている。そろそろひと眠りでもするか、とでも言い合ったのであろうか。どうやら番所の表口はこちら側であったようだ。その表口の戸が開く音も無く、いきなり二人の役人が通りへ現われたのであるから、表口はお役目の規則に従って開放されていた可能性がある。宗次が思わず、ヒヤリとする一瞬であった。

二人の役人が番所に消えて、ピシャンという音がした。その音の軽さからたぶん腰高障子が閉じられたのであろう。

宗次は用心深く一歩、二歩と通りへと出た。空地の右手隣も番所だ。

しかし、そちらは板戸を閉ざして静まり返っている。櫺子窓《れんじまど》の内側にある障子も明りを漏らしていない。真っ暗だ。町絵図には与力同心番所としか記されていなかったが、ひょっとして仙洞《せんとう》御所、女院御所、新院御所などとそれぞれ担当する御所が違うのかも知れない。

宗次は、広い通りを公家屋敷に向け、姿勢低く走り渡った。

次の瞬間、宗次は驚くべき判断を下した。どのような公家が住んでいるのかも判っていない公家屋敷の凡《およ》そ六尺高の土塀の上にふわりと飛び上がるや、いや、瓦《かわら》屋根をのせた塀《へい》の上をポンと片手で叩く様《さま》を見せるや屋敷内へ音ひとつ立てず〝侵入〟したのだ。

これは住人に見つかりさえしなければ、非常に賢明な方法かも知れなかった。

御所へは最も短い〝行程〟である。この公家屋敷の広い庭を南から北に向けて一直線に突き抜ければ御所に至る。

しかもその御所こそ、宗次が「大君《たいくん》（後水尾院《ごみずのお》）が在《お》わす筈」と考える仙洞御所であった。万が一、何らかの事情によって大君《たいくん》（後水尾院）が仙洞御所ではなく禁裏御殿の北隣に位置する本院御所に移られているとしたなら、宗次は女院御所、新院御所、禁裏御殿、本院御所と右も左も判らぬ広大な御所内を通り抜けて行かねばならない。

「それはおそらく不可能」だと、宗次は思っている。

因に宗次は、**徳川将軍家が外国を相手とする場合、**自発的に（自称的に）自身のことを大君と称していることを承知している。が、これは大きな誤りである、という確信的な考えを抱いていた。宗次は大君とは古《いにしえ》よりこの国を開き背負ってきたる「大いなる君《きみ》」を指し即ち「君主」を意味し、それは天皇もしくは大帝（上皇）であるという考えを崩していない。今より遡る戦国動乱期にたまたま天下を取ったに過ぎない徳川将軍家が、大君である筈がないという判断である。

それはともかく、公家屋敷の広く暗い庭を宗次は御所方向へと静かに進んだ。いまや公家は徳川《とくがわ》幕府に俸禄を決定され支給されている立場である。俸禄の高い低いに反論できる力など最早、公家には無い。屋敷地が如何《いか》に広かろうとも、庭明りとして石灯籠《どうろう》に大蠟燭《ろうそく》を点《とも》したり、足元灯として幾つもの小さな箱行灯《はこあんどん》に明りを点す余力などはなかった。これが勢力ある武家、たとえば筆頭大番頭八千石の大身旗本西条《さいじょう》家《け》ならば、庭内の散策路や錦鯉が泳ぐ池の畔《ほとり》、竹林の中など、風雨の時を除けば夜陰五ツ、五ツ半頃（午後八時、九時頃）までは色色な拵《こしら》えの明りが点っている。

宗次は何の障害に遭遇する事もなく、庭の北側の塀に突き当たると、苦もなくふわりと飛び越えた。まるで、猫のしなやかさだ。

しかし音も立てずに着地したそこは、またしても広広とした通りだった。「御所内通《とおり》」と称しても差し支えない幅広い通りで、綺麗《きれい》に整備され過ぎている所為《せ》か、茫漠《ぼうばく》たる感を漂《ただよ》わせてさえいる。通りの向こうの長く伸びている塀は高さ七尺は充分に超えていようか。

宗次は公家屋敷の土塀がつくる影の中で片膝ついたまま、前方の七尺以上はありそうな高い塀をじっと見つめた。充分に越えられる高さである、と思ってはいたが助走《じょそう》路が少し足りないかという迷いに見舞われていた。宗次ほどの修練者がである。実は短い助走で高い塀を飛び越えるには脹《ふく》ら脛《はぎ》に過大な負担をかけることとなり、それにより筋《すじ》を深刻に傷める（現在《いま》で言う靭帯断裂《じんたいだんれつ》）危険があることを、宗次は承知していた。十代の頃、苛酷な修練で宗次は一度だけ、当たり前の痛みではないそれを経験している。激痛などという生易《なまやさ》しいものではなかった。以来、脚力の鍛錬《たんれん》には「苛酷」よりも「月日の積み重ね」を重視し、現在《いま》に至っている。

（あの高い土塀の向こうには、まぎれもなく大君《たいくん》（後水尾院）が在《お》わす……必ず院《いん》（大君）は在《お》わす）

そう信じて飛び越えなければ院にはお目にかかれないのだ、と宗次は自分に言って聞かせた。

院とは王朝国家の成立期である平安《へいあん》時代の中頃から「太上《だいじょう》天皇（上皇）の居所《きょしょ》」を指して用いられるようになり、時は明らかではないが「いつの頃からか」転じて太上天皇の指称となった。

また**大君**《たいくん》は、徳川将軍が上皇あるいは天皇の地位に在《あ》る御方《おかた》に対し用いた表現である。

更に**女院**について述べれば、矢張り平安時代の中期、正暦《しょうりゃく》二年（九九一）九月十六日院号宣下《せんげ》の東三条院《ひがしさんじょういん》（一条《いちじょう》天皇の生母　藤原詮子《ふじわらのせんし》）を嚆矢《こうし》（物事の始まり、の意）としており、以降上東門院《じょうとうもんいん》（後一条《ごいちじょう》天皇・後朱雀《ごすざく》天皇の生母）、陽明門院《ようめいもんいん》（後三条《ごさんじょう》天皇の生母）、二条院《にじょういん》……などと続いた。当時の女院は莫大な家領（主に荘園、奈良時代〜室町時代の貴族や社寺の私有地）を与えられて強い権力・威風を有し、大荘園領主として絢爛華麗《けんらんかれい》なる貴族文化の中心的存在であった。しかし徳川幕政下の今世、その美しい勢いは見る影も無い。

「よし……」

意を決して宗次は走り出した。短い助走路であったが低い前傾姿勢で走り出した宗次はたちまち矢が放たれたかの如《ごと》き駿馬《しゅんめ》の速さとなって、七尺超えの塀の直前で地面を打ち鳴らし月明りの中あざやかに跳躍した。足の裏で蹴り飛ばされた小石が何と後方の公家屋敷の塀にまで弾《はじ》けて、バシッと鈍い音を立てる。

宗次は遂に仙洞御所の中に、蝶《ちょう》が舞い下りるように着地した。音ひとつ立てない。月明りが皓皓《こうこう》と降っていなければ、それこそ真っ暗な木立——というより林——の中であった。

宗次は暫《しばら》くの間、片膝ついた姿勢のまま動かずに息を殺していた。

この刻限、大君《たいくん》(後水尾院)が起きているのかどうかは、全く判っていない。院(大君)が仏道の修行にひたすら御身《おんみ》を置いていること、書を読む楽しみを大切にしていること、などの点について充分なる情報を旅立つ前に得ていた宗次であったから、この刻限ではあっても起きているであろうと期待してはいる。

宗次は立ち上がって、紅葉極まる林の中を進み出した。東西南北のどの方角にどのような建物が在《あ》るのかは全く判っていない。「院の居所」を正確に把握しないことには、うっかり間違えれば大騒ぎとなる。御所の外周は「禁裏付」の与力同心あるいは京都所司代、場合によっては東・西町奉行所の役人たちによって護られているであろうが、仙洞御所そのものの警備がどのような職別となっているのかは、さしもの宗次もその詳細を具体的に把握できていなかった。

宗次は慶長《けいちょう》十八年(一六一三)に幕府が定めた「公家衆法度《はっと》(法令)」による禁裏御所の専任警備態勢に関してのみは承知している。

この法度には、天皇の居所（禁裏）を警備する職制として「禁裏小番」という役割の定めがあって、摂家《せっけ》五家、現職大臣、武家伝奏《てんそう》（摂家を除く堂上《とうしょう》公家の中から二名選出）を除く堂上《とうしょう》公家全ての義務とされていた。

具体的にはその定めは堂上公家を、㈠、天皇の寝所の至近に備えた番所で警備する「近衆小番衆」（単に近衆衆とも）、㈡、天皇の居所近くの内内番所と称するところで警備する内内小番衆（単に内内衆とも）、そして、㈢、禁裏御所の表（外）にある外様《とざま》番所で警備する外様小番衆（単に外様衆とも）の三警備体制に分けている。

いずれも昼夜二交代制で、夜の勤仕は宿直《とのい》となっていた。

この三警備体制に就く公家は、それぞれの家格とは関係なしに堂上公家に対し命じられた。

因《ちなみ》に堂上公家とは、昇殿（天皇の日常御殿である「清涼殿」南廂《なんしょう》にある「殿上の間《ま》」に昇ること）を許された公家を指し、摂家、清華家《せいがけ》、大臣家《だいじんけ》、羽林家《うりんけ》といった「家格」の公家がこれに相当した。

広義の公家の中にあって昇殿を許されていない家格を「地下官人《じげかんにん》」と称し、これらが朝廷の実務面を支える〝縁の下〟であったり、大身公家の家政実務を担《にな》ったりもして、凡そ七百名がいたとされている。彼らの中には四位、五位という比較的高い位の者もいたがそれでも昇殿の資格は無く、大方は六位とか七位の家格であった。これら家格の中で主たる存在であったらしいのが外記方《げきかた》（公務の書面の作成と記録）、官方（太政官を補佐）、蔵人方《くろうどかた》（儀式典礼、学問技芸、官位任叙などの実務）、の三役で凡そ三百名がいたと言われている。

これらの他に、随身《ずいじん》、内膳司《ないぜんし》、門跡《もんぜき》、公家《くげ》の諸大夫《しょだいぶ》、坊官《ぼうかん》他を数えたようだった。

宗次の歩みが止まった。林の端に達したようである。職人の手によってであろう丹念に整えられた美しい庭が月明りの下、目の前に広がっていた。ところどころに明りを点された灯籠《とうろう》も見られる。

宗次は、数寄《すき》を凝《こ》らした庭を創《つく》らんがため小堀遠州《こぼりえんしゅう》が自ら直接に、庭師の職人頭等に指示を与えている様子を想像して、思わず溜息を吐いた。

まぎれもなく仙洞御所の庭は、寛永《かんえい》十三年（一六三六）に小堀遠州によって創られたものとして、それなりの人人の間では知られている。寛永六年（一六二九）に天皇を退位した太上天皇《だいじょう》（後水尾院）のために、小堀遠州がどれほど工夫に工夫を凝らしたか、ひと目でその苦労を解した宗次であった。

宗次は林の端に沿うかたちで、ゆっくりと歩んだ。いま、圧倒的な歴史の重みというものを宗次は捉えていた。それは明らかに御所の塀の「内」と「外」の違いというものであった。

「美しい。何もかもが実に美しい……そして……何だか妙に悲しい」

宗次は呟《つぶや》いた。庭園を観てこれほどに胸を圧されたのは初めてのことだった。

次第に宗次は、何処《どこ》をどう歩いているのか判らなくなってきた。たいそう広い池の畔《ほとり》を一周しかけてはまた紅葉極まる林の中に踏み込み、右へ曲がったり左へ戻ったりと繰り返し、それを楽しむかのような気分になりつつある自分に驚いたりした。

宗次の気分をそう楽にさせたのは、心配していた禁裏小番の公家武者の姿が仙洞御所には今のところ見当たらない事だった。とくに天皇の寝所の至近番所に詰める内内小番衆は、武道辣腕《らつわん》の公家と思わねばならない。これらの公家が仙洞御所に配置されていたなら、宗次といえども一寸の油断もならない。

漂い雲に遮《さえぎ》られて月明りが陰り小堀遠州の庭に、すうっと幕が下ろされた。

「お……」

宗次の足が止まり、そして腰が静かに下がって片膝をついた。

彼方に、ぽつんと明りが見えていた。月明りが陰ったため、何の明りなのかは判らない。

ただ、慎《つつ》ましやかな明りであるとは、感じられた。華《はな》やかさは微塵《みじん》も無い。

仙洞御所のどの辺りに、どのような建物や御殿が設けられているのか、判る筈《はず》もない宗次だった。また、そのような事がおいそれと判る〈場所〉など、宗次が歩き回れる範囲にあろう筈もない。あるとすれば幕府か京都所司代の特別文庫にでも、第一級の機密資料として保管されているのだろうか。

宗次は、慎ましやかな明りに向かって、月明りが陰った林の中を進んだ。宗次にとって大変助かったことは、三年と少し前に生じた大火にもめげず、よくぞ焼け残って育ったと思われるこんもりとした林の中とはいえ、足元の手入れが非常に行き届いていることだった。蔦草《つたくさ》などは全く生えていなかったし、地面から浮き上がるようにして這っている木の根も無く、宗次は一度も躓《つまず》くことがなかった。それはそうであろう。若しご高齢の大君（後水尾院）が錦秋《きんしゅう》極まって美しい木立の中を散策し、石にしろ木の根にしろ足先でも引っ掛けたなら一大事である。

次第に、慎ましやかな明りが近付いてきた。宗次は、自分が近付いてゆくよりも、明りの方から近付いてくるような錯覚に見舞われていた。

月明りが著《いちじる》しく不足している所為《せい》なのであろう。

と、天の神が宗次を助けたか、地の神が宗次を思いやったか、突如《とつじょ》として月明りが降り出した。宗次はその明りを浴びた木立の枝葉がザアッと夕立を浴びたかのように鳴った気がした。

それほどいきなりな、月明りの夕立だった。

「ほう……」

宗次の足が思わず、竦《すく》んだように止まった。

眩《まぶ》しいばかりの月明りの中に、宗次は予想もしていなかった建物を認めていた。

今は亡き従四位下《じゆしいのげ》近衛中将《このえのちゆうじよう》八坂小路冬彦《ふゆひこ》の茶屋敷「菫《すみれ》茶房」をである。

いや、いま少し正確に述べる必要がある。

その菫茶房の四軒の茶室に囲まれるかたちで建つ、軒先《のきさき》を桟瓦《さんがわら》で葺《ふ》いた一重・入《い》母屋《もや》造茅葺の宗和流《そうわりゆう》数寄屋。

宗次はそれに非常によく似た茶寮《さりよう》風の質素な品に満ちた建物を認めていたのであった。

(この刻限、とても御殿には見えないあの質素な庵《いおり》に一体どなたが……)

そう思いながら宗次は用心深く、その茶寮風な数寄屋造茅葺へと近付いていった。

地を這うような忍び足であった。

どこに弓矢で武装した警護の「武官束帯《ぶかんそくたい》」姿が潜《ひそ》んでいるか知れない。

平安中期頃からは上級武官が文官を兼務、あるいは文官が上級武官を兼務したりがあって「武官束帯」の着用に曖昧《あいまい》さが見られもしたが、しかし時代が下がるにしたがって、「武官束帯」は中・下級武官の公服（制服）となっていった。

ただ朝廷の晴儀《せいぎ》（晴れやかな儀式）などでは、儀式の絢爛《けんらん》と荘厳《そうごん》を図《はか》る目的で四位、五位の文官も「武官束帯」を着用するとされている。

しかしながら今世は、徳川幕府がその力でもって朝廷を統制している時代である。「武官束帯」というあざやかな公服の警護衆（公家）が、この御所内に詰めているのかどうかという点については、宗次の知識の中にはなかった。

かと言っても、宗次が賀茂御祖神社そばの安宿で、「武官束帯」の集団に奇襲されたことは事実なのだ。その〝異様な集団〟を目の当《ま》たりにして、宗次はまぎれもなく大衝撃を受けていたのである。決して侍姿でなかったことは、確信的だった。

宗次は用心深くそろりそろりと進んで、遂にその茶寮風な数寄屋造茅葺、いや、間近で認めたそれは茅葺ではなかった。柿葺《こけらぶき》（薄い板葺）であった。その柿葺数寄屋の脇に隠れるようにして宗次は夜目に優れる目で辺りを見まわした。

正面に鏡のように静まった池（南池）があって、月が映っている。

（歴史煌《きら》めきて……流れたり）

胸の内で、そっと呟いてみる宗次だった。「摂関家」が全盛期を迎えたとされる十一世紀前半の凡そ五十年間、貴族社会の中で最強の地位を築き上げた藤原道長《ふじわらのみちなが》（康保《こうほう》三年・九六六〜万寿《まんじゅ》四年・一〇二七）・頼通《よりみち》（正暦《しょうりゃく》三年・九九二〜承保《じょうほ》元年・一〇七四）の父子。道長は娘四人を皇后や皇太子妃とし、後一条天皇（寛弘《かんこう》五年・一〇〇八〜長元《ちょうげん》九年・一〇三六）の外祖父《がいそふ》として強大な権力を握り、頼通の外伯父としての威風も絶大だった。

今世の仙洞御所こそ、その関白藤原道長の邸宅跡であったと、宗次は学び知っている。

暫《しばら》くして宗次はゆっくりと大きな溜息を吐いた。あたりの景色を見まわしつつ、遥《はる》かなる貴族時代の藤原道長・頼通父子の華麗なる権勢に思いを馳《は》せ、身そばにある茶寮風数奇屋の内部へ全神経を注ぐかのようにして耳を欹《そばだ》てたが、室内からはコトリとした音も聞こえてこない。

ただ障子の薄明りが寂し気に時おり小さく揺れるのみであった。

宗次は池（南池）の方角に向けじっと片膝ついていた姿勢を数奇屋造と向き合う姿勢に改め正座をした。

そして更に、明りを点している障子の向こうへ目を閉じ耳を欹てることに集中した。

それでも小さな音ひとつ捉《とら》えることも叶《かな》わず、宗次は背に汗が噴《ふ》き出すのを覚え始めた。背中だけではなかった。掌《てのひら》にも首すじにも額《ひたい》にも、じっとりと汗を感じた。秋深まった夜である。暑い季節であろう筈がなかった。

（もしや……この只事《ただごと》でない静けさ……透《す》き通ったような静けさは……）

宗次は月明りを浴び、ふっとそう思って一瞬ではあったが鋭く双眸《そうぼう》を光らせた。

そのあと宗次は両刀を腰から払って正座する後ろへ横たえ、濃紺の頭巾《ずきん》を取って懐に納めると、深深と頭を下げた。頭の先には濡れ縁がある。

見事に決まった美しく雄雄《おお》しい頭の下げ方であった。へり下り過ぎておらず、それでいて思い上がってもおらず、力強い武者《もののふ》の頭の下げ様であった。

背に月明りを浴び、身じろぎ一つ見せぬ、手練《しゅれん》の者の姿であった。

月が刻《とき》をきざんでゆく。石を彫《ほ》り刻んだかのように宗次は動かない。

宗次はひたすら平伏を続けた。続けながら宗次は恐れた。この広大な御所の中で、幕府の強権にひたすら耐えておられる太上天皇（上皇＝後水尾院）や天皇（霊元《れいげん》天皇）のことを想い、ひたすら恐れた。自分が如何に「学び不足」で京《みやこ》へ来てしまったかということを、ひたすら恐れた。自分はこのような有様《ありさま》であるから、江戸の民は尚《なお》のこと太上天皇や天皇のお苦しみに触れることは出来まい、と思った。

「朝廷」のこの苦悩は連綿として、あるいはその時代の**武士権力**によって突如齎《もたら》されては消え、消えては齎されの繰り返しであったことであろう。

その点については宗次とて承知している。承知しているから、尾張大納言の直系である宗次は「侍として」ひたすら平伏した。

たとえば王朝の時代と称してよい平安中期頃までの主権者は、（摂関家や大臣家などの公家が政治《まつりごと》を取り仕切っているとは言え）天皇ただお一人であった。この主権者（天皇）の地位に機能的変化が生じたのは、その主権者たる地位へ「院政」というかたちの政治権力が影響を強め出した頃からである。言わずと知れた「治天の君」白河《しらかわ》上皇（天喜《てんぎ》元年・一〇五三〜大治《だいじ》四年・一一二九）による院政であった。

白河上皇の院政は、内裏《だいり》（皇居）の近衛府（警備庁）内に居所を置いて執政の指示を発するなど徹底していた。この白河上皇から次代の「治天の君」である鳥羽《とば》上皇（康和《こうわ》五年・一一〇三〜保元《ほうげん》元年・一一五六）までが、天皇家の威風が頂点に達していた時代であると言えよう。まさしく王朝の時代であった。そして時代が鎌倉《かまくら》幕府へと移っても、つまり鎌倉に武士の政庁が成立しても、武士たちは朝廷の権力に口出しすることは、なるだけ遠慮した。一つの理由として朝廷のある西国が遠過ぎたこと、もう一つは鎌倉幕府の確立安定に更に集中する必要があったこと、更には朝廷への大きな敬《うやま》いの精神《こころ》があったこと、などが考えられる。

さて——どれ程か経ったとき、宗次の頭の斜め上方向で腰高障子が音もなくひっそりと開けられ、穏《おだ》やかな動きの人影が室内の明りに促《うなが》され、支えられるようにして、濡れ縁に現われた。

その人影は宗次の背中に及んだところで動きを止めた。

天降《あまふ》る明りが一層のこと眩しく冴えて、その穏やかな人影は面《おもて》を月に預けた。目を細め、口元にやさしい笑みを浮かべて、宗次と向き合う位置に軽く腰を下げ気味とした。何も仰《おっしゃ》ることなく、ただじっと宗次の身じろぎ一つせぬ背中を見つめる。

平伏する宗次の両の肩から背の流れにかけてが、尚のこと凛《りん》となった。その宗次の脳裏《のうり》で想像が働き、檄《げき》を飛ばす後鳥羽《ごとば》上皇（治承《じしょう》四年・一一八〇〜延応《えんおう》元年・一二三九）の爛《らん》爛《らん》たる表情が現われては消えを繰り返した。「倒せ、鎌倉を倒せ。北条《ほうじょう》（政子《まさこ》）を倒せ……」と武者も驚く怒りの叫びが宗次の耳を打ち叩きさえする。

承久《じょうきゅう》三年（一二二一）、このままでは朝廷にとって幾つかの理由で宜《よろ》しくない厄介《やっかい》な武家勢力（鎌倉幕府）になる、と危惧《きぐ》した後鳥羽上皇は、万全を期して整えたと信じる北面の武士、西面の武士、僧兵、西国守護などの連合軍に対し、「打倒、鎌倉幕府」を発した。

この宣戦の布告によって、朝廷は武家勢力の激怒というものを、はじめてまともに浴びるのだった。「承久の乱」の始まりである。

源氏《げんじ》系将軍が絶え、「尼将軍」の名をほしいままにする北条政子（保元二年・一一五七～嘉禄《かろく》元年・一二二五）が掌握した鎌倉幕府は、朝廷に刃《やいば》を向けられるや、凡そ二十万の兵力を動員し破竹の勢いで西上。途中の朝廷軍をものともせず、僅《わず》か一か月で京《みやこ》へ雪崩《なだれ》込んだ。

かくて、武家勢力による朝廷、公家衆への「非情」が幕をあけたのである。

乱の首謀者とされた後鳥羽上皇は隠岐《おき》へ、その第一皇子である土御門《つちみかど》上皇（建久《けんきゅう》六年・一一九五～寛喜《かんぎ》三年・一二三一）は土佐へ（のち阿波国《あわのくに》へ）、第三皇子である順徳《じゅんとく》上皇（建久八年・一一九七～仁治《にんじ》三年・一二四二）は佐渡《さど》へ、と配流《はいる》されて、皇位継承者決定権までが事実上、武家（鎌倉幕府）に握られる結果となってしまったのだ。

濡れ縁の人影《ひと》が語り出した。

「宗次であろう。朕《わたし》に面《おもて》を見せるがよい」

老いを重ねたる響きはあったが、おごそかな、圧倒的におごそかな聞く者の胸に迫る声であった。

宗次は「は……」と応じたが、そのまま平伏を続けた。自分の名が告げられたことで衝撃を受けていた。いささかの疑いも迷いも窺《うかが》わせない「宗次であろう」は、まさに宗次の予想せざる言葉であった。このような身形《みなり》の自分が、如何にして宗次と見抜かれたのかと。

「常《つね》でよい。体の力《りき》みを解いて、上がるを許そう。さ、太刀《かたな》を持て」

宗次はまぎれもなく大君《たいくん》・太上天皇（後水尾院）であると、総身《そうみ》で確信した。そう、まさに総身で確信した。揺るがない確信だった。

院（大君）が部屋へと下がり、明らかに院とは別の者——障子に影を映す——の手によって実にゆるやかに静かに障子が閉じられた。

そのゆるやかで静かな障子の閉じ方が、宗次を拒絶する意思を持っておらぬ事を物語っていた。

ようやくのこと宗次は名刀伊《い》予掾《よのじょう》宗次《むねつぐ》を手にしてそっと立ち上がった。背中が汗ばんでいた。

濡れ縁の下の大きな踏み石——矩形《くけい》の自然石——に、濃紺染めの厚手の藁草履《わらぞうり》を脱いだ宗次は、濡れ縁へと上がって床板を軋《きし》ませぬよう気遣《きづか》いながら、濃紺の装束《しょうぞく》をさらりと足元に脱ぎ下げた。

そして、それで大小刀を巻き包むようにし、再び濡れ縁にひれ伏した。

月明りのもと、それはあざやかな薄青色の着流し姿であった。

このあざやかな薄青色の白衣《びやくえ》の選択こそ、現在の太上天皇（後水尾院）に対し最も失礼にならぬもの、という宗次の判断であった。

次に障子が開くまで、長くは要さなかった。

宗次は位《くらい》を極《きわ》めた剣客である。逃《のが》してはならぬ機会の訪れの大切さを心得ない筈がなかった。

ひれ伏す手先で室内からこぼれ来る明りがその幅を次第に広げ出したところで、障子の滑《すべ》る遅い速さに合わせるようにして宗次は面《おもて》を上げた。

室内は見えたが、大君《たいくん》（上皇）のお姿はまだ目に入ってこなかった。

「お入りなされませ」

澄んだ若い女の声であった。宗次にその位《くらい》など判ろう筈がなかったが、美しい女《ひと》であろうと想像がついた。澄んだ声がそう想像させた。やわらかな香《こう》のかおりがした。

その女《ひと》は障子のすぐ脇に位置しておられたが、宗次はわざわざその方へ僅《わず》かにしても顔を向けて目を合わせることなど、許されなかった。

宗次は座った姿勢を殆《ほとん》ど崩すことなく、その体を装束で巻き包んだ大小と共に濡れ縁から畳の上へふわりと移し、上体を半ばまで傾ける半平伏とでも称すべき綺麗な姿勢をとった。

　まだ目に映していない尊《たっと》き御方《おかた》に対し、面《おもて》、両の肩、そして畳についた両の手に、一心《いっしん》に敬《うやま》いを表していた。それは見事という他ない、大剣客の位にまで昇りつめた宗次の敬いただよわせる美しい姿であった。大小刀は右の位置にある。

　宗次の後ろで障子が閉まって、濡れ縁をかすかな足音がやさしく遠ざかっていった。

「此処は醒花亭《せいかてい》と称する茶屋じゃ。朕《わたし》は力《りき》みを嫌う。常《つね》でいるがよい」

左手の方から聞こえてくる、おごそかな声であった。院（上皇）のお声であることを疑える筈もない宗次であった。しかも宗次は、院が微笑《ほほえ》んでおられることを想像できてさえいた。

「おそれながら……」

　宗次は、はじめて切り出し、そこでひと呼吸を置いた。緊張のためであろう、さすがに喉は痛いほど渇《かわ》いてはいたが、声が罅割《ひびわ》れ曇《くも》ることはなかった。

「……ご挨拶《あいさつ》をさせて戴《いただ》きたく、伏してお願い申し上げまする」

「朕《わたし》への挨拶は要《い》らぬ。近《ちこ》う参《まい》るを許す」

「は……」

宗次は、左手方向から声を掛けてくる上皇の姿を、まだ認めることが出来ないでいた。ただ、その左手方向が一段と明るいことは捉えていた。その明りが時おり畳につく両手先で小さく揺れていることから、大蠟燭《ろうそく》を点した立派な燭台《しょくだい》が院の両側に少なくとも一対（燭台は二台で一対）の備えがあるのでは、と想像した。

「それでは、ご免くだされませ」

大小刀をその場に置いたまま宗次は立ち上がり、だが姿勢低く真っ直ぐに進み、（この辺りで左へ向けば院の真正面……）と判断して正座をし平伏した。視線は足元に向け下げたままの動きであったから、その正座位置が院の真正面なのかどうか、確かめられる筈もなかった。ただ、その直感には、怯《ひる》みはなかった。

けれども宗次は、穏やかなしかし重い「無念」に見舞われていた。京の、いや、朝廷に関しての知識に乏《とぼ》しい江戸者《もん》としての無念であった。武家としての作法であるならば、悉《ことごと》くとは言えないまでも剣の修行に合わせてよく学んできた宗次である。武家に対する典礼指南などの筆頭高家で知られる従四位上吉良《きら》上野介《こうずけのすけ》義央《よしなか》（よしひさ、とも読む。寛永《かんえい》十八年・一六四一～元禄《げんろく》十五年・一七〇二）の呉服橋《ごふくばし》御門内の屋敷（現、大手町《おおてまち》二の六、朝《あさ》日《ひ》生命ビル付近）へ、今や「出入自由勝手」を許されてさえいる宗次であった。

その宗次であっても、院（上皇）の御前《おんまえ》においては、この世界の（朝廷という世界の）典礼知識の〝裏付け〟が無く「自分の判断」で動き、そして言葉を選ぶしかなかった。

「面《おもて》を上げるがよい宗次。そう形式を張っていると、今に朝の日が昇ろう」

温かさとやさしさが胸にしみこんでくるのを宗次は感じた。

宗次は応えるべき言葉が見つからず、沈黙のまま面《おもて》を上げ背すじを伸ばして姿勢を正した。

御前《おんまえ》の人と、ようやく視線を合わせることが叶《かな》った。

とたん、宗次は反射的に平伏しかけた自分を抑《おさ》えるのに苦しんだ。そして眩《まぶ》しいばかりの名状し難《がた》い何かが降りかかってくるのを感じた。

「上皇」であり「法皇」である院は、すでに剃髪《ていはつ》なさっておられ、その威風は神神《こうごう》しく、息が止まる程であった。院の威光をまともに浴び、宗次ほどの者であっても身が竦《すく》んだ。もっと深く朝廷における作法を研究してくるべきであったと反省が押し寄せてきた。

だが、である。朝廷の「何何《なになに》に関する事」というのは、反省すれば収まりが訪れるような容易《たやす》いものではないのであった。大変むずかしいのだ。

慶長《けいちょう》十八年（一六一三）に発布された「公家衆法度《はっと》（法令）」には、公家の役儀（義務）としての家職（家業）の定めがある。この家職とは、公家の家家ごとに世襲として負わされる「朝廷にかかわる」職務とか、「朝廷にかかわる」特殊技能を指している。たとえば辻田小路康麿家《つじたこうじやすまろけ》では「ある儀式場における皇位にある方方との話し方」について古くから世襲的に研究を積み重ねてきて、摂関家・大臣家といえども、その儀式場における皇位にある方方との話し方は辻田小路康麿家の指南を受けねば判らない、という具合にだ。

この〝かたち〟は武家典礼の指南の地位にあった高家・吉良上野介義央の立場と似ている部分がある。

実際的な例で述べれば、天皇あるいは女院が崩御《ほうぎょ》なされて朝廷をはじめ国の民が喪に服しているいわゆる諒闇《りょうあん》中に神事などがとり行なわれるとしたなら、公家衆はどのような衣裳を着ればよいのか右往左往《うおうさおう》する。つまり公家ではあっても簡単には判断できないほど、難《むずか》しい衣裳問題なのであった。

しかし世襲的・伝統的に研究を重ね、たちどころに指南できる公家がちゃんと存在しているのである。山科家《やましなけ》（三〇〇石）、高倉家《たかくらけ》（八一二石）がそれであったり、また神祇《じんぎ》をとり行なうという点に関しては白川家《しらかわけ》（二〇〇石）や吉田家《よしだけ》（七六六石）に細細《こまごま》とした教えを受ける、という事になる。

したがって、上皇（後水尾院）のお声がかりで遠い江戸より京《みやこ》を訪れた宗次は、武士としての作法を失しない姿勢で院にお目にかかればそれで許される筈であった。

尤《もっと》も、宗次は自称「町人」なのであるが……。

「常《つね》でよい……」

という院の御言葉は、まさに宗次の苦しい立場を思いやって申されたのであろう。

「そこでは遠い……近《ちこ》う」

「は……」

宗次は自然の流れに身を委《ゆだ》ねよう、という気持になりかけていた。

院の御前《おんまえ》には、大きな東京茵《とうぎょうしとね》が設《しつら》えられている。

宗次は院に求められるまま、素直にその東京茵《とうぎょうしとね》の上に正座をし、軽く頭《こうべ》を垂れて二呼吸ほど待ってから、おもむろに面《おもて》を上げた。

院が満足そうに目を細め、声こそお出しにならなかったが「うむ」という感じで頷《うなず》かれた。

宗次に対する労《いたわ》りを込めたかのような、やさしい頷きであった。

宗次が、朝廷に対する徳川幕府の圧制を痛く肌に感じたのは、実にこの瞬間である。これほど澄んだ印象の御方《おかた》に対し、(武家は何という無謀を……)と思った。

宗次は、思わず下唇を噛みかけて、東京茵《とうぎょうしとね》に視線を落としていた。

東京茵とは、「赤」と「白」を碁盤《ごばん》の目模様《もよう》に織った「白」の部分に、蝶や鳥《とり》を刺《し》繡《しゅう》した（或は織り込んだ）美しい「東京錦《とうぎょうき》」という高級絹織物を言い、これを用いた座布団が東京茵で宮中《きゅうちゅう》や上流貴族が用いた。

座布団は平安時代に形式が整って、その四周の縁《ふち》によって位《くらい》があり、五位以上の公家は黄絹縁とか、六位以下は紺布縁、さらに下位は縁無し、とかであった。

因《ちなみ》に東京錦《とうぎょうき》とは、越南《ベトナム》の東京《トンキン》（ソンコイ川下流のデルタ地帯）から渡来した錦《にしき》のことを意味している。

浮世絵師宗次は、院に勧《すす》められたとは言え、大変な座布団の上に座らされているのであった。この座布団ひとつとっても恐らく、どの格の公家がどのような儀式とか職務とかで、どのような座布団に座るかは目がまわるほど細部にわたって決められているのであろう。そしてその細部については、大方の公家たちの与《あずか》り知らぬことであって、平安時代以降、世襲的に研究を重ねてきて指南できる「〇〇家」とか「□□家」とかの公家が必ず存在する筈であった。

「聞いた通りの侍《もののふ》である」

院が穏やかに言った。さらりとした申され様《よう》であった。

宗次は（え？……）と思った。聞き間違いであろうか、と我が耳を疑った。

「おそれながら、順を追ってお訊《たず》ね申し上げたく存じまする」

宗次は院の求めに合わせて、「常《つね》で……」という気持になりきろうと視線をしっかりと上げ口を開いた。

「許す。申してみよ」

「院《いん》の君《きみ》におかれましては……」

宗次はそこで言葉を切った。背に、じわりと怯《ひる》みが広がっていた。ここ仙洞御所において太上天皇に対し、〝大君〟あるいは〝院の君〟のどちらを選択して呼ぶことが正しいのか、さしもの宗次も自信が無かった。しかし、視線を合わせて下さっている院の面《おもて》に何らの変化——たとえば不快感など——は微塵《みじん》もなかった。物静かに真っ直ぐに宗次を眺めている。

平安時代の中期、単に〝院〟といえば太上天皇(上皇)の御殿を指していた。それが転じて太上天皇の別称となったのであるが、何年何月何日から正式にそうなったという文書的な確認は、まだ学問的に示されてはいない。

だが宗次は、院の物静かな表情に接していよいよ、「自分なりに語ればよいのだ」という気持を固めていた。

宗次は言葉を続けた。

「院の君におかれましては、この秋冷えの夜に何故《なにゆえ》にまた、ここ醒花亭なる茶屋に御《お》出《いで》あそばされているのでございましょう。幸いにして今宵《こよい》は、先夜先先夜に比べて暖《あたた》かではありますするが、お大切な御身《おんみ》が若し風邪でもお召しになりますると、御殿に詰める者たちに責め（責任）が及びまする」

「宗次。今のところ朕《わたし》は丈夫である。風邪などはひかぬ。それに朕《わたし》はこの質素なる柿葺数寄屋造《こけらぶきすきやづくり》から観《み》ることのできる、池に映る美しい月を大変好んでおる」

「池に映る……」

「宗次の後ろの障子を開ければまだ観えようが、今宵は我慢《がまん》を致せ」

院はそう言ったあと、はじめて相好《そうごう》を控え目にだが、くずされた。

宗次も「はい」と笑顔で応じながら再び訊ねた。

「おそれながら、もう一点、お訊ね申し上げたいことがございます」

「うむ、言《ゆ》うてみよ」

今度は「許す」とは言わずに武者《もののふ》のごとく「うむ」と重重しく真顔《まがお》で頷き、しかし「申してみよ」に代わって「言うてみよ」となったあたりに、宗次は（あ、上皇も次第に気楽におなりになりつつある……）と感じた。宗次にとっては真《まこと》にうれしい院の微妙な変化であった。

「さきほど院の君におかれましては、私《わたくし》について『聞いた通りの侍《もののふ》である』と仰《おお》せになられましたが、その御言葉の深いところを解することが出来ませず、この宗次いささかの衝撃を受けてござりまする」

「宗次よ……」

「は……」

「一条兼輝《いちじようかねてる》（慶安《けいあん》五年・一六五二〜宝永《ほうえい》二年・一七〇五）を知っているか」

「神道《しんとう》などの学問に精通なさっておられ、右大臣（延宝五年・一六七七就任）として朝廷を支えておられます一条兼輝様であられるならば、お名前だけは存じ上げております る」

「その一条兼輝は、其方《そなた》の伯父《おじ》百了禅師《びやくりようぜんじ》と昵懇《じつこん》である」

聞いて宗次は、驚きというよりも冷水を浴びせかけられたような、金縛り状態に陥《おちい》った。いま院の君は確かに百了禅師と申された筈だが、と半ば自分に問い掛けさえした。いや、問い改めた、と表現すべきか。

「おそれながら……わが伯父百了禅師を……院の君は」

「会っている」

宗次に皆までを言わせず、院が淡淡とした口調で言った。

さすがに宗次は「幾度会われたのでございましょうか」などとは訊《き》けなかった。それこそ不敬の罪になりかねない。それでなくとも、幕府の朝廷に対する諸制度、諸対策は許容の線を越えている、と考えてきた宗次である。

宗次は頭の中で、めまぐるしく言葉を探した。

「伯父百了禅師は大和国《やまとのくに》の古刹《こさつ》海竜善寺《かいりゆうぜんじ》の住職であり、書をよく嗜《たしな》みまする」

「一条兼輝も書に秀《ひい》でている」

あ、それでは書を介して伯父と右大臣は昵懇《じつこん》であったのか、と宗次は理解した。そうと判れば、院の君は右大臣を通して伯父を知ったのであると容易に想像がつく。だが何故、院の君は伯父百了禅師を知る必要があったのかは知る由《よし》も無い宗次であったし、お訊ねする訳にはいかないという理性も働いていた。

「おそれながら、何卒《なにとぞ》お教え下さりませ」

「申してみよ」

「伯父百了禅師と右大臣一条兼輝様とは、いつ頃に知り合《お》うたのでござりましょうか」

「兼輝を右大臣に就《つ》かせた延宝五年（一六七七）の前からである」

それではもう二年以上にもなるのかと、宗次は新たな驚きに見舞われて、口を重く閉ざし沈黙するしかなかった。また、自分に御所様（上皇・天皇）のお声がかかるようになったのも確かその頃だと思った。

宗次の父（養父）で稀代《きたい》の大剣聖と謳《うた》われた梁伊対馬守隆房《やないつしまのかみたかふさ》は、徳川御三家の筆頭である尾張《おわり》徳川家六十一万九千五百石に仕えた今は亡き総目付梁伊大和守定房《さだふさ》の三人兄弟の三男として生まれた。

そして二男として十三歳の年から自ら望んで仏道修行に入り今日あるのが、百了禅師である。総目付の家柄梁伊家は三人兄弟の長子によって継がれたが、その子の代で嗣子《しし》（あととり）に恵まれず、梁伊家は惜しまれつつ途絶えてしまった。

院の君が急に沈黙してしまった宗次に向かって、口を開かれた。

「宗次。其方《そなた》は大層剣に優れておると百了禅師が申していた」

「私の剣の師は、大剣聖と謳われましたる父、梁伊対馬守隆房でございます」

「朕《わたし》は対馬守の名を、よく知っている」

「おそれいりまする」

「其方《そなた》は真《まこと》に強いのか」

「お答えし難《にく》うございます」

「では三十名を超える剣客に挑まれたなら闘えるか」

「逃げることを選ぶかも知れませぬ」

「なぜ闘わぬのか」

「闘うかも知れませぬ」

「答えは二つあるのか」

「無謀な闘い、無益な闘いはしない、という事でござります」

「それは剣の師、梁伊対馬守の教えであるか」

「左様《さよう》でござります」

「では若し、朕《わたし》が追い詰められた状況にあるならば、救うてくれるか」

「救う、など勿体無《もったいな》い御言葉でございまする。この宗次、盾《たて》となりて何人《なんぴと》たりとも院の君のお傍《そば》へ近付けさせませぬ。一人たりとも……お約束申し上げまする」

「それ程に其方《そなた》は強いのである」

「強くなってみせまする。院の君をお護《まも》りするためならば」

「判った」

「言葉を飾らずに申し上げて宜《よろ》しゅうございましょうか」

「率直《そっちょく》に、という意味であるか」

「は……」

「許す。申してみよ」

「この宗次は、絵師として京《みやこ》へ参りました。浮世絵を嗜《たしな》み花鳥風月を写実的に描くことを生活の糧《かて》と致しておりまする」

「知っている」

「おそれながら、お教え下さりませ。此度《こたび》のお召《め》しは絵師としてでございましょうか。それとも剣を心得る者としてでございましょうか」

「両方である」

「私の剣が大君《たいくん》……院の君に御必要であると仰せでございましたか」

「その通りである」

宗次はヒヤリとした気分で〝大君〟という表現を用いたのであったが、院の君の面《おもて》に格別の変化はなかった。むろん文武に秀《ひい》でた者として宗次は、徳川将軍家が皇列第一位（上皇もしくは天皇）の御方に対して〝大君〟という表現を用いることを承知している。

とは言え、徳川将軍家と雖《いえど》も、恐れ多くも「大君《たいくん》」という表現を頻繁《ひんぱん》に用いる程には朝廷へ参内《さんだい》（現在は、参入と表現）していない。

「では、私の剣が……」

そこまで言って、宗次は口を噤《つぐ》んだ。濡れ縁に、こちらへ近付いてくる人の気配を捉えていた。何かを持っている……と宗次には判る微《かす》かな足音であった。

濡れ縁が軋み、そして足音が止まった。宗次のこのときの全神経は、濡れ縁に対してよりもむしろ、自身の後方へ置いたままになっている大小刀の柄《つか》を既に〝摑《つか》んで〟いた。

「お持ち致しました」

さきほど出ていった澄んだ女の声であった。

障子が開いて一人ではない気配が座敷に入ってきた。宗次の全神経はまだ己れの大小刀の柄から離れていない。ただ表情は物静かであった。

座敷へ入ってきたのは二人の女であった。なんと夕餼《ゆうせん》を運んできてくれたのであった。

院の君と宗次の間に、膳が置かれた。酒が付いていた。

「宗次。充分な食事を摂《と》らずに参ったのであろう」

「お気遣い嬉しく存じ上げまする」

「酒は飲むか」

「好物でございまする」

「近う……」

たちまちにして院の君と宗次の間から、それまであった低い生垣が消え、双方の心が温《あたた》かく近付き合った。

（下巻へつづく）

「門田泰明時代劇場」刊行リスト

ひぐらし武士道
『大江戸剣花帳』（上・下）　徳間文庫　平成十六年十月
　　　　　　　　　　　　　　光文社文庫　平成二十四年十一月

ぜえろく武士道覚書
『斬りて候』（上・下）　光文社文庫　平成十七年十二月

ぜえろく武士道覚書
『一閃なり』（上）　光文社文庫　平成十九年五月

ぜえろく武士道覚書
『一閃なり』（下）　光文社文庫　平成二十年五月

浮世絵宗次日月抄
『命賭け候』　徳間書店　平成二十年二月
　　　　　　　徳間文庫　平成二十一年三月
　　　　　　　祥伝社文庫　平成二十七年十一月
（加筆修正等を施し、特別書下ろし作品を収録して『特別改訂版』として刊行）

ぜえろく武士道覚書
『討ちて候』（上・下）　祥伝社文庫　平成二十二年五月

浮世絵宗次日月抄
『冗談じゃねえや』　徳間文庫　平成二十二年十一月
　　　　　　　　　　光文社文庫　平成二十六年十二月
（加筆修正等を施し、特別書下ろし作品を収録して『特別改訂版』として刊行）

浮世絵宗次日月抄
『任せなせえ』　光文社文庫　平成二十三年六月

浮世絵宗次日月抄
『秘剣 双ツ竜』　祥伝社文庫　平成二十四年四月

浮世絵宗次日月抄
『奥傳 夢千鳥』　光文社文庫　平成二十四年六月

浮世絵宗次日月抄
『半斬ノ蝶』（上）　祥伝社文庫　平成二十五年三月

浮世絵宗次日月抄
『半斬ノ蝶』（下）　祥伝社文庫　平成二十五年十月

浮世絵宗次日月抄
『夢剣 霞ざくら』　光文社文庫　平成二十五年九月

拵屋銀次郎半畳記
『無外流 雷がえし』（上）　徳間文庫　平成二十五年十一月

拵屋銀次郎半畳記
『無外流 雷がえし』（下）　徳間文庫　平成二十六年三月

浮世絵宗次日月抄
『汝 薫るが如し』　光文社文庫（特別書下ろし作品を収録）　平成二十六年十二月

浮世絵宗次日月抄
『皇帝の剣』（上・下）　祥伝社文庫（特別書下ろし作品を収録）　平成二十七年十一月

本書は「惨として驕らず」と題し、「小説ＮＯＮ」（祥伝社刊）平成二十六年十二月号〜平成二十七年六月号に掲載されたものに、著者が刊行に際し加筆修正したものです。なお、下巻収録の「悠と宗次の初恋旅」は書下ろしです。

一〇〇字書評

切・り・取・り・線

購買動機（新聞、雑誌名を記入するか、あるいは○をつけてください）

□（　　　　　　　　　　）の広告を見て	
□（　　　　　　　　　　）の書評を見て	
□ 知人のすすめで	□ タイトルに惹かれて
□ カバーが良かったから	□ 内容が面白そうだから
□ 好きな作家だから	□ 好きな分野の本だから

・最近、最も感銘を受けた作品名をお書き下さい

・あなたのお好きな作家名をお書き下さい

・その他、ご要望がありましたらお書き下さい

住所	〒				
氏名		職業		年齢	
Eメール	※携帯には配信できません	新刊情報等のメール配信を 希望する・しない			

この本の感想を、編集部までお寄せいただけたらありがたく存じます。今後の企画の参考にさせていただきます。Eメールでも結構です。

いただいた「一〇〇字書評」は、新聞・雑誌等に紹介させていただくことがあります。その場合はお礼として特製図書カードを差し上げます。

前ページの原稿用紙に書評をお書きの上、切り取り、左記までお送り下さい。宛先の住所は不要です。

なお、ご記入いただいたお名前、ご住所等は、書評紹介の事前了解、謝礼のお届けのためだけに利用し、そのほかの目的のために利用することはありません。

〒一〇一-八七〇一
祥伝社文庫編集長 坂口芳和
電話 〇三（三二六五）二〇八〇

祥伝社ホームページの「ブックレビュー」からも、書き込めます。
http://www.shodensha.co.jp/bookreview/

祥伝社文庫

皇帝《こうてい》の剣《けん》（上《じょう》）浮世絵宗次日月抄《うきよえそうじじつげつしょう》

平成27年11月20日　初版第1刷発行

著　者　門田泰明《かどたやすあき》

発行者　竹内和芳

発行所　祥伝社《しょうでんしゃ》
東京都千代田区神田神保町3-3
〒101-8701
電話　03（3265）2081（販売部）
電話　03（3265）2080（編集部）
電話　03（3265）3622（業務部）
http://www.shodensha.co.jp/

印刷所　萩原印刷
製本所　ナショナル製本
カバーフォーマットデザイン　かとうみつひこ

 ISBN978-4-396-34161-9 C0193